一頁 folio

始于一页,抵达世界

从那霸到上海

孙歌 著

在临界状态中生活

图书在版编目（CIP）数据

从那霸到上海：在临界状态中生活/孙歌著．
-- 北京：北京联合出版公司，2020.2
ISBN 978-7-5596-3825-0

Ⅰ．①从… Ⅱ．①孙… Ⅲ．①随笔—作品集—中国—当代 Ⅳ．①I267.1

中国版本图书馆 CIP 数据核字 (2019) 第 282820 号

从那霸到上海：在临界状态中生活

作　者：孙　歌
责任编辑：管　文
特约编辑：周　杨
封面设计：COMPUS·汐和
内文制作：燕　红

北京联合出版公司出版
（北京市西城区德外大街 83 号楼 9 层　100088）
北京联合天畅文化传播公司发行
北京华联印刷有限公司印刷　新华书店经销
字数 195 千字　880 毫米 ×1240 毫米　1/32　9.5 印张
2020 年 2 月第 1 版　2020 年 2 月第 1 次印刷
ISBN 978-7-5596-3825-0
定价：68.00 元

版权所有，侵权必究
未经许可，不得以任何方式复制或抄袭本书部分或全部内容
本书若有质量问题，请与本公司图书销售中心联系调换。电话：(010) 64258472-800

目 录

临界的意义（代序）/ 001

在临界状态中生活

东京停电 / 017

"3·11"之后的日本 / 029

冲绳：在临界状态中生活 / 043

"常态偏执"与当今世界 / 058

从那霸到上海 / 084

观察日本的视角 / 099

我们为什么谈东亚

东亚论述与人类历史叙述 / 115

东亚启蒙历史过程中的民众 /132

走出主权的迷误 /144
　　——冲绳民众的实践及启示

我们为什么要谈东亚 /160
　　——致韩国读者

内在于冲绳的东亚战后史 /177

跨文化的政治学

作为理念的和平与作为思想的和平 /199

现实主义的乌托邦 /212
　　——读川满信一《琉球共和社会宪法私（试）案》

中国经验与日本战后思想建设 /237

竹内好两次关于翻译的论战 /260
　　——兼论翻译的主体性与政治性

临界的意义（代序）

本书是我近几年写作的部分评论文章的结集。

由于研究对象的原因，我几乎每年都要在日本和韩国出入。在2011年3月11日东日本大地震和其后福岛核电站核泄漏事故之后，我也得以在日本生活一段时期，近距离地感受了日本社会在灾难之后最初的反应。

灾难是人类唯恐避之不及的可怕事件。但是，在灾难中付出昂贵代价的人类，同时也获得了一个残酷的机会，得以省查自己所生存的环境。那些平时被有意或者无意地遮蔽起来的真实状况，只有在灾难突然降临时，才会突然展示它的样态。没有人喜欢灾难，思想史研究者也是一样。然而当灾难发生的时候，思想史研究者有一份责任，就是观察和分析"正常社会"在突然降临的灾难中不得已撕去外包装时的真实机制。

2011年，我不期然地受到了这样的训练。借助于福岛核泄漏事故的后续效应，我观察到了日本社会生活的方方面面，也观察到了日本国家体制的真实操作机制。当然，最直接的收获是借助于雨后春笋般占领了各个大小书店的核问题出版物专架，我找到了一些很有说服力的专业书籍，初步了解了核电站与核事故对人们日常生活的影响，并且了解到一个基本事实：对于核电开发的投资和对于核废料处理的投资的严重不均衡，使得核电站即使在正常运转的时候也是一个没有修建厕所的高级公寓；所以，对核废料的处理，一直是以"稀释"的方式悄悄地把放射性物质重新送回到我们赖以生存的环境之中。在核事故爆发之后，善后处理的庞大开支不能为电力公司带来盈利，更何况对于核污染的后续调查与研究还会损害公司利益，所以其并无动力对核污染进行规制。即使是在污染最为严重的2011年，日本人能够得到的关于食物和水源污染的数据，也仅仅涵盖了辐射物中的几种而已。

在信息严重失衡的状态下，我在那段日子里把注意力集中到人们的社会心理层面。本书第一部分的写作，基本是这一观察的记录。人们多么渴望回归正常的生活，哪怕是避重就轻，甚至是自我欺骗，也是支撑人们活下去的动力。我和日本人一样，在网上查阅农林水产省每天发布的污染信息，购买看上去安全些的食品。在那段日子里，我真实地体会到了鲁迅在《我要骗人》里描绘的那种沉重的无奈——除了这样做，还有其他的选择吗？

时过境迁，一晃儿五年过去了。五年，对于半衰期要几百上千年的核辐射物质而言，几乎不具有任何意义；然而，日本社会却已经度过了那段危机时刻，如今恢复了平静。2016年夏天访问东京，回国在机场排队办理登机手续时，我很小心地询问身后一位在日本定居了几十年的中国人：现在污染的情况怎么样？她几乎是嗔怒地瞪着我说："东京有什么污染，东京很安全！"

我知道自己犯了忌讳。按照2011年检测的结果，当时东京的污染不是可以忽略的程度，而五年之后即使被稀释，也不可能消失，只不过现在已经不再有媒体报道污染状况，可能也不再有科学家有条件进行监测，所以，似乎这个问题不存在了。尽管福岛核电站废墟中的燃料棒如何取出的问题还在被探讨中，尽管时不时还有因为管理不善导致放射性污水流入海里的报道，但社会关注的热点却早就转移了。我不该如此唐突地对一个平静生活的人提这种冒犯性的问题，这种问题有点像当年鲁迅描写的那个故事：一家人生了孩子，满月时收获了前来祝贺者的吉祥话；虽然这些吉祥话不一定实现，但是祝贺者们都得到了感谢；只有一个人，说的是实话：这孩子将来是要死的——于是他被众人赶走了。

作为生活在雾霾重灾区的人，我当然理解那位同胞的心情。人不能旷日持久地生活在非常状态里，这需要超人的意志力。其实我与那位同胞没有什么两样，我虽然写过讨论"常态偏执"的评论，但自己在现实中也常常偏执于常态。

不过，在平静的常态之下，日本人并没有忘记核电的危机。东京以及各地持续进行着的反对核电站恢复运作的群众示威活动，终于有效拖住了日本各地核电站的运营，使其处于停滞状态。废除核电站的呼声一直存在，与希望推动核电的产业界形成对峙。这可以说是日本战后屈指可数的民众意志牵制资本力量的范例。至于福岛核电站废墟的后续效应，目前已经找不到可靠的信息来源，间或可以从媒体的轻描淡写中得知，污水还是会时不时地溢出，排放到海里。科学家们说，低浓度排污不妨碍人们的生活，很难说他们在撒谎：人们只有在体内积累了一定数量的辐射物之后，生命才会受到威胁——按照科学的逻辑，只要污染程度没有跨过临界线，就可以说人是安全的。

在东亚，对于临界状态最敏感的，莫过于冲绳人。他们面对着比核污染更严峻的威胁，这就是美军基地对冲绳社会的种种欺凌。从冲绳女性被性侵、被杀害，到美国军人在各种刑事犯罪后的逍遥法外；从基地经济对本地渔业和海产养殖业的破坏，到基地本身对环境造成的污染；冲绳人面对的处境，可以说是日本乃至东北亚最严酷的。更有甚者，日本政府对美国的顺应态度，使得内阁在冲绳问题上基本采取敷衍了事的态度，冲绳社会一直承受着日本对美妥协的后果，孤独地坚持。在福岛核电事故之后，以此为契机，日本海军陆战队与美军进一步集结，开始向冲绳转移；冲绳社会旷日持久地对抗美军基地、对抗日本亲美政策的斗争，也日益常态化。反对普天间基地迁移到边野古，抗议不断发生的美军士兵的性暴力案件，现实生活似乎永远不肯让冲绳人安宁,静坐、示威游行成为冲绳民众的日课……

对于冲绳人而言,他们并非希望这样生活,却几乎不得不经常性地生活在临界线上:一边是不断积聚着危机要素的日常,另一边则是危机爆发时的灾难。在临界线上生活,意味着在常态中保持紧张,在习惯中确认陌生。正是在这个意义上,冲绳人锤炼着他们特有的世界感觉与生活理念。

冲绳在东北亚地区应该算是最为"边缘"的区域。无论在何种意义上,它都无法产生中心意识。然而奇怪的是,我在这个岛屿群里很难感受到在其他所谓边缘地区很容易就能察觉到的悲情与不平;同时,一直孤独地坚持着的冲绳人,并没有因为与强大的日、美国家势力对阵而放弃斗争,他们以热烈而冷静的态度保卫着自己的家园,以执着的精神克服着不断产生的内部分歧,并且以极其富于想象力的方式,为人类贡献着宝贵的思想资源。我曾经专门撰文讨论新崎盛晖、川满信一、冈本惠德等思想家的论述,在他们的视野里,冲绳是东北亚国际政治的结节点,是人类社会的一个缩影,它凝缩了历史时间中最为浓厚的部分,并重新定义着人类社会的空间感觉。

记得几年前,在短期造访冲绳的时候,我利用空余时间去参观已经成为旅游景点的冲绳战时日军的防守工事、姬百合慰灵塔等战争遗迹。在旅游大巴上,我跟当地导游聊起了冲绳的现状,我问这位年近半百的女士,冲绳人是否希望独立?她回答说:这个时机已经错过了。在美军刚刚占领冲绳的时候,有过这样的时机，但是过去了。现在，讨论这种毫无现实性的问题没有意义。

这位显然并没有读过很多书，也不一定是社会活动家的普通冲绳女性，让我从心底升起一丝敬意。冲绳社会在半个多世纪的复杂抗争中，既要面对不公正地对待冲绳的日本政府，面对蹂躏践踏冲绳民众人权的美国驻军，又要面对贪婪地掠夺冲绳资源的日本本土资本势力，面对冲绳社会内部在物质诱惑中不断发生的分化和矛盾，然而，冲绳人却并未把他们的屈辱和愤怒转化为暴力；在冲绳人的抗争中，几乎没有发生过暴力性事件。所有的抗议集会都以和平的方式进行，并且越来越成为抗议者之间建立共识和情感的契机。或许，这位中年导游提供了理解冲绳人行动模式的线索之一，那就是在日常性临界感觉中锤炼出的民众政治意识。

近几年，冲绳的社会活动家越来越主动地与冲绳以外的地区建立交流关系，我常常听闻他们到东京等地参加各种学术活动和集会的消息，并且听说在2015年夏天，东京国会议事堂前反对安倍晋三修宪的抗议人群，同时发出了支援冲绳驱除美军基地的呼声。冲绳人与日本本土的有识之士，正在形成更为紧密的连带关系。

旅日韩国诗人李静和，在2006年到2008年间主持了一个由冲绳和日本内地的艺术家为主的项目，名为"走向'亚洲·政治·艺术'的未来"。在这个为时三年的项目里，冲绳与日本内地的八位前卫美术家、表演艺术家、音乐家等，贡献了他们的作品,并拍摄为DVD;十二位文学、艺术评论家对这些作品进行了讨论和诠释。这个精心设计的集体创作成果,在2009年由岩波书店结集出版,书名为《残伤之音》。全书分为两部分,第一部分是评论家们的文字讨论,第二部分是附在书后的DVD,收藏了艺术家们的表演实况和作品录像。

这部书很特别,特别之处在于它具有极强的内在张力。艺术家们的表演、摄影、绘画和音乐,采用的都是全新的形式,但它们都远远超出了"前卫艺术"的范畴。这是生与死的对话,是极限状态下持续坚持的生命体验,是超越了形式的艺术表达。冲绳半个多世纪的苦难史,被艺术家们哀而不伤、怨而不怒的表达方式体现得淋漓尽致;而冲绳凝聚的亚洲历史,也由此开放了它自身。

李静和为此书撰写了精彩的献辞,并与作曲家高桥悠治进行了一次十分耐读的对谈。这个对谈名为《不让死本身死亡》,而这个沉重的题目所依赖的媒介就是"音声"。李静和开场就对高桥悠治提出了这样的提议:"今天跟悠治见面,我想跟你一起思考关于音声的问题。"高桥希望确认她的意思,于是她进一步解释说:"换另一个词汇的话,就是'制造'的问题。制造这一行为,关联到在这里并不存在、但是却觉得似乎无处不在的,死的领域。我说这里并不存在,但是它不可能不存在,这就是死。死的问题。与它相关,还有'创造'这一行为所具有的,生,或者说是生活,或者说是呼吸……我总是在这个领域里荡来荡去。在这种时候,不知道为什么,我总是能听到音声。"

李静和所说的"音声",并不是话语的语音,而是一种韵律、一种节奏、一种长短节拍,它们拒绝了语言的内容,直接承载了身体的疼痛。李静和借助于一位参与项目的造型艺术家的作品中出现的"针",表现了这种痛感。那是一种不确定的游走于周身的针,它与女性的身体合为一体。李静和说,当针尖锐地刺入人体的瞬间,那个刺入之点就将鸣响,那是音声的起源。

出生于韩国济州岛的李静和,与冲绳人一样,也经历过难以言说的苦难。很少谈论自己身世的她,把所有的创伤记忆融入进了对艺术与政治关系的追问。这位极有艺术天赋的诗人,巧妙地颠倒了人们的日常性感觉,把音声转化为空间。对她而言,摆脱了语言之声的音声也摆脱了意义,它只是在意义消失的瞬间,在人的世界隐去的瞬间,才会降临。在这个时刻,音声的领域不同于记忆之场,那是"客死"之场。

客死是李静和对极限生活的终极性理解。她说,亚洲人很少能死在自己的场所里,大家多数在不知什么地方死去。在过去,人们忌惮客死在外的死者,用各种祭奠阻止他们的灵魂回家。高桥对此加了个诠释,说这就意味着某时某地所发生的事件,并不能被闭锁在当地的文化或者传统中,它会扩散开来。这个诠释很有兴味,因为它深化了李静和关于客死的主题,也深化了冲绳的苦难所具有的超越它自身的意义。借助于李静和的视角,或许我们可以说,我们早已失去了自己的"场所",走向客死的道路,也正是"客生"的途径——我们不也是活在不能闭锁的环境中吗?

李静和执着于对客死的描述，透露着她对生的理解。她说，客死，就是拒绝死亡的固定化，是不让"死"本身死亡。客死在不断地扩散，于是它超越了个体，不再是张三李四的具体死亡，成为了所有文化融合汇聚的载体。正因为如此，生，就是等待着"献体"的过程。

"不让死本身死亡的形式，应该如何持续呢？在思考这个问题的瞬间，最低限度地关涉到人，最低限度，却又最大。必须活着，必须活下去。在说到这一点的时候，假如我们说这是以伦理的名义在命名的话，那么在最低限度地却又最大地关涉到人的时候，我感觉到需要一种应答，它或许是创造而成的，或许是一种仪式，我感觉到需要它。我也许会称呼它为亚洲吧。"

李静和关于客死的讨论固然费解，然而如果配合全书的内容，特别是配合书后所附DVD的影像来理解，她的说法就绝非故弄玄虚了。这本书记录了从冲绳在二战时的惨烈牺牲到当下冲绳社会仍然不得不忍受的摧残，它的主题即是"被忘却的死亡"。但是，在艺术家和评论家们的眼里，死亡并不仅仅是不得已的灾难，它同时成为一种对于人类世界的祭礼；这也正是李静和区别于西方浪漫主义诗人的地方——她提出了一个不属于上帝而属于人类的问题。《残伤之音》从不同的角度，把我们带进了一个鲜活的世界，它以冲绳为基点，连接到了济州岛，连接到了光州，连接到了人类的暴力和灾难。李静和拒绝把音声转化为记忆之场，拒绝把记忆仅仅视为对过去事件的回忆，是因为书中所表现的所有意象都活在当下，而人的身体，就是这些意象的载体。李静和拒绝以记忆之名，从苦难和罪恶中抽身出来，她呼吁人们，以不让死本身死亡的方式，使"客死"的问题得以持续。

这正是生活于临界状态的写照。当人们可以从记忆中抽身，以观照的态度面对记忆的时候，临界就被固化为一个范畴，一个命题。与此相应，历史也变成了与己无关的检索对象。今天的冲绳社会，虽然不再如同当年冲绳在二战时那样直面大规模杀戮，但当年被日军强迫集体自杀那刻骨铭心的血腥却悄然转换了形态，当年美军倾泻大量炸弹轰炸首里城那惨绝人寰的暴力也依然潜藏于现实生活。生活于临界状态，对于冲绳的思考者和艺术家们而言，对于关注冲绳的人们而言，意味着不断揭穿自我欺瞒和直观的假象，意味着不断创造新的思想与表现形式，不断打破感觉的惰性，保持对状况的敏锐观察力。

冲绳诗人川满信一提醒人们，不仅需要关注那些显在的压迫与支配，更需要警惕"自由名义之下的自发性隶从"。在冲绳社会抗议日本内阁一次次出卖冲绳、抗议美军在冲绳的各种罪行时，川满却在同时追问冲绳社会内部的"天皇制结构"。在川满看来，对自由的最大威胁并非来自外部的政治压力，而是来自人的内心。他的杰作《琉球共和社会宪法 C 私(试)案》[1]

---

[1] C 代表这个文本并不是唯一的宪法草案形式的文本，还有其他人也用类似的形式创作了其他的文本，私的意思是这个文本只代表他个人的意见。试的意思是尝试。为了适应中文读者的习惯，在下文翻译的时候统一去掉了 C。

（以下简称川满《宪法》），讨论的是如何在人心的自由这一基础上建立真正自由的社会。这位著名的冲绳诗人，并不是在一般意义上抽象地谈论自由与平等，也不是在冲绳社会要求独立自治的时候站在这些诉求的对立面——他只是执拗地提醒人们：当弱者以强权者的方式为自己争得权利的时候，实际上是在充当强权者的同谋。因此，正是在这个意义上，冲绳独立这个并不具有现实感的政治诉求，作为理念也难以为冲绳社会建立真正的主体性。在川满《宪法》里，开篇就讨论人类的倨傲如何带来文明的毁灭，如何构成战争的基础，而一向被视为受害者的冲绳，在倨傲的问题上也受到川满严厉的追问：

> 以浦添为傲者灭于浦添，以首里为傲者亡于首里。以金字塔为傲者毁于金字塔，以长城为傲者衰败于长城。以军备为傲者死于军备，以法为傲者溃败于法。仰仗神者灭于神，倚凭人者毁于人，依赖爱者毁于爱。

无论是强者还是弱者，选择"自由"都是艰难的。自由并不意味着摆脱现存的支配结构，而是意味着不依靠任何固定化的价值。当李静和强调客死问题的持续性的时候，当川满信一追问倨傲与战争关系的时候，他们都穿透了事物表面的价值判断，翻转了被固化的常态。这是他们对于自由的理解，它基于思想上临界状态的持续。川满《宪法》针对"自发性隶从"的现代社会形态提出了理想的社会结构方式。它有机地构成了对于人类生存方式而不是国家存在方式的追问。

　　本书的内容并非全部讨论冲绳的思想实践与现实处境，但是，我希望可以用"冲绳"来为本书命名。或许，在东亚乃至世界上，到处都存在着如何确立主体性、如何确立自由意志、如何理解历史的问题，然而像冲绳思想家这样，在临界状态中审视被固化的价值观念，从而不断破除思想惰性的努力，却是鲜见的。在李静和与冲绳艺术家的合作中，我们可以体会到他们对于语言和观念的背叛性格的警惕：当李静和强调不依靠语词的意义而依靠音声的韵律时，当她强调最低限度地关涉人的时候，她希望表达的是如何避开语词定义带来的固定化，以及流俗人道主义的干扰；这也是她反复强调音声不同于人的声音的意义所在。然而，恰恰是这种"最低限度"的关涉，却可能呈现最大限度的人类关怀，它直接指向了人类生死的根本状态。川满信一也同样不信任语言，他在川满《宪法》的基本理念中阐述道："慈悲的戒律是不立文字的，须自己来裁断自身是否打破了戒律。法庭设在每一位人民的心中。"突破固定化的实体想象，川满为琉球共和社会规定的涵盖面，超出了现实中的实体边界意识："赞同这部宪法的基本理念并愿意遵守宪法的人，无论其人种、民族、性别、国籍，他的资格均可在其所在地获得承认。"

　　冲绳因此成为以临界状态为特征的开放性场域，在这个场域里，任何人都可以主体性地思考人类最基本的问题。这也正是我希望用冲绳来为本书命名的理由。在与川满信一、李静和等朋友的交往中，我不断地学习着如何保持临界感觉，并把它用于思想史研究。

今天，有越来越多的中国人关注和同情冲绳人的遭遇，也有东北亚不同地区的知识分子试图以冲绳为媒介，讨论东亚的历史。冲绳思想家们的临界感觉，确实使得这个在东北亚看似处于最弱势地位的社会，不断地产生出最具创造能量的思想。现实中尖锐的矛盾冲突，使得那些在其他相对缓冲的地区被遮蔽的政治、经济结构关系，在冲绳显示出它真实的样态，这为我们思考自身的处境提供了有效的媒介。在临界状态中生活，或许并不仅仅是不得已之举，而是一种拒绝自我欺骗、勇于直面人生的态度。

2016 年 8 月于北京

在临界状态中生活

东京停电[1]

日本突然发生的这场9级地震和随之而来的海啸，大概是近几年来继汶川地震之后最残酷的一次灾难。它发生在日本的东部，却影响着整个地球：它不仅挪移了日本和朝鲜半岛，也加快了地球的转动速度。

地球的运转速度在加快，历史似乎也在提速。地震发生后的第八天，2011年3月19日，法、英、美等六个国家把联合国安理会关于在利比亚设立禁飞区的维和决议变成了一场空袭。在最短的时间内，世界浓缩地推出了人类历史上最尖锐的矛盾：人与自然、人类与资源、国家利益、强权政治与人类正义……正是在这个灾难性的瞬间，我们在关注自然的巨大能量如何瞬间摧毁人类家园的时刻，也看到了人类生存模式本身所

---

[1] 本文原载《天涯》2011年第3期。

面对的真实危机。

　　日本思想家竹内好的女儿、住在千叶县的裕子女士，给我发来报平安的邮件，同时告诉我，战后出生的她一直过着从容的生活，即使有什么不顺利乃至困窘，也从来没有意识到"生存"是一个问题。但是，这次大地震和福岛核电站的放射性污染以及随之而来的能源紧张，却使她经历了有生以来第一次生存危机。停电！停水！那些曾经如此自然地被人们享用的资源，只有在今天，只有在这个灾难性的时刻，才被真正意识到，它们作为资源，并非取之不尽用之不竭。

　　裕子女士告诉我，千叶停电期间，她每天只能使用五个小时的电力。在其余的时刻，她必须接受停电的事实。千叶距离东京并不遥远，在东京的几位友人也纷纷通过邮件告诉我，他们都在准备适应这个新的生活节拍，练习在停电状态下生活和工作。

　　我调动自己的想象力，去设想停电这个事实的后果。我知道它意味着依靠电力进行生产的制造业将要蒙受损失，而且也跟我们每个个体的生存方式息息相关。对于依然习惯于依赖电力生活和工作的人们来说，停电的不便几乎与突然失去呼吸一样是无法想象的，因为电力的存在几乎从未被意识到。设想我们生活中的停电状态吧——电脑不能使用，对于我们这些早已失去了纸笔写作习惯的人而言，它所带来的焦虑将多么严重；那些会因为停电而功亏一篑的科学实验，更无法承受设备停机、恒温箱断电的损失；电视、广播不能收看和收听，通信受到严重影响，必要的信息将难以及时获取；电梯停运，照明停止，各种公共场所的营业将受到巨大的影响,以电力为能源的交通也将瘫痪……

在最初的海啸画面带来的震撼定格之后,我开始思考这次灾难的核心问题。核泄漏与核辐射?人类抗御自然力量对核电站的摧毁的技术极限?日本平民在灾难面前显示的秩序感?一些日本人在面对灾难时的勇气和奉献精神?中国网民展开的对比中日民众素质的讨论?救灾过程中日本政府和企业的瞒报问题?抑或中国网民在面对这场灾难时表现出的人道态度?

的确,这些在媒体上不断被谈论的热点都是不可忽视的,然而对我来说,最核心的问题却是不那么显眼甚至没有被正面意识到的"东京停电"。

东京停电,意味着这个不夜城将使夜晚以它原初的形态呈现。一片黑暗中的东京是什么样子,我无法想象。这意味着习惯了夜生活的东京人到了晚上将不得不待在家里,意味着以此为业的那些行业将不得不停业,也意味着待在家里的东京人不得不另找途径打发他们已然习惯于依靠电力使用的时间。东京停电,意味着这个白天高速运转的城市不得不放慢它的节奏,人们必须习惯于骑自行车和走路,习惯于在上下班高峰时期更加耐心地排长队等候电车和地铁。那些在日常生活中已经定格的行为模式,例如登上自动扶梯上下车站的楼梯、在空调中享受适宜的温度,都将在电力使用被压低到最低限度的时候突然解体。至于停电给各行各业的正常生产带来的经济损失,那是无须赘言的。

对于日本乃至世界而言,东京是一个符号。这个符号附着了太多的象征性意义,以至于它不堪重负。除去它作为日本的政治中心这一不言而喻的事实,东京还象征着很多意涵。东京是落后的东亚岛国跻身于世界列强的符号,在二战中遭受了东京大空袭之后,战败的日本人在一片废墟上依靠特定的国际国内条件建起了这个现代化的大都会,它代表着日本成为一个与其国土面积并不相称的经济大国;东京是日本人憧憬的现代生活方式的符号,它繁忙的生活节奏、时髦的消费模式、注重细节的享乐感觉,一直使日本全国的年轻人向往着在这个城市中自我实现从而不断"东漂";东京也是东亚虚拟经济的中心,东京股市的跌涨起落影响着世界股市,据说银座四丁目的交叉路口还是世界上最贵的地皮;东京也是日本的现代思想、文化、科技中心,这里聚集着大批日本的精英,他们影响着日本社会的选择与思考,也打造着日本人的生活态度……

因此,东京停电,不可能是一件小事情。它远远严重于停电这个事实本身,它意味着这个符号将要面对尖锐的考验。

据说东京电力公司在宣布定时停电之后迟迟不在东京核心区域实行这一政策,因此首都圈县市停电之后,都内核心地带二十三区依然保持基本供电。或许我所设想的上述一切在东京都内并不会真的发生,或许它即使部分地发生了也仅仅如同台风一样是一过性的不便。我没有兴趣向东京的友人确认这些事实,因为有一个更基本的事实是不必确认的:我相信日本人和世界上的人们,都会认为停电仅仅是对于生活常态的干扰,人们有足够的耐心坚持，等待着恢复常态生活。

听说世界上一些国家已经在讨论用更安全的发电方式取代核发电，也听说包括中国在内的国家都在各自检查自己的核电设施；人类可以找到各种方式继续制造与消耗能源，不仅东京，世界上的所有城市都不会因为这次巨大的创伤而改变它们的面貌——这一点，似乎也不必确认。

当地震和海啸夺走至少九千多条鲜活的生命（这个数字还在不断攀升），还有一万多人下落不明的时候，人们关注的中心却不得不转移到福岛核电站的安危上面。一批勇敢的日本工程师坚守在核辐射的现场，为了切尔诺贝利核事故不再重演，他们以献身的精神试图抑制事态的恶化。每天早上起床，我做的第一件事就是打开电视调到国际频道，关注最新动态。从有限的信息当中，我看到有关福岛核电站的内容已经挤满了整个日本大地震报道的前台，而地震和海啸还有那些灾民的安置，则暂时淡化为背景。

等待着核污染警报的解除，等待着回归以往的生活常态。已有媒体和朋友在讨论日本的将来：这一切灾难过去之后，生活会回到从前的轨道，一切将重新开始。当然，也有一些人开始质疑核发电的合理性。

我依稀感觉到，似乎还缺少一些话题。

地震的时候，我刚刚从台湾返回北京。在宝岛客座执教半年，台湾人的热情和生活的惬意给我留下了深刻的印象。台湾中产阶级的生活似乎比我们现代化，台湾社会也很好地保留了传统的社会形态。不过，在这两者之间建立和谐的关系，似乎并不是件轻而易举的事情。

我所客居的大学招待所是一个极为摩登的建筑，它本身就构成了大学中的一个景点。不过入住之后不久，我就感受到了这所建筑"现代化的不便"：房间通风不便因此必须依赖空调，厨房全部使用电器，微波炉与电磁炉是烹调的全部工具。好心的台湾友人为我搬来普通电炉，劝我尽量减少接触电磁辐射的机会；至于洗衣，偌大的没有阳台的宿舍并没有提供晒衣台，用地下室的洗衣机洗衣之后只能在烘干机中烘干，或者在房间中利用空调或抽湿机吹干；大晴天想要晾晒被子，就只能厚着脸皮在宿舍内部天井的栏杆上晾晒，尽管油漆早已剥落的栏杆上贴着"注意油漆"的含蓄警示。在潮湿的北台湾，晾晒衣物比在北京时更重要，而这个宿舍却禁止晾晒。

我观察过一些台湾的建筑。那些传统建筑中的居民仍然保留着暴露晒衣的习惯，有些人甚至会把衣物晾晒到电车轨道附近。但是那些现代化的高层公寓却很少提供这样的可能，人们缺少晾晒的条件，甚至连被子发潮都要送到干洗店烘干。

问题还不止于此。这种违反自然、大量耗电的方式，似乎被一些台湾人认定为"文明"。记得有个大晴天我用晒衣架把自己的衣物晾在天井里去湿气，一向容忍我此类行为的管理员赔着小心跟我说，下午有一批外宾入住，在天井里晾晒有碍观瞻。姑且不论这个不提供阳台的宿舍是生活场所而且我晾晒的又仅仅是外衣；我觉得奇怪的是，人们为什么要坚持晾晒衣服有碍观瞻的价值判断？我不敢无端地推测这种"文明观"是否来自大量留美学人带回台湾的美国生活模式，也无从判断那些在铁道边晾衣服的百姓有朝一日住进现代化公寓时，是否也愿意"文明"，但是我可以判断的是，台湾人如此消耗电力，使他们不得不依赖持续的和大量的电力生产，而独特的地理地貌，使得缺少水力发电条件的台湾不得不也选择核发电。

和台湾的朋友一起到台湾岛南端的垦丁旅游时，我被美丽的海湾和明媚的阳光吸引，举起相机时却发现不远处那群煞风景的建筑实在破坏构图。台湾朋友告诉我，那是核电站。我看着电视中日本福岛核电站的报道，不知为何突然牵挂起了垦丁。

台湾社会早就存在抵制修水库和抵制核电站的社会运动。据说核发电在台湾的发电方式中占16%。这些运动基本是把地方政府的相关政策作为对抗的目标，似乎并不涉及民众的生活方式本身。我也结识了一些为了节约能源而试图改变生活方式的台湾人，从建筑师到艺术家，他们都试图利用最少的资源和最简捷的方式来解决生存的质量问题，但是由于各种原因，他们的生活态度很难社会化。可以说在今天，自然的生活状态只能存在于贫困阶层，他们鲜少利用现代化的非自然生活工具，仅仅是由于贫穷。在连自然也在逐渐商品化的现代消费社会，有可能让生活回到曾经的那种不太方便却对环境有利的状态吗？只要看看媒体广告宣传商品的方式就可以明白，这是一个很难有肯定答案的问题。但是，假如我们如此接受非自然的"现代化生活"并赋予它以"文明"的正面价值，那么，什么样的生产才能满足我们不知餍足的生活需求？

几年前在北京的一个会议上，我曾听到一位从事有机农业生产的年轻人说出他的感慨：当他从乡村进入北京的时候，看到北京街头闪烁的霓虹灯，不禁联想起村里黑暗的夜晚，"要是这些光亮能给乡亲们，那该多好！"至于那些耸立在北京城区、消耗大量电力才能维持的摩登建筑，不是台湾大学里摩登宿舍可以望其项背的规模。在赞叹它们巧夺天工的技术时，人们是否想到，维持其运作的大量电力来自何处？

城市在大量地消耗电力，人们在不经意地用电。记得某年在北京曾经有过一个晚上作秀式的自动关闭电灯的活动，似乎它被转化为一个时髦的行为艺术，被转换为如何有趣地度过这个夜晚的游戏。在常态生活里，能源问题、"绿色生活"尽管被大量谈论，却并未成为城市民众真正的焦虑；它仅仅是一个话题，一个无伤大雅的新的消费热点。

但是地震海啸发生了，核泄漏发生了，为了争夺能源与国际政治霸权而无视联合国决议的利比亚空袭发生了。正在加速的历史把一个紧迫的课题推到人类面前：过度消费能源的生活模式是否适合人类的可持续生存，这已经不是留给子孙后代的问题，它已经成为关乎当下的生存课题。如果人们关注日本的核发电背后是否还有核武器的阴影，那么，一个更紧迫的课题或许是，在这个日益保守化并且与真实存在的国际政治霸权保持着共谋关系的世界上，包括反对核武器在内的和平运动，必须与反思我们的生活方式相关。如今现代战争与资源掠夺的关系，比在以往任何一个时代都更加露骨，而现代发达国家的民众对于国际公平正义的问题，却显示了惊人的冷漠与自私。无论表面上的借口如何冠冕堂皇，一个基本的事实是不容否认的：当发达国家需要保证有足够的资源供应大量消费的时候，选举政治就会通过国民的"民意"支持一场以民主为名的对外战争。美国社会已经一再重复了这个模式，这是有目共睹的。而美国社会内部反战势力的艰难困境，也正在于它必须不断与这种潜在的社会模式相抗衡。

或许有些已经形成的趋势是不可逆转的，尤其是大众社会的消费模式。次贷危机造成美国中产阶级生活"缩水"，却并未危及美国打造的高消费生活模式。拉动消费是社会发展的"硬道理"，对于后发达国家而言似乎这是一个无可逃避的宿命。但是，如何消费、消费什么，仍然是需要讨论和甄别的。什么是过度消费？什么是国民经济增长所需要的消费？怎样的国民经济增长真正符合社会可持续发展的要求？笼统地讨论消费已经无法应对今天的危机，我们需要找到新的思路。如果节减的生活仅仅被视为贫穷的代名词，那么，过度消费将势在必行。是否需要努力打造一种社会共识，让我们换一个角度来看待消费与节减的关系？

在地震发生几天之后，埼玉县一位著名的在日韩人社会活动家转发给我一封来自韩国三十四个市民团体致日本社会的联合声明。这是一封慰问信，表示了韩国社会对日本地震海啸以及核泄漏中的日本民众最深切的关怀。同时，这也是一封警示信，它提醒日本社会，在巨大的灾难来临时，日本社会必须平等地对待它的所有成员，包括在日本的外国侨民。它呼吁道：现在正是超越国境与民族，把这个悲剧事件作为东亚的伤痛，使所有人一起奋起合作的时刻。不言而喻，这封信的背后不仅有着对日本社会种族歧视和排外历史与现状的忧虑，更暗含着对发生在大正时期的东京大地震时日本社会对在日朝鲜人残酷虐杀的历史记忆。同时，这封呼吁跨越国族联合的声明也正是韩国社会近年来累积的关于东亚讨论的直接成果。应该说，这是一封未雨绸缪的信，它的及时发出，显然与日本社会有识之士和在日韩国人近年来的不懈努力相关。正是在这个危机时刻，近年来批判日本社会歧视在日朝鲜人和韩国人的思想积累显示了它的功效。它向我们证实，社会共识的形成，必须经历一个长期的过程，持续地积累基本的共识，在危机来临的时候才能做出最有效的决断。

　　这位在日韩人活动家以超乎常人的精力从事着舆论生产的工作。从他不断传来的信息中，可以看到有些日本人似乎对这些在日韩国人的言论有非议，有些日本人则表示了无保留的支持。同时，随着时间的推移，已经可以确认部分灾区流传着诽谤在日外国人的谣言，它呼应着日本人排外的心理状态。但是目前，日本并未形成明目张胆的歧视和迫害外国人的社会风潮。尽管我们无法预料接下去的事态，但是有一点可以确定，1923年关东大地震的悲剧不可能重演，这不仅与今天的国际局势以及日本在东北亚的位置有关，日本社会中这些有识之士的不懈努力更是不容忽视的。

我从这封韩国市民团体的声明中,从这位在日韩人活动家的努力中,受到了极大的启示。有些努力和坚持,并不一定当即奏效,但是它的公共累积却具有极为重要的意义。当历史突然加速的时候,正是这些累积有可能提供正确的选择,制衡邪恶的势力。

东北亚的一体化问题,在今天的危机时刻具有了新的含义——跨越国境与民族,不仅是为了利益最大化,为了更人道的理想,更是为了民众的生存本身。能源的开发与消耗,也不再仅仅是官方和企业的课题——对于每个中国人而言,这也是我们的"活法"问题。不能说能源充足(尽管这似乎是永不会发生的理想状态)就一定会有效避免冲突与流血的发生,但是能源的紧缺必然会导致类似发达国家在利比亚所作所为的再次上演,哪怕它打着正义的招牌。在日本东部地区依然限时供电的时刻,即使东京未必停电,对人类而言,"东京停电"依然是一个需要共享的标志性事件:需要重新定义"文明"的内涵,需要从我们的生活感觉开始追问,我们今天的生活模式,是否真的"文明"?我相信,如果这样的反思与追问不是少数人的课题,而是某种程度的社会共识,而这种社会共识又能够真实地改变我们的生活模式,让我们以更少的消耗来打造更自然的生活,那么,它的累积或许才真的可以拯救我们的地球。而这种持续性的累积所需要的,却是比灾难时对恢复常态的信念更强大的理念。理念最真实的存在方式并非在于它的理论表述,而在于它介入现实的形态。换句话说,理念最真实的意涵,只有在它介入具体状况的时候才能确认。对于社会生活而言,最困难的改变就是对大众生活模式的改造。已然形成的现代消费模式,是与资本的欲望和操纵直接相关的,它打造的生活态度,必然以过度消费为底线。最困难的不在于改变道德姿态或者思想立场,而在于改变生活行为和生活感觉本身。试想,现代生活中那些潜移默化的过度消耗,不正是被罩上了"文明""成功"的光环,诱导着价值判断的共谋吗?

祝愿日本民众早日渡过危机,也祝愿近万名无辜死者牺牲的代价不会白白付出。日本的教训属于人类,我们并不在它的外部。

"3·11"之后的日本[1]

2011年10月到12月,我在京都大学做客座教授,得以近距离地感受"3·11"之后日本社会的危机状况。

12月16日,野田首相正式宣布福岛核电站的原子炉达到了低温停止状态,事故已经收束。朝野对此哗然。媒体一致指出,核泄漏并没有得到控制,野田表述中的"低温停止"之所以是"状态",是因为无法确认原子炉内部的情况,只是一个外观上的估计。燃料棒未被取出,12月4日刚刚有含260亿贝克勒尔的高浓度污水因发生泄漏被排放到海里,日本东京电力公司对于此类事故谈不上有效掌控。我从报纸上读到,福岛第一核电站截至2011年年末的状况是,一至四号机组并没有达到安全指标,这几个机组都处于依靠注水冷却保持100摄氏度以下的

---

[1] 本文原载《读书》2012年第4期。

状况，用水带走热量；到10月17日，一至三号机组已经全部把温度降到了100摄氏度之下。这个指标意味着它们不会有爆炸的危险了，但并不意味着它们不再辐射。据说东电不敢把机房里面的水排出去，而是仅仅把水面限制在一定的高度，因为一旦把水抽干，干燥的地面和墙面就会放出大量辐射物。

在地震中破坏严重的一号机组，目前被罩了罩子，这样据说里面的放射性物质就不能扩散了。另外三、四号机组的机房也有严重损坏，基本上是裸露状态；计划在2012年夏天以后才能罩上罩子，目前还在清理机房房顶上的瓦砾。这种高辐射的工作，进展速度非常慢，似乎还没有技术可以有效地完成清理的工作。现在局势稳定一些了，才有人关注到从事垃圾清理工作的人员的健康问题。媒体爆料说，东电提供的工作人员休息室辐射指标很高，而且工作人员的防辐射设备也不到位，最近才刚刚开始改善。媒体开始报道这些在第一线的工作人员的工作状态和劳保情况，但是并没有一贯性的追踪报道。

到了11月初，福岛一号核电站的二号机组又出了问题，工作人员检测出一种核物质，证明炉内正在发生中子的核裂变。东电向社会说明这种核裂变不会引起临界反应，至于出现这种核裂变的原因，有推测说可能是因为持续性的注水降温导致了裂变条件的满足。问题是自从那个报道之后，似乎再也没有看到相关报道。媒体会疲倦，舆论和读者会疲倦，真希望核裂变也会疲倦。11月12日电视新闻第一次近距离播放了福岛核电站的情况，记者穿了防护服，坐在封闭的面包车里通过了几个破损严重的机房,不能下车。他们在经过二号机组和三号机组之间的路段时,车内的辐射强度达到每小时300毫西弗。

野田首相宣布福岛核电站事故收束的同时,东电也宣布,彻底完成福岛核电站的善后处理工作,大概需要三十年以上的时间,而且这也不过是一个大致的估算。因为处理善后过程中有几个环节,目前由于缺少必要的技术,并没有真正落实。更何况类似二号炉这种突发性事故是否还会出现,是否会影响善后处理工作,都是目前这个阶段无法预料的。

还有处理核废料的问题。乏燃料池净化所需要的技术,据说目前还在研发阶段。同时,处理过后的乏燃料究竟堆放到哪里去,也是一个未知数。报纸报道,一位曾经在核电站任技师的退休人员在某个研讨会上打比方说,核电站就像是一个没有设计厕所的高档公寓。可以说,核电站从它开始运作的时候开始,就没有打算认真负责地处理核垃圾。高级公寓的排泄物,是以"某种方式"被处理的,如果不是福岛核泄漏爆出了猛料,可能就连日本人也蒙在鼓里。最有影响力的反核科学家小出裕章谈到这个问题时说,核废料需要进一步处理,从中分离出一种叫作"钚"的成分,这也是制造核武器的原料;这种原料需要用一种叫高速增值炉的设备才能转化为发电的能量,所以日本就以此为前提,请法国和英国分离出了钚,准备通过高速增值炉转化为热能。目前日本已经拥有45吨钚,足够制造四千枚轰炸广岛、长崎那种规模的原子弹。但是他们的高速增值炉却屡试屡败,至今还是事故连连,不得已停工,根本无法把如此巨大数量的钚转化为热能。按照国际公约，日本这样的无核国家是不允许持有如此大量的非发电用核材料的，所以日本必须消化掉这些材料。高速增值炉没有成功，他们就尝试在普通的以铀为材料的核电设施中混入钚，这不啻是在煤油炉里混入汽油一样，属于高风险行为。福岛发电站中的三号机组就是这样的混合型机组，据说日本的业内人士一直为此担忧。

小出说，事实上日本一直在维持一个恶性循环，不断提取的钚必须消化，为此他们目前正在开发更危险的"MOX"混合型发电站，同时也在尽力建设提炼钚的设备。这些设备都设置在日本东北盛产黑鲔鱼的青森县，日本于1992年就已经在该县的六所村建立了核废料处理工厂，巨大的资金投入远远超过当初的预算，所以目前的处理计划里不包括稀释排出废料浓度的部分，尽管这个技术已经开发出来了，但是为了节约成本，核废料处理工厂依旧准备把提炼后的高浓度核废料直接排到海里去。据说英国处理核废料的工厂就一直是如此操作的，而且不受法律制裁。截至2011年年底，至少已经有3000吨核废料运抵青森的六所村处理厂等待处理。据《东京新闻》2012年2月14日报道，这个核燃料处理工厂由于包含了制造核武器的技术，在日本核电设施中是最机密的设施。它包含了铀浓缩工厂、再处理工厂和低度辐射废弃物掩埋中心，行内称之为"核燃三组合"。

"3·11"地震、海啸夺去了至少一万五千人的生命，破坏的家园更是不计其数。现在，在灾区还堆放着大量的瓦砾和垃圾。由于福岛核电站的事故，这些垃圾很可能都有核污染。在福岛县被放射性物质污染最严重的区域，现在很多人仍然流离失所，无法返回家园。政府已经开始关闭避难所，要让他们回家。有些人已经无家可归，只好考虑用领到的救济金以及过去的积蓄重新盖房子，所以据说现在在日本东北部地区，除了少数污染严重的地方之外，地价都在猛涨。原来房子没有被破坏的那些地区，人们希望政府可以负责清除污染。目前当地政府一直在做除污工作，做法就是用高压水龙头冲洗水泥墙，铲掉几厘米的土皮，然后铺上油毡纸，再垫上没有污染的新土。这个方法集中用于学校，也尽可能地用于居民房的除污。但是接下来最麻烦的问题就来了：冲过墙面的水已经污染了，它流进下水道就意味着地下的污染；铲起来的污染泥土被装进了袋子，这些袋子需要一个堆放的场所。福岛人已经严重受害，他们不愿意继续住在堆满了这种放射物的地方，但是其他地区也不愿意接受；所以目前关于这些除污的垃圾如何处理，我看不到准确的报道，所有的说法都是含糊其词的。对福岛居民而言，除污确实在很大程度上只是一种意识形态。媒体不时报道一些事与愿违的消息，证实除污的有效性很有限。此外，地震、海啸造成的瓦砾垃圾构成了另一部分污染物，据说总共有2300万吨。这些垃圾的污染程度是无法测算的。目前好像还没有有效的仪器可以迅速测量如此大量的垃圾，更无法在短时间内处理掉，所以日本政府决定让各个都道府县帮忙，把这些垃圾分配到全国各地去，然后由各地焚烧垃圾的设备一起焚烧处理。为了让各地有个判断依据，政府就临时出台了一个标准，焚烧后的灰烬，每公斤所含放射性物质低于8000贝克勒尔就算合格。但是政府并没有公布焚烧时的标准，而焚烧是直接接触空气的，这不啻是一个全国性的人为污染计划。

日本国土有限，不能把福岛变成无人区。让福岛人继续留在家乡，自己消化这些垃圾，显然也是不人道的。但是因此把整个日本列岛都变成放射性污染物的焚烧填埋场，似乎也不是个人道的选择。往海里倒？不要说全世界会谴责，日本自己也将是首当其冲的受害者，因为现在东部沿海的微生物已经检测出了高浓度污染，据说鱼的检测技术还在开发，目前只是零星地知道某些鱼受到了污染，整体上污染究竟是什么情况，从媒体报道上看不出确切的消息，很多事情要靠猜测。垃圾处理问题到目前迟迟无法推进，因为日本各地的自治体都陆续表示了拒绝接受垃圾的意见，从而也附带引起了日本各个地区之间的龃龉。这个问题很耐人寻味。2011年4月，日本政府曾对各地地方政府进行第一次征求意见，基本上所有的地方都在意向上表示同意接受这些垃圾；但是到了10月，绝大部分地区都开始拒绝了。这中间有半年时间，我猜想原因很多，其中一个是这半年里日本的老百姓自我教育，开始了解到核辐射的危险，于是开始拒绝了。由于他们的坚持，垃圾焚烧计划就无法顺利进展，事情在拖延。而到了2012年年初，有些地方的市民已经开始酝酿起诉日本政府的这一人为的全国污染计划了。这是一场困难的拉锯战，因为它在道义上涉及如何支援福岛受害民众的问题。日本政府也正是利用了民间的这种道义感情推行它的政策。到2011年11月初，日本政府决定，福岛的垃圾由于污染严重，只能就地消化；临近县例如宫城县、岩手县的垃圾，则需要全国来分担。11月初，东京都开始接受第一批来自岩手的垃圾，经过抽样测试，据说辐射指标在国家暂定标准值之下。这批垃圾将要填埋在东京临海的江东区垃圾填埋场。当地民众有抵制，但是也有舆论支持这种做法。支持福岛和东北灾区的重建，毕竟还有民间的基础。还有一种呼声，就是希望政府相关部门信息透明化。自从福岛核泄漏事故曝光之后，不断爆出来的信息证明日本政府一直是避重就轻地向国民隐瞒真相，在信息传递上做了很多手脚。前一阵政府官员又公布了一个数字，说人一生可以承受100贝克勒尔的内部辐射，所以如果按照活100岁计算，平均每年承受1贝克勒尔没有问题。这很有些数字游戏的味道。

再来看看现实生活。福岛核事故之后，生活方式在不知不觉地变化。环境污染和食品污染成为一个日常性的问题，人们逐渐了解到，这不是一两年就可以结束的灾难，它一旦发生，将持续很多年，可能几代人都会受到直接和间接的影响。核辐射分很多种，其中半衰期最短的只有八天，最长的却有两万四千年。有的放射线一张纸就能挡住，有的则是钢筋水泥也挡不住。我目前没有搞清楚的是，据说自然界也有放射性物质，所以有人认为人类有抵挡放射线的能力，但是我很想知道，所谓自然界的放射线，跟核电泄露的放射线是否是同一个种类。因为核电人为制造出来的种种放射性物质，似乎不是自然界的放射性物质，至少应该不完全是一致的。不过科学家说到这地方就不说了，留下一个悬案。

　　日本人目前生活在污染程度各不相同的环境里。有个关于受到核辐射污染的区分，叫作"外部辐射"和"内部辐射"。前者指外部环境中的辐射物对人的影响，后者指通过食物进入人体后的影响。我在报纸上读到，小出裕章在东京的一次会议上发言时说，日本全国都被污染了，只是有程度之差而已，所以日本人要有心理准备，要接受被污染的食品。他建议一定年纪以上的成年人吃污染的食物，因为相对来说成年人受到污染后的损害轻一些；越是年轻，受到损害的程度就越重。所以要保证孕妇、哺乳期的母亲、婴幼儿吃不污染的食品（我想按照他前边的说法，应该是吃污染程度轻的食品）。事实上这个判断很难变成现实，因为在福岛核事故之后，日本政府出台的食品安全标准大大超过国际上的一般标准，比如牛奶和奶制品的安全标准是 200 贝克勒尔，鱼肉蔬菜谷物等是 500 贝克勒尔。报纸上不止一次地把这个标准跟当年苏联的比较，发现苏联制定的安全标准容忍的辐射物数值上限很低，不允许这么高辐射指标的食品进入市场。据说有个俄罗斯科学家很不理解，说日本政府制定的安全标准，远远高于人能承受的限度，特别是针对儿童的标准值，比当年切尔诺贝利事故后苏联的标准高出好多倍。但是除了少数商店具体标明食物的贝克勒尔值之外，多数商店都是把 500 贝克勒尔之下的食品笼统地作为安全食品提供给消费者，并不具体标明它的辐射含量。所以，小出呼吁应该让日本人明明白白地吃，标明了具体数据，才能让高危人群可以吃到相对安全的东西。他甚至提出应该在超市建立"60岁以上人群可食用专柜"，让进入低风险年龄阶段的人主动食用那些辐射程度高的食品。

在社会舆论的压力之下，日本政府在2011年12月出台了2012年4月开始生效的新的安全标准：食品中的辐射物含量在100贝克勒尔之下。这个标准比切尔诺贝利核事故之后日本进口欧洲食品的安全标准还要严格。如果真的能够得到有效执行，超过这个指标的食品都不流通，那么2012年4月之后日本的食品安全危机情况将有所改善。但是从野田首相不顾事实地宣布日本核危机已经结束的做法推测，真实的有效执行是相当困难的事情。

我注意到，传统的生活智慧在今天正在失效。比如米饭中最有营养的是糙米，但是现在精米的贝克勒尔含量比糙米低，所以大家不仅需要改吃精米，而且需要把米洗干净后再做饭；2011年的新米上市，历来讲究吃新米的日本人却在悄悄地抢购囤积陈米；蔬菜生吃比熟吃有营养，但是现在不仅要洗干净后煮熟，而且最好先用开水焯过再烹调；瓜果则一律要削皮。至于日本人每日食用的鱼类，在福岛核辐射物60%进入海水的情况下，就很难再让人毫无顾虑地进食了。人们如果希望以自然的方式生活，就要尊重自然，现在一切都被搞乱了，日本人的生活智慧也将发生很大的混乱。最受打击的是日本的有机农业，包括福岛在内很多地区的有机农业生产者，辛辛苦苦地经营了几十年，总算是搞出一块农药化肥含量很低的净土来，生产的有机稻米和蔬菜也有稳定的口碑；但是核污染一来，一切都变了，这对于福岛的有机农户来说实在是太残酷了！

可能中国人会产生的一个疑问是：为什么不把福岛人迁到其他地方去避难？如果看看其他地方的情况就会知道，日本全国已经没有可以避难的世外桃源了。日本电力供应有30%以上来自核电，全国有十七座核电站，五十多个发电机组，它们遍布日本各地。虽然目前多数发电机组进入了检修状态，但是停运并不等于废炉，所以目前日本各地都在做防灾准备，除了训练人们地震、海啸来了如何逃生之外，还在进行核泄漏时如何应对的准备。我逗留京都期间从报纸上读到，京都府跟关西电力公司正在打拉锯战，为一旦核泄漏是应该划定20公里还是30公里辐射区讨价还价。

目前福岛的核泄漏问题并没有得到解决，而日本全国的其他核电站多数在检修，有乐观的说法是到2012年年中，所有机组都将停机检修。民间的反对核电运动一直在持续，所以日本政府一度表态说要向停止核发电的方向推进政策。但是可以观察到的现实是，口头上的停止核发电和事实上的维持乃至推进核发电是并行不悖的。2011年11月初，九州玄海发电站不顾当地居民的反对，已经恢复了运转发电；邻近京都的福井核电站目前正在申请恢复运转。报道这个事实的NHK的说法是：申请恢复运转需要一个漫长的流程，大概最后到批准也需要五年时间。但是显然，一旦进入了申请运转的流程，被批准的可能性就很大，而目前的这个状况，就只不过是缓兵之计而已。实际上真正操控这件事情的是商业资本，仅仅依靠居民的常规性抗议，看来未必能够有效地彻底阻止核电站的运转。

有日本学者在报纸上发牢骚说，世界上只有日本政府把核发电这种事情委托给以赚钱为目的的民间企业，其他国家都是由政府掌控。但是他忘记了两个基本的事实：一个是日本作为世界上唯一一个原子弹受害国，也作为曾经的军国主义国家，同时作为宪法规定不能拥有军队的国家，它的政府不具有掌握原子能控制权的正当性，虽然日本内阁在20世纪50年代中期就成立了原子能推进委员会，而且一直是"有作为的"；另一个是更隐蔽的事实，电力公司这种民间企业，与政府有着千丝万缕的联系。2011年10月，日本共产党的《赤旗报》曾经揭露说，在赔偿受害者问题上哭穷的东京电力公司，却在同一时期拿出大笔经费来支持议员的竞选活动。实际上，日本政府在核问题上从未退场。最近武藤一羊先生出版了他的新著《潜在的核拥有与战后国家》，揭露了日本政府从50年代直到现在一直顽固推进的核政策。政府不仅拿出大笔的预算投入相关研究，而且在某些阶段也有直接的态度（例如60年代中后期的佐藤内阁鼓动美国对中国采取核手段）；不过这些还都是隐形的，浮出水面的是所谓"核能的和平利用"。武藤先生揭示了一个严酷的现实：日本的核能发展是美国在战后不久强加给日本的，因为美国如果保持自己的核武器生产，就需要一个不断消化它的市场，除了战争，最好的方式就是输出核能。所谓"核能的和平利用"与这个战略需要有直接关系,而日本内阁乃至科学家则出于各自的考虑,积极接受了这个事实。

在核电问题上,日本的公司(及其背后的政府)遵循的是与军队打仗同样的逻辑:只管取胜,不管善后。战争的逻辑是一定要死人的,所以核辐射及其后果被视为必要的代价。但是这个情况一直不为人所知。

据报纸无意之中揭露的事实,千叶一家科技机构多年来监测稻米的辐射含量,据说现在监测出的辐射含量甚至远远低于1964年的。世界上集中进行核试验的时期,核辐射一直存在,但是没有被作为问题看待,全世界的老百姓因此一直被蒙在鼓里。这与当年美国在比基尼群岛进行核试验,导致当地居民受到辐射,也导致日本渔民受到辐射时的逻辑是一样的。所以,问题的症结不在于核电站由企业经营还是由国家经营,而在于它的性质本身——它是潜在的核武器元素,只要不发生类似福岛这样的大事故,日常性的辐射对民众的危害几乎不被视为问题。最近宝岛社出版了一本关于辐射能的普及读本,里面谈到美国一个统计学家针对美国核电站进行的一项调查,发现离核电站距离在160公里之内的地区,白人女性因乳腺癌导致的死亡率大大高于远离核电站的其他地区。

几个月前,日本的《图书新闻》刊登了池上善彦对美国反核电活动家曼纽尔·杨(Manuel Yang)的长篇访谈,里面谈到了一些值得注意的问题。美国在70年代兴起过反核的民众运动,虽然并没有直接导致核电站停滞,但是却间接地使得核电站的成本增加。这是因为人们的抗议运动使得"不修厕所的高级公寓"不得不降低合法的辐射指标、增加防止泄露的措施;不仅是美国,欧洲与日本的反核运动也形成了呼应关系,最后使得ICRP[1]降低了辐射允许的数值,提出了更严格的安全指标。辐射允许的数值降低,使得核电站不得不增加运营成本,于是客观上牵制了核电站的发展。

从这次日本的核泄漏事件看,政府与资本集团的做法也是尽量降低成本,提高辐射耐受值。日本政府出台的所谓"暂定标准"是非常不人道的,但是日本政府至今仍不断重复宣传"不会对人体立刻产生影响"。可以很清楚地观察到政府与资本的相互勾结,而且可以看到各大传媒集团也同样受到资本的掌控。就连所谓价值中立的科学家,也一样被收买。现在日本学界特别是学生们挂在嘴边的"御用学者",并不是政府的马前卒,而是商业资本集团的马前卒。我在京都大学校园里看到学生们挂出巨大的条幅,说要把御用学者某某赶出京都大学,不由得万分感慨。京都大学是日本科技界诺贝尔奖得主的集中地。日本第一位诺贝尔奖得主、物理学家汤川秀树就是京都大学教授,他也曾经是日本政府1956年建立的原子力推进委员会的成员,后来在是自主研发还是直接引进外国核电设备的问题上因意见不合而退出,但是一直反对核试验,支持核发电。现在京都大学校园也不平静了,因为价值中立的天平显然无法摆平。

---

1 International Commission on Radiological Protection,国际放射线防护委员会。

要创造无核的世界,需要首先消灭战争,尤其消灭核战争。这似乎是个离我们百姓太远的问题,其实不然。人类越来越生活在一种持续性的核辐射状态中,只不过辐射的程度不同而已。造成这种状况的,是现代社会对财富的贪欲和基于这种贪欲的社会机制。日本的民众正在行动,他们并不仅仅是在游行。用池上的说法,日本正在出现一个叫作"辐射测量运动"的自发性运动。这仅仅是出于"活下去"的欲望而发生的行动,并不具有任何具体的政治目标。人们不再道听途说,而是自己动手去确认那些被政府跟官僚乃至部分学者刻意隐瞒的基本事实。最近,福岛的农民也开始行动了。我看了NHK的一个专题报道——福岛几个重灾区的农民不再空等政府和科学家的拯救,他们要依靠自己的力量摆脱困境。他们正在进行各种实验,在污染的土地里掺进各种物质,或者改变农耕方式,以期降解有害放射物对农作物的影响。当民众主体性地介入核电问题、并在技术上学习对辐射进行控制的时候,当民众希望不再按照消费社会的既定法则生活的时候,反核才真正开始。

冲绳：在临界状态中生活[1]

这是一个我借来的题目，它来源于2011年6月在上海召开的一个会议。会上，来自冲绳的著名评论家和运动知识分子仲里效先生，作了题为《在临界状态中生活的思想》的报告，这个富有冲击力的话题给在场的人们留下了深刻的印象。"3·11"日本大地震以及福岛核泄漏事故发生之后，临界状态已经成为东部日本人的一种生活"常态"——他们随时可能从"正常的生活"中被拖入核污染所带来的非正常状态，因而东部日本人不得不小心谨慎地选择食物，改变生活方式，以尽量减轻受害的程度。或许正是因为这种非常状态来得突然，使得毫无防备的日本知识分子在最初的一段时间处于"失语状态"，或是只能勉强说些隔靴搔痒的话。然而在本土日本知识分子失

---

1 本文原载《文化纵横》2011年第4期。

语之时，敏锐而准确地表述了这个生存感觉的，却是并没有直接受到地震和福岛核泄漏威胁的冲绳知识分子。

关于冲绳，除了那些专门的研究者或者特别有兴趣的人之外，中国社会是缺少了解的。自从1879年被明治日本吞并之后，冲绳一直不得不处在一个"临界状态"：在明治政府的控制下，古老的琉球社会失去了自己的语言习俗，变成了日本的一个县——"冲绳"。对它而言，"近代化"同时也意味着"日本化"。如同冲绳人所说，这种近代化和日本化给他们带来很多困惑，例如他们不得不跟随明治日本一起废除了旧历新年，过起"阳历新年"来；不过更大的困惑在于，对于曾经享有自由与和平的琉球社会而言，日本化带来的首先是现代化的各种负面后果。经济自主权的丧失自不待言，就中最为残酷的是，它不得不卷入明治以来日本的对外侵略战争，特别是"大东亚战争"，这意味着它不得不在这场全民战争中为日本政府的军事扩张充当炮灰。战争作为现代化最核心的事件，今天在世界上仍然以各种名目不断地再生产，可以说冲绳的现代历史，正揭示着现代化与战争的内在关系。

1945年，美军在太平洋战争末期攻占了冲绳。这是美国在日本唯一的一次陆上作战，日本军队在冲绳负隅顽抗，战斗极为惨烈，它给无辜的冲绳百姓带来了巨大的创伤。在冲绳战役期间，美军投下大量的炸弹，给这个美丽的岛屿留下累累创伤。而在美军登陆并掌控了局面之后，他们立刻在岛上划出军事区域，禁止当地人进入，也截断了岛上的南北通路，实行军事管制，为战后建立军事基地作准备。

然而给冲绳人带来创伤的不仅仅是美军的占领。当战争末期日本军队在冲绳战役中已经显露出败象之时，曾经发生过多起日本军队强迫冲绳平民集体自杀的事件。这一被称作"集团自决"的悲惨事件，在日后由于大江健三郎的《冲绳札记》的揭示而引起本土日本人的关注，并且曾经引发了以当年强迫冲绳人集体自决的日本军人家属为原告、大江和出版《冲绳札记》的岩波书店为被告的一场诉讼。这场诉讼最后以大江和岩波书店的胜诉而告结束，但带来更大的社会效果是使得更多的本土日本人了解了这个事实。在冲绳人的历史记忆中，日本军队在某种程度上同样是外来的军队，而且同样残暴地把冲绳百姓逼向死路。只不过由于很多冲绳青年也被迫加入了日本军队，日军比美军包含了更多的复杂纠结成分，因而更使冲绳人感到困惑和愤懑而已。

1952年，日本签订《旧金山和约》的时候，冲绳被从日本领土中分离，划归美国占领当局"托管"。于是，冲绳既不是日本的一部分，也不是美国的一部分，而是处于军事占领下的无主权状态。可是日本恰恰因为出卖了冲绳而顺利地签署了战后和约从而获得了"主权独立"；当本土日本人庆祝日本终于结束了战争成为独立国家的时候，曾经在冲绳战役中被迫付出巨大代价的冲绳人则感受到了被背叛的愤怒。直到1972年，住在日本本土的冲绳人甚至无法回到冲绳省亲，为了回到自己的故土，他们需要向美国驻冲绳的政府申请办理类似于签证的

冲绳：在临界状态中生活　045

手续，还不一定会获得批准。

这样，冲绳人无法自愿地成为美国人，也无法自愿地成为日本人，同时，他们也无法有效摆脱战后日本与美国合谋制造的钳制状态，真正获得自己的主权。这种腹背受敌且无退路可走的状态，就成为冲绳人的生活常态。

应该说，仲里效先生所归纳的"临界状态"是非常传神的，我则希望进一步把它意译为"极限状态"。在近代以来冲绳关于归属问题的一次次挣扎之中，归属的不确定、不稳定并没有给冲绳人提供多样的选择可能性，相反，他们始终处在一种无从选择的极限状态。临界，是因为他们始终生活在一种随时会改变性质的动态之中；极限，是因为他们无法按照任何常规的逻辑去设定自己的奋斗目标和出路。

在20世纪50年代被划归美国托管之后，冲绳就出现了复归日本的运动，甚至在某些大型的群众示威活动中，日本国旗也曾经代表过冲绳人对抗美国占领的意志。但是几乎同时，冲绳人也开始意识到复归运动隐藏了单纯依赖日本的倾向，于是从60年代开始，"反复归"（它是以复归运动为对立面的社会思潮，其核心思想并不在于反对复归日本，而是在于反对复归运动中丧失了主体性的思想倾向）的思想运动也出现了。

复归和反复归，并不仅仅是两种直接对立的现实选择，而是冲绳人在无法选择的状态下所作出的决断。尽管在现实当中，复归与反复归的立场是直接对立的，但是我更倾向于在历史视野里把复归和反复归视为同一个运动的两个不同侧面，甚至希望把它们视为互补性的两种不得已的选择——毕竟，对于并不具备主权独立的现实可能性的冲绳而言，无论是复归日本还是维持在美国占领下的现状，都不是一个理想的选择。

1972年，冲绳的施政权被美国交还日本。由于在条约中写明了钓鱼岛主权"归属"日本，（美国与日本私相授受中国领土的行为，不具有任何法律效力，中国坚决反对）这也成为导致在美国的台湾留学生发起以爱国为主旨（当然也暗含了对抗当时台湾国民党极权政治的意涵）的"保钓运动"的直接导火索。被视为日本一部分的冲绳社会，并未因此获得真正意义上的主权尊严，相反，它面对的现实是日美修改"安保条约"并把日本本土的美军兵力更多移向冲绳。冲绳变成了美军在东亚最重要的军事基地，同时也成为日本都道府县中国民收入水准最低的一个县。由于美军管制了冲绳的领空和海域，冲绳人无法在近海发展渔业生产，也无法像传统时代那样没有障碍地进行远洋贸易；冲绳丧失了独立发展的基本经济手段，不得不依靠畸形的"基地经济"（即以美军的消费为对象而发展出来的经济形态）生存。而在日常生活中，美国驻军对冲绳人的骚扰已经构成了一种持续性的威胁，从性暴力到各种军事演习造成的事故，从安全感的丧失到环境的持续污染，这一切都在冲绳社会造成了无法弥补的创伤。

生活在临界状态中的冲绳人有一万个理由悲情。但是这片苦难的土地却不仅仅孕育了悲情。站在冲绳社会运动第一线的一代代思想家们，在不断为纷乱而纠结的社会运动打造形状、塑造方向、注入能量的同时,也不断地生产着"大于冲绳"的思想。

仲里效先生在90年代中期创办了艺术评论杂志《EDGE》,直译这个名称的话,就是"临界"。但是,这一临界状态并非如同科学家可以在实验室里观察到的那样,是物质在不同条件下变化为另一种形态的过程,对于冲绳人的主体性而言,它始终是一种"在刀尖上行走"的极限状态。从一种状态转变为另一种状态,这种变化并未给冲绳人带来幸福与安全,也并未给冲绳人带来可以实体而稳固地感知世界的静态感;相反,不断把冲绳社会抛入危机状态的临界线,才是冲绳人"安身立命"的真实立脚点。因此,学会在临界状态中生活,成为冲绳人的思想课题。通俗地说,冲绳人需要持续性地生活在非常状态之中。

在临界状态中生活,意味着冲绳人必须不断克服"常态生活"的幻想,正视持续着的危机状态的非常态性格;在临界状态中生活,意味着冲绳人要以流动性的感觉来营造每一天的生存感,意味着危机意识所要求的紧张感成为生活状态的一部分。正如一位冲绳母亲对我说的那样:我每天仰望天空,都觉得毛骨悚然,因为我不知道什么时候美军的直升机就会从头顶上掉下来,砸到我的孩子!

而仲里效对"临界"的含义追问得更多。他在《EDGE》的发刊词上写道:"什么是临界?'边界线。周边。刀刃。朦胧状态。'它是周边性,是两义性。它并非从一个方向上受到力学的冲击,而是从多个方向上接受冲击的运动。它是外部与内部的断裂之处,是时间与空间相互扭曲变化之场。它不是关于

'一',而是关于'多'的思考,是使中心(权力)无力化的边界之境的强度。它是一个磁场般的存在,在它那里觉醒与昏睡同在,锐利与朦胧扭结。冲绳的个性不正是在这临界性中瞬间展现的吗?!"[1]

仲里效的解释看似玄虚,其实并不难理解。结合冲绳的现代历史,即使是我们这些局外人,也不难想象一个社会在没有确实出路的时刻所感受到的那种煎熬,和不肯在严酷现实面前闭上眼睛的勇气。冲绳并非仅从美军占领这一单一的方向上受到力学冲击,它同时面对着日本政府的出卖、本土日本人的冷漠,更面对着由于美军基地的存在而被亚洲邻国侧目以待的委屈。据说在60年代越南战争的时候,越南民众就曾把冲绳视为美国的帮凶,这使得当时的反战冲绳人有苦难言。而冲绳人一直怀着善意对待的中国社会,却对冲绳人缺少真正的关心;冲绳人常常对中国人"琉球应该回归中国"的态度感到哭笑不得。应该说,恰恰是在这种并不轻松的多个方向的冲击当中,冲绳的思想家们进行着"关于'多'的思考"。他们必须找到一些有效的方式来对待来自不同方向的冲击和误解,乃至漠视。尽管在今天的冲绳,对日本本土的向往和认同、在美军基地的破坏性与容忍美军基地所带来的物质利益之间权衡等的社会氛围,对仲里所期待的这种冲绳的个性构成了消极的影响,但是在重重障碍之中,仍然有一批冲绳人坚持着在极度困难的状态

---

[1] 《EDGE》创刊号,1996年2月,APO(Art Produce Okinawa)出版发行。

下进行固守冲绳并超越冲绳的思想建设。仲里把这种主体性的思想状态称为"战斗着的临界"。

在是否把美军基地从冲绳赶走的问题上，冲绳的运动人士以最为自然的方式表现了他们"战斗着的临界"的国际主义情怀。尽管在斗争策略上不无分歧，冲绳的思想界却以最朴素的方式坚持了"固守冲绳并超越冲绳"的立场。他们给自己确定的斗争方向是：赶走美军基地并不是最终目标，要让美军基地无处落脚才是最终目标。他们进行的不仅仅是反对美军基地这一现实的斗争，更是让人类社会最终消灭战争的努力。为了这一目标，冲绳的思想家们重新检讨了现代化的价值观，重新打造了关于幸福的理念，正如新崎盛晖在《冲绳现代史》中介绍的那样，早在冲绳施政权被交还日本的70年代开始，冲绳人就通过社会运动抵制日本本土的石油公司等高污染企业进入琉球群岛进行开发。这种反对开发的运动随即带来了对新价值观的提倡，所谓"逆向差别论"就体现了这种新的价值观念。[1] 新崎曾经在一次会议上具体解释过什么是"逆向差别论"：当人们仅仅用个体所得的数值来衡量生活质量的时候，往往会忽略那些无法用金钱衡量的价值，例如没有污染的空气和水，简单却健康的生活方式，等等。在此意义上，人均收入不及东京一半的冲绳边野古村，其居民却可以比东京人享受更高品质的生活。

---

[1] 参见《冲绳现代史》，胡冬竹译，生活·读书·新知三联书店2010年版，第249—250页。

边野古是美军试图把普天间机场搬迁过去的海边小村，它有着洁净的海水和清洁的空气，以及海水中生长的包括珍稀物种在内的各种海洋生物。新崎的这个例子是意味深长的，它暗示着一个深刻的道理：现代化的生活方式很容易与现代战争挂钩，如果希望制止抢夺资源所引发的战争，如果要真正实现人类和平，当今世界必须重新建立生活价值观，重新定义什么是幸福。正是在这个意义上，冲绳的思想家们把日常生活与反战和平在价值观上联系在一起，勾勒着新型社会的蓝图。

仲里效说，在冲绳并不存在某种国家或者民族的"球形内部"。这个比喻解释了在冲绳人的现实斗争当中为什么没有使"冲绳独立论"这种复制民族国家的意识形态占据主导位置。民族国家这样一种"球形"，是一个相对封闭的系统，处于内部中央的球心则是向心力的集合点。冲绳并不存在这样的向心力，正如复归与反复归运动所构成的紧张力学关系所显示的那样，冲绳人真实的凝聚力来自"战斗着的临界"。这种临界状态很难直观地体现为某种可视的"认同"，但是它确实是在对不确定的现实状况保持对抗反应的过程中凝聚而成的。冲绳人并没有致力于建立一个国家认同，他们更关注的是如何对于紧张流动的现实保持清醒。在2011年特定的灾难面前，冲绳人展现出了他们这种清醒认识的基本品格。

当东部日本遭遇大地震和海啸，进而诱发福岛核电站泄漏的灾难之后，整个日本社会曾经一度陷入失语状态。用语词工作的知识分子尤其感受到了失语的痛苦，他们发现自己一向依赖的分析工具在瞬间失去了有效性，特别是习惯于用批判天皇制、批判国民国家以及批判资本主义的方式来进行思想工作的批判知识分子，开始感觉到自己的思想工具无法有效对应现实状况。我的一位日本朋友说，他在地震之后不得不取消了一系列的稿约，而且感到很困惑。如何看待突然而至的这场灾难，如何对它进行反应，便成了一个崭新的课题。

然而冲绳人却没有失语。这不是因为他们距离福岛遥远，更不是因为他们对日本的灾难隔岸观火。恰恰相反，冲绳知识分子最早对这场灾难做出了切身的反应。当日本政府硬性抬高关于核辐射承受度的指标，让福岛的孩子们不得不忍受100毫西弗的辐射时，我最早收到的是来自冲绳的知识分子与福岛在地知识分子的连带反应。他们一起尖锐地指出，日本政府这是在犯罪，反人类罪。随着民众不断掌握核辐射等具体知识，一个基本的事实开始呈现出来：核发电并非如官方宣传的那样安全可靠，而福岛核泄漏的恶性事件远非一过性的灾难，它造成的核物质泄漏问题不仅没有适当的办法加以解决，而且由于核物质漫长的衰变期，至少一两代日本人都要生活在核物质的阴影当中。当东部日本的民众开始行动起来保卫自身安全的时候，当核发电的安全性等问题终于被日本国会列为听证会议题的时候，本土日本人也逐渐明白了自己的真实处境，他们通过这种特殊的体验开始领会临界状态特有的紧张感；在二战后，他们几乎是第一次进入冲绳人半个多世纪以来一直经历着的极限状态。

时至今日,据说东部日本的民众在日常生活中增加了一个特殊的环节:每天登陆农林水产省的网页,核查当日辐射情况。如同中国人所习惯的天气预报、空气污染指数预报一样,日本人也开始习惯了辐射预报。根据这一信息,百姓可以决定当天的很多事情:买什么菜,喝什么水,可能的话出行时避开哪些区域,等等。这个原本属于应急的信息手段在持续一段时间之后,就会带给日本人一种新的秩序感,并进而打造一种临界状态下的虚假"常态"。

事实上,在强大的传媒攻势之下,由于新秩序感的迅速建立,今天有很多日本人并不认为核泄漏带来的危机会危害他们的生活,会彻底改变社会运转的方式,他们更愿意把这个事件视为一个一过性的意外。由于人类固有的为了减少精神能量的付出而希望生活在常态之中的本能,很多人已经放弃了危机感,从而回到事故之前的常态中去,力图尽快恢复原有的生活——对于他们来说,目前的生活状况仅仅是较从前而言"有些不便"而已。

于是,尚未解决的福岛核泄漏问题已经开始从日常生活中淡去。而日本媒体也开始配合主流意识形态,以"支持福岛,重建家园"为话题的宣传充斥主要宣传空间,人们避开核泄漏事故本身不谈,却在道义的名义之下讨论如何在充满辐射物质的福岛坚持,如何消费已经被核物质污染的蔬菜水果——这些事物已经被视为善后的程序了。只有那些坚持反核和坚持揭露目前核泄漏事态真相的人们,还在固守着"非常状态"

的感觉,拒绝回到常态中去,他们呼吁人们要正视核危机本身,要以福岛核事故为契机,从日本的土地上消灭任何形态的核设施。

几个月来,以东京地区为主要阵地,一些积极的反核人士以各种形式呼吁废除核电站,消除核隐患。一次次游行和集会使得日本社会中被刻意遮蔽的临界状态不断凸显,有识之士正在全力避免临界感觉被回收到常态感觉中去,他们正在付出绝大的精力以帮助整个社会认清这样一个基本事实:不仅福岛核危机给关东地区造成了需要很多年才能真正衰减的辐射后果,而且任何一个核电站的建设和维持本身都充满了巨大的危险,核电站一旦建成,拆除它甚至停止它都将是极其困难的事情!所以,在核电站分布于日本各地的今天,划分出安全区域和危险区域的做法仅仅是拖延事态的手段,而真正解决危机的方法,由于需要付出巨大的经济代价和其他的努力,则在事实上被束之高阁。

福岛核事故是一个重大的契机,它使很多潜在的威胁表面化了。仲里效尖锐地指出,随着福岛核事故前后日美军事同盟的强化,冲绳的问题又一次浮出水面。就在福岛核事故发生之后,借助于非常时期日本自卫队与美国军舰合作救灾行动的合法化,日本政府已经在事实上让自卫队的合法性进一步升级。最近日本海上自卫队舰只与美军的航空母舰一起开进冲绳,预示着日本自卫队进一步获得了军事上的独立性。仲里效大声疾呼,核危机以不可视的方式一步步威胁着日本社会的安全,而日本军备的不断升级、日美军事同盟的不断强化,则一步步地威胁着东亚乃至世界的和平。或许这种军备升级的表象还代表了更多的内容。福岛事件引发的后续效应正在以最令人担忧的方式延展。据日本媒体报道,日本高层在考虑把核发电设施转入地下。更有甚者——据一位日本友人来信说——日本民间大公司的总裁正在计划与美国联手,试图在蒙古国境内建立贮藏核燃料和处理核废料的设施!

日本有一些民间的反核科学家,三十年来一直在宣传核发电的危险性。然而,不仅官方对他们不屑,民众也认为他们是在耸人听闻。直到福岛核事故发生之后,这些孤独的科学家才真正受到关注,他们不仅被国会邀请出席听证会,而且不断被民间组织邀请举办有关核辐射知识的讲座。

但是,这并不意味着他们的意见真正有可能左右现实。被实际利益掌控的现实,其惰性远远不是讲道理可以轻易打破的。而且,要改变目前的社会状况,有一个基本的现实必须关注:只有当日本的民众真正下决心改变自己的生存方式,真实地减少对电力的需求,减少和废除核发电才能迈出第一步。对于已经习惯了现代化生活方式的日本大城市居民而言,这个改变将是牵一发动全身的;它不仅需要建立在对目前危机的"非常态"性格的认知之上,而且需要建立在让这种极限感觉不断持续的自觉之上。让非常态的认知持续,是在挑战人类的本性,即使在战争这种极端的情况之中,我们也很难观察到一个社会的主观认知可以长时期地处于非常状态。人类需要哪怕是虚假的"常态"感觉，因为只有这种感觉才能让人不必付出太多精力而生存下去。

或许正是在这个意义上，冲绳对于日本、对于人类显示了它的重要性。冲绳民众何尝不希望维持"常态"，何尝不具有人类共通的拒绝极限感觉的本能。但是，美国与日本政府的一系列军备武装升级的决策，不断打破冲绳人的常态幻觉，让他们不得不面对现实。边野古长达多年的持续抗争、席卷冲绳本岛的一次次大规模的抗议活动，需要多少不断消耗的思想能量，需要多少克服内部分歧不断整合各种社会力量的努力，这一切抗争的分量，只有战斗在第一线的冲绳思想家们才了解。而我们在外部所能看到的，可能仅仅是一个模糊的轮廓，甚至仅仅是一个对中国人而言并不具有紧张度的琉球归属问题——至今不是还有很多中国人津津乐道地要把冲绳归入中国的版图吗？

因出版《拥抱战败》而知名的美国历史学家约翰·W.道尔，在2011年4月29日接受《朝日新闻》采访时谈到："如同个人的人生往往会遇到的那样，在国家和社会的历史之中，由于某种突然降临的事故和灾害，总会出现一个瞬间，让人注意到究竟什么才是重要的；就在这样的瞬间，会产生一个空间，让人可以用新的方法、创造性的方法来重新思考一切。……而目前，我们正在经历这样的瞬间。但是，在东拉西扯之际，这个空间将很快对我们关闭。"[1]

---

[1] 转引自《图书》2011年第6期《编后记》，岩波书店，第64页。

道尔不愧是一位优秀的历史学家,他又一次让我们回到第二次世界大战末期。我也想起著名的德国犹太思想家本雅明的绝笔之作《历史哲学命题》中一段惊人相似的论述:"过去的真正意象,只能在一闪之间呈现。过去只能在一次性的、突然闪现的意象中加以把握。如果错过了使认识成为可能的一瞬间,那就无法补救了……那是因为,过去的一次性意象,它所面对的载体是现在;只要对现在缺少自觉,它就将会消失在现在的一瞬之中。""历史唯物论的问题,就在于在危机的瞬间把握过去的意象,它以突如其来的方式展现在历史主体的面前。"[1]

历史永远不会重复,但是危机对人类的意义却不会改变。在危机的瞬间思考,抓住危机的瞬间而拒绝让它关闭,是我们进入历史并理解现在的唯一渠道。通过这一渠道,我们可以进入一个不同的世界,只有在那里,我们或许才能够切实地体会,为什么冲绳人会说不那么现代化的边野古比东京拥有更幸福的生活。或许当东京人真正了解了这个说法并非冲绳的精神胜利法,而是在充满危机的现代社会最为睿智的选择的时候,日本社会才能找到转机。或许只有当我们中国人不再隔岸观火地对待福岛核事故以来的日本和冲绳,不再把抢盐风波仅仅看作民众的一过性反应的时候,生活才会向我们闪现它真实的状态。

---

[1] 日译本《本雅明著作集1》,野村修等译,晶文社1994年,第115—116页。

"常态偏执"与当今世界[1]

一

很少有人动用自己的感觉去追问这个问题：人类今天的生活状态是否正常？尽管两次世界大战使得世界上很多知识分子都用自己的方式讨论这个老而常新的问题，并且后现代以来的各种文学艺术和学术产品都在不厌其烦地告诉我们，人类生活得很不正常；但是这些忠告似乎没怎么起作用。说到底，"正常""自然"这些标准早就被篡改了，人类已经习惯了倒置着自己来看世界。"正常"和"自然"被用最不自然最不正常的方式重新打造过之后，反倒是原本自然的正常状态显得不正常了。平心而论，"正常"与"自然"这样的字眼，绝对不可能

---

[1] 本文原载《天涯》2013年第1期。

包含客观不变的标准,一切都是随着多数人的行为方式而改变和共享的。在今天这样一个跟着广告走的虚拟世界里,人们已经"习惯成自然"地接受了很多不正常的东西,并且反倒认为这些东西才是正常的。最大的不正常是超出生存需要的消费与占有,在每天都有大量贫困儿童因饥饿而死的世界上,它以时尚之名把对资源的浪费变得合理合法,而且花样百出地不断造成新的消费(多数情况下它就是浪费的代名词)潮流。

一切都是资本的阴谋——很多人会这么说。不过问题到这里并没有结束。仅仅依靠批判垄断资本主义及其与权力的共谋,包括批判它的意识形态,我们并不能改变今天的生活状态。这是因为,那些未必接受资本逻辑的人,却可能在生活感觉上接受消费主义的逻辑。在这个意义上,普通人并不仅仅是资本的受害者,同时也可能成为共谋者。被消费主义重新打造过的生活观念,在今天支撑着"生活常态",构成多数人的生活追求,这似乎不再需要举例说明。

我偶然在北京"小毛驴市民农园"的志愿者们发行的简报上读到一个年轻志愿者的短文,其中谈到,这位年轻人现在过着简单而充实的生活,居室里没有电视,没有多余的物品,不知道明星和追星的潮流,但是却在有机农业的实践中感觉到了生命的充实。在农园的生活使得这位年轻人发生了一个朴素的疑问:为什么现在人们要拼命地挣钱,然后高高兴兴地用挣到的钱去买那些有毒的东西?

这样的疑问在全球都存在着,尽管它尚不会成为主导的声音，却一定会慢慢地发酵。这个疑问体现的健康本能使我感受到了希望，这才是真正的抵制资本逻辑的力量！毕竟在有限资源不断被消耗的情况下，人类总有一天会不得不面对这个今天只有少数人敢于面对的问题——我们这样不计后果地打造和谋求的现代化生活方式，姑且不说对自己意味着什么，它对于尚未来到这个世界的子孙后代而言，是否已经构成了贪婪的犯罪？

2011年日本的"3·11"大地震已经过去一年多了。这个天灾人祸纠结在一起的事件，究竟在何种程度上改变了日本并间接地改变了世界，今天还无法确切作出判断。但是，很多日本人确实在这又一次灾难中获得了某些宝贵的经验。其中最使我受到启发的，是他们曾经在网络讨论中提到了"常态偏执"的问题。

中国人对于2011年日本社会在巨大的灾难之后迅速恢复日常状态感到惊讶和敬佩。尽管在这种不动声色的常态中，多数日本人隐然地感受到了"3·11"之前不曾有过的不安感觉，但是这种不安并没有让他们改变灾难发生前的生活方式，也没有让他们在行为举止上体现出任何慌乱。社会在短时间内又变得井然有序，人们忙碌地上下班、交往、购物娱乐、享受生活。我们外国人很难了解日本人内心的那份不安，于是就从表面上的常态中判断这个社会：它已经从灾难中恢复了。虽然在2012年日本内阁批准重新启动福井大饭核电站机组之后，日本社会相继出现了大规模的示威游行和请愿活动，但是对于多数日本人来说，福岛核电站的机组残骸似乎已经不再构成威胁，它们作为话题虽然不时出现在媒体上，人们却失掉了关注它的新鲜感，并未消失的核辐射问题似乎已经被善于使一切都秩序化的日本人转化为一种新的秩序：勤劳的日本主妇们在自己的家务中增加了一项新的内容，就是尽力辨别每天为家人提供的食物中放射性物质的含量，尽量在选择食材时使它降低到最低限度。

人类善于选择重复性的行为，我们每个人都不例外。使自己处于常态感觉之中，意味着可以不用思考和选择而重复性地生活在某种秩序状态中，例如每天按时上下班，按时吃饭，按时购物，按时看电视，按时上床休息，这对一个人而言几乎可以依靠下意识的习惯就能完成，这是能量消耗最小的方式，因而最省力；而当人每天都处于不确定性之中，每个动作都需要动脑判断，都要自己作出选择和决定的时候，就需要付出更多的精力和体力。心理学家做过一个实验，让人们自由入场观看演出，并且宣布没有对号入座的需要，大家可以随时调换座位；但是当中间休息之后，绝大多数人都会依然坐回原来的座位。类似的情况在社会生活中是常见的，它甚至可以转化为对秩序的理解：秩序就是不要轻易改变已经形成的某些习惯。哪怕是刚刚出现的习惯，一经确定，人类就倾向于维持它，因为这是最节约精神与体力能量的方式。在这个意义上，应该说尽量缩短非常事态的持续时间，尽量驱逐非常态的感觉，是人类生命的辩证法。就连非常态本身，如果持续了一段时间，人类也有本事让它成为可以习惯的"常态"。想想2003年非典流行时期人们先是恐慌继而习惯的过程,这一点不难理解。

但是,假如人类生活的常态是健康而合理的(姑且不去讨论什么是健康的和合理的标准,我相信常人都有一个基本的判断),那么使自己处于常态就是正常的。问题在于,假如我们笃信的"常态"并非如此,尤其是在现代社会已经显示了它的病态的时候,那么,我们使自己处于"常态感觉"中的本能,是否反倒是一种有害的自我麻醉呢?

在日本社会迅速恢复到"3·11"之前的状态时,最早对这一点表示疑问的是一位来自美国的知识分子。他并未对日本人迅速恢复的秩序感觉表示赞赏,反倒表示了惊讶。他指出,在这种迅速恢复的状态中,他感受到了一个断层:一部分日本人感受到了危机,虽然在这个感受到危机的人群中危机的强度各不相同;而另一部分人则基本上没有危机感,他们更愿意回归到从前的生活状态中去。

这个分类法虽然有些粗疏,但是在基本估价上是可以成立的。如果说在核辐射的善后处理问题上,日本人大致分为两群,恐怕并不违背现实状况:一群人有强度不等、内容多样的危机感,这促使他们投身于各种各样的行动,小到为了家人的安全而拼命学习核辐射的知识,大到为了社会的安全和正义而到街头参加抗议游行,或者用各种方式支援那些渐渐被媒体遗忘的受害者;另一群人则对此冷眼旁观,他们仍然按照福岛核事故发生之前的感觉和秩序生活,仿佛这个灾难已经结束。而且,这冷眼旁观的人恐怕是多数。

其实，何止"3·11"之后的日本人呢？这个分类法恐怕同样适用于今天的整个人类吧。当一场灾难过后，人群总是分为迅速遗忘和拒绝遗忘的两大类，后者永远是少数。所以，这也同样是我们自身的问题，只不过日本的这次核事故以极端的方式，尖锐地把这个一直潜在的问题抛入人类的视野中罢了。

摆脱危机恢复常态，本是人类的自我保护本能，不过在诸如"3·11"这样的后遗症很难消除的事件发生之后，迅速恢复原有的状态似乎需要思考和质疑：这种恢复里面是否包含了隐蔽危机的真实形态并以虚假的常态对它进行遮蔽的危险性？

这正是一群在位于东京的经产省办公楼前搭起帐篷对内阁表达抗议的反核人士讨论的问题。他们在反思，日本民众这种迅速恢复常态的欲望中，是否体现着心理学意义上的"常态偏执"倾向？

这个词是我的自行翻译。或许它并不是准确的心理学术语，但是我觉得这样两个词的连接可以准确地传达出一个基本的社会状态：对于"常态"近乎偏执的依赖与执着，可以使人们无视逼到眼前的危机，只要生活可以日复一日地重复进行，哪怕危机仍然存在，人们还是可以按照常规过活。原本为了节省精力的消耗而产生的生命本能，在社会生活中却有可能转变成一种饮鸩止渴的惰性机制。

2012年初夏，我又一次造访日本的时候，听日本朋友说，即使在东京这样离福岛有一定距离的地区，鸟类也已经明显地减少了。由于日本政府投入检测环境污染的经费有限，除了文部科学省的网站之外，只有东京电力公司偶尔会公布有限的污染信息，而且明显地有大事化小的嫌疑。海洋污染的情况对于饮食中不能缺少渔业产品的日本人来说，依然是一个具有潜在危机的不确定因素。最近我看到一些民间的动物爱好者传递的消息，说在福岛已经观察到蝴蝶的幼虫发生了死亡与基因变异的现象，而且比例很大。灾难在静悄悄地逼近，但是我在东京街头几乎无法感知到这一点。日本的年轻人依然在快乐地消费和娱乐，闹市区依然繁华热闹，甚至在福岛本地，学生们也依然按部就班地走着每天既定的道路去上学，看似并无什么不安。如果你去询问他们的感受，我想他们会说：我们当然知道存在着危险，可是有什么办法呢？我们又没有可能离开！

我曾经在2011年赴日本的飞机上询问坐在身边的两位年轻的中国游客，他们是否对日本的核污染有必要的知识。不料这两位年轻人嫣然一笑，不以为意地说："咱们中国人怕什么，什么毒咱没见过？"

常态偏执并不仅仅是日本社会的问题，它同样破坏着我们中国人的健康本能。当原子能的危险并没有得到充分讨论，特别是没有成为民众的基本常识的时候，近在咫尺的福岛核事故并没有阻止中国核电站的建设，也没有引起媒体和大众的舆论关注；而仅仅一年半的时间，需要几十年才能够基本消解的核污染后续的种种问题，已经悄然淡出了公众的视野，尽管福岛核电站依然千疮百孔，相关的技术人员还在进行模拟试验以决定如何才能取出燃料棒，但是似乎这一页已经被翻过去了。

人类无法忍受长时间的危机感觉，即使在现实危机没有结束的情况下，人们也会想办法在想象世界里结束它。2011年12月，当野田政府宣布核事故已经收束的时候，尽管福岛核电站的辐射强度依然不减，而且两个裸露的机组依然因强烈的辐射使人无法接近而不能得到覆盖，但是世界却选择相信这个说法。比起现实来，虚拟世界的"真实"更接近人们的要求，于是，日本和全世界的"后3·11"时代开始了，人们回到了常态之中。

二

危机是不受人欢迎的。但残酷的是，人类通常只能通过危机来省察自身与社会的真实形态。日本社会正是在2011年的"3·11"大地震海啸以及随之而来的福岛核电站事故这一巨大的危机之下，才暴露了它真实的社会结构形态，并引发了日本的有识之士对自身课题的持续讨论。

在这场天灾人祸来临之前，多数日本人相信他们的社会是民主的，言论是透明的，政界虽然不能让很多人满意，但是他们对各级行政系统在公共事务上的管理是信任的。这是个信任度很高的社会，即使出现了类似食品安全问题等事故，人们也不会草木皆兵。关于核电站的安全问题，尽管几十年来一直有反核科学家在苦口婆心地宣传核电站的危险性，尽管早已经产生了远离核电站地区的人们对核电站附近人们的歧视心态，但是在舆论层面，并没有产生真正意义上的反对核污染的意识形态。日本人习惯于把公共事务交给政府的行政系统管理,他们并不会因为行政系统出现错误而影响自己的安全感。反倒是那些反核科学家,长期以来一直被视为高喊"狼来了"的孩子。狼在哪里?大家不都活得好好的吗?

然而狼真的来了。"3·11"打破了无端的信任感,也打破了日本人令世界敬佩的秩序感。那些一直被认为小题大做的反核科学家,一时间成为众人瞩目的明星。由于过于强烈的事件在短期内发生,使得日常状态中的一整套有序的运作方式无法运作。在最初的几个月里,不要说媒体,就连政府的新闻发言人也常常出现令人瞠目的表现。我在事件过去半年多之后从报纸上读到一则报道,说政府相关部门的官员在记者招待会上举起一杯从福岛核电站被毁机组的积水里舀出来的水,说经过处理之后,这些水已经达到了正常的指标。于是在场的记者质问他,既然达到了正常的指标,那就说明这水可以喝,为什么不喝给大家看?这位官员于是就举杯喝了下去。顷刻间全场哗然,众多录音话筒指向了他,记者争相问他:"现在是什么感觉?"接着有人问他:"为什么要喝这杯水?"这位官员的回答是:"既然大家都让我喝,我也就喝了,什么都没有想。"

日本的媒体报道这则消息的时候颇有些幸灾乐祸。日本政府在事故发生后的所作所为,使得一向受到社会信任的官僚们突然成为笑柄。这类带有嘲讽意味的趣事不时被媒体拿出来娱乐,读者略带苦涩地一笑了之。但这已经是事故过去半年多之后,这时日本社会已经恢复到了常态,才有了这样的余裕。在事故当初的严峻时刻,朝野一片混乱,往日的惯常操作失灵,一时间社会与人都处于混沌之中。这时,日本人才真实地察觉到,他们信任的政府和行政体系,在这个关键的危机时刻想到的不是如何保护普通的日本百姓,尤其是那些身居险境的福岛居民,而是如何尽快恢复秩序,并为此不惜掩盖事实真相。

当福岛核电站机组的炉芯熔毁并引发严重的核泄漏之后,东京电力公司在第一时间并没有及时通报,而且隐瞒了辐射最严重区域的分布情况,导致当地部分居民转移到了辐射度更高的区域避难。这是事故发生之后渐渐被揭示出来的真相。此事引起日本社会舆论的极大愤慨。而日本政府在第一时间向社会传达的信息,则是核事故引发的泄漏"不会立刻引发身体的健康问题"。虽然很多百姓根据自己的愿望有意无意地忽略了"立刻"这个字眼,从而自我暗示危险已经过去了,但是这个说法还是引起了很多日本人的批评。同时,在事故爆发之后,日本文部科学省很快就宣布福岛进入灾后复兴阶段,大中小学恢复上课。当这一决定在后来受到质疑的时候,相关官员解释说,他们是为了保证学校的正常运作秩序不被破坏。很多日本人激愤地说:"那么孩子们的生命安全呢?难道这还不如学校的秩序重要?"

应该说,在事故发生的初始阶段,日本政府是使用常套行政手段处理这个特殊灾难的。而这个常套手段,通常是使用在普通的地震海啸发生之后。这种手段的失灵,是在事件过去一段时间之后才慢慢地被人们意识到的,而其中那些不为人知的黑暗部分,也恰恰是借助于它的失灵才有可能浮出水面。例如文部科学省把秩序置于人的生命之上的秩序本位主义,不借助于这个非常事件很难被察觉到。整个日本社会也是在剧烈的创伤经验之后,才慢慢地回味出实际状况的严重程度,所以第一时间出现的反应,在过了一段时间之后才慢慢地暴露了它的虚假性。这个过程,恰恰暗含了一个历史规律:在危机时刻,历史与社会的结构方式会突然显现它的真实面目,但是在闪现的当时,人们未必会理解它。所以,重要的是在危机过去之后的最初阶段,不要立即结束危机感,而是重新整理危机时刻的基本经验,并依靠它对常态进行质疑。

在福岛出现严重的核事故之后,与无处撤离这一基本事实密切相关,最初占据社会主导地位的意识形态是传统日本社会最为常见的共同体意识:坚守家乡,重建家园。当时希望到其他地区避难的福岛居民,需要冒着被其他人歧视的危险。整个社会的意识形态也鼓励福岛人坚守阵地,并且鼓励其他地区的日本人吃福岛的农副产品以支持福岛的灾后复兴。据说最初那段日子里,电视艺人们在谈话节目中会搞"吃菜秀",一起吃福岛产的蔬菜,直到有一天有一位艺人在直播节目中说出了皇帝没有穿衣服的事实:"我们为什么必须吃这些危险的东西?"于是,据说这位艺人一夜之间走红,整个社会的舆论也开始发生了变化。到我去日本的2011年下半年,福岛人避难已经不受舆论谴责了,而不吃福岛的农副产品,似乎也不会受到严厉的质疑。虽然"福岛人加油"依然是主旋律,但是这主旋律已经开始呈现出某些断层与苍白的色彩。初期那种强有力的共同体意识形态，已经无法有效地应对如此惨烈的现实，而在一系列事件发生之后，道义与情感的矛盾冲突等问题，逼迫着每一个人不得不谨慎地对待那些很难简化的纠葛。

2011年的盂兰盆节，京都人拒绝使用来自东北灾区的木材点燃京都周围山上的"大文字"。这是个很让人头疼的选择。因为来自灾区的木头很可能带有核辐射物，在周围的山头上点燃自然就有可能对京都造成人为的污染；但是拒绝了这些木材，就有可能伤害仍然留在福岛以及周边其他几个县的居民的感情。这件事一时间引起了舆论的关注，但是似乎也没有形成声讨的阵势，因为接下来马上就发生了另一件更让人头疼的事情：内阁决定把福岛临近几个县在地震海啸时产生的各种垃圾，分散到全国各地去焚烧。这就使得所有灾区以外的地区都面对了京都的选择。结果，除了东京都之外，所有地区都发生了居民拒绝的情况，直到我2012年年初回国，也只有东京都实际操作了这个计划。

与此相关，一向被主流舆论忽略的弱势群体，也由于这次危机开始为人们所关注。因为没有富裕的经济条件而不得不接受核电站的福岛居民，多年来为东京输送着大量的电力，自己却承受着核电站造成的周边污染，然而在如此付出之后却还要忍受无形的歧视。据说有的福岛姑娘仅仅是因为出身于福岛，就无法与东京的男友结婚，因为男友的家长害怕她将来生不出健康的孩子。这样的悲剧在这次危机之后渐渐被更多的人关注，一些有良知的人开始深思,该如何改变这样的现实。甚至连此前日本批判知识分子一贯坚持的批判国家和民族主义的立场,在此时此刻也很难有效地解释问题,这也曾使得一些有良知的知识分子暂时处于"失语状态"。

在我有限的观察里,似乎在这个巨大的危机发生之后,日本政治也暴露了它一向被遮蔽着的某些特质,例如官方信息的透明度以及官方的公信力受到了深刻的质疑。通常,日本人对内阁的政治家或许有异议,但是对操作力强大且秩序感稳定的庞大行政系统却有着本能的信赖感。然而在福岛核危机出现之后,日本人无言地搁置了这种信任。首先是东部地区的多数居民纷纷自己购置了辐射测量仪,自行测试空气中的核辐射浓度;与之相伴的另一个现象是广泛的学习运动。以主妇为主的民众群体自发地组织起来,从放射性物质中不同射线的不同危害入手,了解有关核物质的基本知识,并探讨如何在辐射状态下有效生存的对策。这一学习运动本身当然与民众对官方御用科学家的不信任直接相关。随着事态的进展,越来越多的报道揭示了在第一时间出来证明福岛核危机不会对人体产生危害的科学家的言论多有不实之词,以至于激起了民愤。在事态平静之后,日本民众开始了自主的保卫生命运动。由于政府公布的食品安全基准上限直到2012年年初还远远高于正常标准,而几乎大部分商家都利用这个规定把此限度内的食品一律作为安全食品上架,这就让很多人无法判断什么样的食品更安全,所以很多民间组织开始集资购买测试食品辐射量的测试仪器,为市民提供有偿服务。在政府调整了食品安全基准的上限之后，似乎民间的测试也没有停止，而且据说有时也会从安全食品中检测出很高的辐射值。

我不知道在这一年多时间里，日本普通人的生活感觉改变到了何种程度，但可以肯定的是，这场灾难改变了很多人，而这种改变也将在一定程度上影响日本社会。最大的改变就是2012年陆续发生的抗议示威游行。这些游行的主题主要针对的是其他核电站的重新启动，并呼吁把日本真正变为无核国家。尽管一次次的游行并没有能够制止大饭核电站机组的重新启动，但这是自1960年"安保运动"以来又一次出现的连续性大规模群众游行，时隔多年，日本的普通民众又一次以这样的方式表达自己的意愿。按照柄谷行人在一次演讲中的说法，游行未必能改变日本政府重启核电站的决定，但是仍然带来了变化，因为它使得日本成为一个可以游行示威的社会。

与任何一个社会相同，日本社会中也存在着"沉默的大多数"。很难简单地断言沉默就一定是顺从和无意志，但是沉默确实有利于一个社会维持现存的秩序。日本民众透过这次巨大的创伤性危机，部分地改变了原来的社会秩序，人们不再不假思索地生活了，他们开始依靠自己的判断来选择，开始培养怀疑的习惯。但是，虽然不安的感觉充溢着社会生活，秩序却依旧井然。这在很大程度上是沉默的大多数所决定的。没有理由要求一个社会一直维持在非常态状况下，不过必须看到的一个客观事实是，人类是通过危机而不是通过常态来进行学习和调整的。危机就是机遇，说的就是这个意思。现实状况是，借助着危机暴露出来的各种社会问题，在危机过去之后又重新开始被慢慢地遮蔽；福岛的弱势群体如何在灾后改变他们的社会地位，甚至仅仅是如何在灾后恢复到灾前的程度，重新又成为需要一些有良知的活动家奔走呼号的课题。人群在慢慢地恢复常态下所特有的冷漠，对福岛的同情和支援与对核电的持续性抵制，又渐渐成为需要进行社会动员才能广泛开展的现实课题。正是在这种情况下，2012年8月中旬之后，从右翼的钓鱼岛登岛等举动到日美联合"夺岛"军演，主权之争把人们的视线从上述问题上移开，日本社会正面临着新一轮的危机。

三

钓鱼岛的主权问题在日本社会重新被炒作，此事的升级发生在"3·11"之后。在逻辑上，它当然与核电站停运和能源危机直接相关，但是在日本社会生活中，还有另外一重被中国人忽视的脉络，那就是日本自卫队升级和冲绳民众对美军基地的抗争。对于日本社会的有识者而言，钓鱼岛的主权问题并不是主要的症结，更急切的危机是日本政府和右翼势力显然希望借助于钓鱼岛争端废除"日本和平宪法"第9条，使日本自卫队转变为合法的军队。而在这一系列阴谋中，美国恰恰通过它在冲绳半个多世纪的军事支配为自己深入东亚、强化亚太霸权创造了有利条件。

在中国媒体有关钓鱼岛的一系列分析报道中，问题被集中在主权层面上。当主权问题成为基本视角的时候，人们很容易把冲绳视为日本的一部分，或者反过来强调冲绳应该独立于日本。换言之，冲绳问题也被解释为主权问题。但是真正应该关注的，却是如何理解冲绳民众半个多世纪以来旷日持久同时又极端孤独的反对美军基地的斗争。冲绳是东亚主权斗争的第一现场，但是在某种意义上，一些冲绳民间活动家却以极为成熟的政治策略，搁置了冲绳的主权问题。在冲绳归属问题上，冲绳人内部一直存在着分歧乃至激烈的对立。有些人希望施政权继续归属日本，维持已有的既定事实；有些人希望独立，建立自由的和自主的琉球社会。但是，主权问题在冲绳的关注度，并没有美军基地的危害来得急切。我曾经不止一次听到冲绳一些代表性知识分子谈到独立和主权问题，一些人认为，如果冲绳的独立将像南斯拉夫那样引发区域战争的话，那么他们宁可搁置这个问题。更为迫切的问题是，如何动员冲绳的民众持续对抗美军基地，逐渐地把美军从冲绳赶走。持续了多年的普天间机场移址问题，在边野古居民艰难的抗争和全岛民众的声援之下，至今无法有效推进，这显示了冲绳民众对抗美国和日本政府的强大决心和艰苦抗争的成果。目前，冲绳活动家们正在组织民众反对在距离台湾仅仅111公里的与那国岛上进驻日本自卫队，反对在冲绳部署美军的新式鱼鹰直升机。这些艰苦的抗争，在在都与钓鱼岛争端相关，但是冲绳的民众和冲绳的活动家并未得到来自东亚其他区域民众的支持。他们在孤独地战斗，为了东亚的和平，也为了世界的和平。

在"3·11"之后，冲绳的活动家敏锐地察觉到了事态的严重性。借助于美国军队与日本自卫队联合救灾的名目，一向顾虑于和平宪法制约的日本自卫队在悄悄地升级。2011年6月的一次会议上，来自冲绳的著名知识分子仲里效先生指出，在地震和核事故发生后不久，日本自卫队的舰艇就与美国军舰一起驶进了那霸港。这使他感受到了强烈的危机。在战后美国掌控日本军事控制权的时期，日本自卫队是不能与美军同用基地设施的，近年来日本政府悄悄采用渗透的手段让日本自卫队不断接触美军基地等设施，寻找机会制造"日美联合作战"的意象，而这次地震海啸和核事故，为自卫队升级提供了很好的借口，也为日本自卫队进入南岛链提供了掩护。在"3·11"之后出现岛屿争端绝非偶然，这是日本政府自伊拉克战争以来不断以和平支援之名谋求自卫队走出国门这一偷天换日手法的进一步升级。日美联合军演提升了自卫队的实际军事能力，为它转换为军队作准备；而美国不断紧缩的财政问题和全球霸权的维持，也使它放宽了对日本的戒备，除了核心军事技术保密之外，它开始更多地在战术层面上培养和借助日本的军力。

作为二战时期日本唯一的本土战发生地和战后被日本国家作为独立交换条件而被美军占领的地域，冲绳受到双重的伤害。即使在今天，这种伤害也仍然在继续。冲绳不仅因为大片领海被划归军事区而失掉了自己充足的渔业资源，而且也无法发展自己的商贸或其他产业。在这个不得不以基地经济为支柱的群岛上生活的人们，在日本战败后一直受到美军的各种骚扰和摧残，而肇事的美军官兵却可以不受日本法律制裁从而逍遥法外。在人口密集地区，美军不断发生的各种事故给人们的日常生活造成极大威胁，现在美军强力引进的鱼鹰战斗机就因安全性不稳定而随时有可能造成平民的伤亡。

冲绳人就是不得不在这样险恶的情况下坚持，用仲里效的话说，他们始终生活在临界状态。每一个来自日本和美国的举措，民间都要集中大量的精力才有可能迫使其暂时停滞，或进行某些修正。在这种力量不对称的政治格局中，冲绳的社会运动几乎没有松懈和喘息的余地。正是因为这样的缘故，"3·11"之后迅速作出反应的是冲绳的社会活动家，他们立刻把福岛与冲绳联系起来讨论，并立刻对日本国家牺牲弱势者的一贯做法提出严厉的批判。

冲绳抗争着的民众没有办法生活在"常态"中，他们几乎总是不得不保持高度的紧张状态；而恰恰是这样的斗士最了解，在现实中与右翼势力和帝国主义势力抗争不能仅仅依靠强调主权意识；主权问题需要配合更多的环节，才能转化为真实的问题。今天的冲绳民众运动家，尽管多数在主权问题上是坚持冲绳独立性的，但是出于现实问题的复杂性以及对于后果的考虑，他们很少把冲绳的主权这一核心问题作为制造凝聚力的意识形态诉诸社会。尽管建立一个独立的琉球一直是很多冲绳民众的梦想，但是，他们面对的现实问题，却是更为具体和直接的，甚至未必与冲绳的归属问题直接相关。

最让我深受感动的是冲绳社会近年来持续进行的一个激烈的争论。这就是把美军基地从冲绳赶走是否应该是斗争的最终目标。在种种态度中，有一种看法是，从冲绳把美军基地赶走并不意味着斗争的胜利，因为美国会在太平洋一些对美军基地缺少"免疫力"的岛屿上建立新的美军基地，而在那里并不存在冲绳这样的民众斗争基础。因此，把美军从冲绳赶走，并不意味着斗争的胜利，因为它可能并不会改变美国"重返亚太"这一现实。同时，作为形式上日本国的一部分，冲绳的民众斗争虽然并没有直接以"反日"的形态呈现，但是对日本政府不顾冲绳民众利益的国策，他们一直在进行持续性抗争，特别是当下对日本自卫队进入冲绳的举措，很多冲绳人进行了不妥协的抗议。因此可以说，冲绳凝聚了东北亚地区最尖锐的政治、军事冲突，也积聚了战后半个多世纪以来深重的苦难。而冲绳的有识之士表现出的"大于冲绳"的国际主义视野，却是从他们这种被歧视被背叛的历史处境中产生的。这种国际主义传统，在冲绳思想界由来已久。早在越战时期，冲绳人就试图通过对美军基地的牵制，间接地支援越南的反美斗争；在伊拉克战争时期，冲绳人也一直把自己对美军基地的抗议运动，视为对伊拉克平民的人道援助。如果仅仅从国家视角出发认识问题，冲绳人民的抗争很难与我们的"国家利益"认知发生关联，例如在最近钓鱼岛主权问题的报道上，冲绳的归属问题虽然成了话题，但是冲绳民众的现实斗争却没有进入中国社会的视野。这是非常大的缺憾。

在日本本岛，冲绳民众的抗争虽然一直是一个公众话题，但是并未与"沉默的大多数"发生切肤的关联。在"3·11"之后的民众游行等运动中，主要的抗议并不是针对日本国家的潜在核武装化问题，而是日本民众的生活安全以及核辐射的危害如何消除的问题。因此，冲绳问题没有可能占据太多的位置。但是，"福岛—冲绳"的主题却被两地的知识分子以弱势群体的相似性为视角进行了讨论，而日本本土的有识之士在第一时间就指出了核电站与发展核武器的关系[1]。在日本社会迅速常态化之后，中心话题转向了如何防止其他核电站重启，以及电力供应是否可以摆脱核电而依靠更安全的发电手段等方向，日本自卫队借助福岛救灾悄然升级的问题，并没有成为主要的课题。就是在这短短一年里，借助民众视线集中于核电安全与灾后重建的时机，日本自卫队完成了它对冲绳的进入。当仲里效先生看到那霸港的自卫队军舰时，他立刻联想到了早年美军从那霸港出发侵略越南的记忆。这个敏锐的联想在不到一年后开始被现实部分地证实：日本自卫队就是从冲绳出发去关岛进行"夺岛"军演的！

冲绳民众思想家们的危机意识往往被社会生活的"常态"所淹没。对于常态的偏执性依赖会使人们忽略身边真实的危机，听任它从小到大渐渐地膨胀，直到有一天到了不可收拾的时候，再被迫以危机的形态面对。这似乎是一个令人痛心的历史逻辑。

---

1 参见武藤一羊：《潜在的核拥有与战后国家》，载《天涯》2012年第3期。

不仅仅是日本核电的危机，也不仅仅是日本重新军事化的危机，几乎社会生活中所有的事物，都是以这样的方式叠加而成。危机过后的常态化掩盖危机的真相，直到下一次危机的爆发；而每一次危机表面上看都不尽相同，因此似乎都与上一次危机无关。人们在不得不应付各种危机的时候，几乎没有精力停下来思考危机为什么发生；而在危机过去之后，人们却很少利用短暂的安定时期来思考危机时刻不可能思考和追问的问题，反过来，倒是急于结束危机，恢复常态。在常态情况下，危机的某些关键环节会被遮蔽，事态会被集中于某些可见的要素，而借助于危机状态暴露的大量常态中无法观察到的要素，则会被常态的安定又一次遮蔽。正是在这一意义上，生活中的常态偏执是可以理解的，而认识论上的常态偏执却是不可原谅的。

四

常态偏执有多种形态。最直观的常态偏执是不愿意改变现状，因而不接受那些有可能改变现状的信息。这是我们每个常人都会有的经验。当不受欢迎的意外事件发生的时候，本能给我们的第一暗示就是：希望它不是真的。接受不愉快的意外对人类而言需要一个缓冲的过程，这个缓冲过程就是把意外"常态化"。于是我们看到另一个层面的常态偏执，这是非直观意义上的常态偏执，那就是当常态已然被打破的时候，尽量依靠常态感觉建立一种危机状态下的"常态"，换言之，在不断变动的情况下尽快建立秩序感。当秩序感形成的时候，人才能安定，于是尽管危机状态还在千变万化，新的秩序感却可以让人们依靠某种常态想象接受危机，并在想象世界中让危机弱化或无害化。这当然是很危险的。当福岛核事故发生之后，对于污染情况的追踪报道相当有限。时至今日，人们还很难准确地判断日本东北部沿海生物的污染情况，也不知道地下水污染的程度。我询问过很多在日本东部生活的朋友，他们大多对此知之甚少甚至不太关心。我联想到中国人对待农药以及各种非法食品添加物污染的态度，当类似三聚氰胺之类的事件发生之后，全社会草木皆兵，可是过不了多久，人们就自行恢复常态。于是，一切照旧，人们依然按照原来的方式生活，虽然心里依然感到不安，但是却尽量不去面对这种不安。是啊，很难想象在难以简单获取有效信息的情况下，人们还可以保持危机的心态，而在信息爆炸、诱惑成堆的现代社会，健忘这种普遍的习惯在转移人的注意力的同时，也有效地缓解了因为危机意识无所依托所带来的焦虑。对于常态的偏执性依赖，使得人们能够以平常心态生活在非常现实中，并且不会感觉到任何矛盾。这也正是现代社会可以化荒诞为神奇的社会基础。

常态偏执还有更为隐秘的形态，那就是对于常识的依赖。正是这一层面上的常态偏执，决定了对各种信息的取舍和信任度。人们总是趋向于选择那些自己希望得到的信息，放大那些有利信息在整个信息结构中的比重，同时排斥那些不愿意接受的信息，并对其保持高度的不信任。平心而论，人们很少平等地对待所有信息，选择信息的根据在于它是否有利于己。而信息是否有利，其标准多数是由占主导地位的意识形态通过媒体反复打造的。日本政府依靠常识制造核泄漏没有太大伤害的假象，许多日本人选择相信，是因为这样选择可以不破坏已有的"常识"，也不必改变已经习惯了的生活方式。依靠已有的常识思考和选择，是最为省力的方式，因为它最接近于不思考和不选择。

正是由于上述种种的常态偏执，我们往往把那些与我们密切相关的事务放手推给未必对我们负责的人和部门去管理，并且拒绝想象其后果。应该说，现代社会比任何一个社会都更鼓励人"快乐地苟活"。社会公共生活运作系统的繁复，以及现代消费社会造成的强大意识形态，让人们满足于被制造出来的常态与常识，并且对于逼到眼前的危机熟视无睹。正因为如此，清醒和勇气才成为当代世界的稀缺品质。而比较容易发生的现象，是一种"他者志向型的个人主义"，这种态度对于世界上各种事态保持敏感，也具有道义感觉并因此时时愤慨和狂热，但同时却又具有高度封闭的个人主义生活态度，这两者之间是并行不悖的，后者排斥了前者可能产生的责任意识，使得前者的道义感容易转变为与现实脱节的不负责任的空谈，同时也使得空谈者在这样的状态中感到满足。应该说，今天的世界不缺少世界性的政治眼光，信息的大量传递很容易诱导各种政治话题火起来。但是二战留下的这个教训却依然健在，"他者志向型的个人主义"使得那些尖锐的危机悄悄地转化为热门话题，并通过这种转化把问题偷换成了偏离危机本身的消费性热点，恰恰是这样一种表面上看不缺少危机意识的热门话题，反而在它不断自我复制的过程中失去了危机感与现实性，从而也失掉了它可能承担的责任感。失掉责任感的结果，就是话题脱离现实，走火入魔。我们可以观察到当代社会大量的现象，就是人们谈论政治话题的态度与谈论足球比赛的态度并无二致：它的结果往往可以导致不同态度立场的人相互厮杀，而那些厮杀本身的目标与足球比赛已经相去甚远。

在"3·11"之后，现实中的危机一直在升级，在转化为不同形态。从核污染到岛屿主权之争，一个问题尚未解决就被另一个问题取代；与此相应，话题中的危机也在升级，舆论很容易就把人们引向激愤与狂热状态。然而，由于他者志向型的利己主义在今天的大众文化中占据了主导地位，使得人们难免会忽视现实中不断变化的危机的实质内容，而满足于虚假的危机意识。当中国社会主流舆论在争论是否应该对日本采取强硬措施的时候，人们忽略了一个基本的状况：我们每个人该对可能发生的战争负何等责任？应该说，这种满足于虚假的危机意识而缺少自我责任感的状态，是最具有遮蔽性的"常态偏执"。它执着于舆论中不断制造的热点话题，并使得这种执着构成"常态"！

相比之下，随时打破各种意义上的常态偏执，是需要巨大精神能量的。在当代五花八门的意象中突破对于常态和常识的依赖，尤其需要勇气与精力。应该说，这方面的表率是冲绳的民众思想家。他们不仅在认识上保持了对于危机的敏感，而且同时表现出了高度的现实责任感。正是在主权问题上饱受磨难的冲绳思想家们，敢于在主权之争最激烈的时候提出另类的视角——搁置国族单位的主权视角，建立民众生活的跨越国族视角，不以冲绳自身的利益为绝对前提，而是把人类和平作为第一义的目标。他们现实主义的考虑是避免成为地区矛盾激化的导火索，而他们理想主义的考虑则是超越国家框架来思考民众的生存形态。当一切都被回收到主权问题中去的时候，冲绳思想家的思想贡献就被遮蔽了。事实上，在今天以国别为单位进行的主权论述中，并没有冲绳民众思想家的论述空间；而主权问题成为唯一的常态视角，对它的绝对化反而会引发各种现实危险，包括对主权的威胁。在此意义上，冲绳民众运动的努力给我们提供了极其重要的启迪，而他们孤独的抗争也迫切需要真实的关切与支持。克服他者志向型的利己主义，建立现实中跨越国界的民众连带，这才是维持世界和平、化解东亚地区危机的真实途径。

大众传媒特有的平板化特征，在今天日益把常识打造得简单而贫瘠。大量相互矛盾的信息被处理成非常有限的认知对象，其最为复杂的核心往往被忽略。常态思维左右着人们，使得人们在危机面前不再具有分析的能力，而是倾向于把危机回收到自己所熟悉的认知框架中去。在这种情况下，危机这一最有效的认识历史和进入历史的媒介，也很难帮助人们扭转已有的思维惰性，于是我们很容易与这一机遇擦肩而过。

在二战白热化阶段，本雅明曾经给人类留下了一笔珍贵的思想遗产，这就是他的绝笔之作《历史哲学命题》。这个被无数历史学家反复征引的主题，至今依然余音袅袅：历史总是在危机达到饱和的瞬间展示它的面目，如果没有足够的心力，无法在这个瞬间抓住时机进入历史，那么，历史学家就将与历史擦肩而过。

我们正处在这样一个危机接近饱和的历史瞬间。是否能够抓住它，从而有效地进入历史，取决于我们能否有效地克服常态偏执的心态与习惯。在今天，它已经不仅仅是历史学家的课题了，在这个危机四伏的时代里，它逼到了每个愿意思考的个体面前。尽量避免虚假认知的自我复制，有效地抓住危机，从而改变我们的生存状态本身，这是我们每个人无法逃避的责任。

从那霸到上海

2004年的圣诞节,我是在冲绳的那霸度过的。

当飞机准备着陆的时候,我经历了一次奇特的低空飞行。透过窗口,可以看到下面美丽的海浪透明地追逐着,幻化着,飞机就在海浪上掠过。不知是不是幻觉,依稀觉得看到了水底洁白的珊瑚礁。听说珊瑚死后的颜色才是白的,而白色珊瑚会把深蓝色的海水点染成美丽的碧绿;冲绳渔民视绿色海水为死亡的颜色,因为水底一定有珊瑚的遗骸。飞机抖动着机翼,掉转着角度,舱外的天空和海洋倾斜着连成一体,海天一色,让人产生幻觉,不知道人在天空还是在海底。我不记得这低空飞行持续了多久,但这个迥异于其他机场着陆方式的低空滑翔,却把一个美丽的时间维度定格进了我的记忆。

几天之后,我才从冲绳人的口中得知,所有进入那霸的飞机都必须要在起飞之后和降落之前保持一段时间的低空飞行,因为，冲绳的领空被美军占领，民用客机不能够进入高空。为此，飞机要承受更多的风险，耗费更多的能源。当我听到这个事实的时候，几天前那个美丽的定格在瞬间轰毁。眼前浮现的，却是几年前在海南岛我国领空发生的美军飞机撞机镜头！

冲绳，是一个被占领的岛屿。1945年美军攻占冲绳岛的时候，截断岛上南北通行的要道，把当地人集中到固定区域，不许他们随意走动，并在岛上划出大块地区，准备筹建军事基地。后来，当美军解除了对冲绳老百姓的禁令之后，在这个岛上发生了奇妙的政治文化景观：以美军基地为中心形成了一个生活集散地，这也就是今天的那霸市城市格局。冲绳的百姓为了生计，把美军基地变成了谋生的媒介，战后产生了许多针对基地的行业。在今天的宜野湾市中心，坐落着普天间空军基地，当地人无法穿越市中心通行，只能绕路而行；这种零距离的共生状态带来很多麻烦，岛上频发的恶性事件，让老百姓吃尽苦头。

我和同行的学者一起到冲绳国际大学参观。这所私立大学的院墙紧挨着普天间美国空军基地，中间只隔着一条小路。听说是因为毗邻基地的土地比较便宜，而且政府每年还提供相应的补偿费用，当年这所大学才会在这里选址。几个月前，一架据说是刚从伊拉克归来的直升机从基地起飞后直接撞到了冲绳国际大学的一号馆墙壁上，引起大火，烧掉了半栋楼，烧焦了院子里的树。更残酷的是，人们在飞机残骸散落出来的零部件中，发现了和贫铀弹类似性质的放射性物质的载体，而且其中一个去向不明！直升机的坠毁，给校园留下了无法驱散的阴影。

一位在这里工作的教员说，我们在任何时候都有可能发现自己得了癌症，可是我们没有任何防护的能力！

在那霸逗留的短短几天里，我们赶上了冲绳的一个重大的事件。之前，由于当地群众的抗议，美军决定关闭普天间基地，把它搬到别的地方去。1996年日美特别行动委员会看中了离那霸市并不太远的名护市边野古，那是一片著名的珊瑚礁产地，由于海水的清澈，那里栖息着许多珍贵的海洋生物，有些还属于濒于灭绝的罕见物种，那里的海草则以其纯净上乘而闻名。为了建造新的基地，美军要填掉这片美丽而富饶的海湾，这当然意味着毁掉这里世世代代与海湾共生的渔民的家园。1997年12月，名护市民举行投票，表明了反对建设新基地的态度，接着，发起了抗议静坐示威活动，这个长达几年的和平示威活动的确妨碍了工程的开始，但是并不能真正阻止它。到了2001年1月，日本政府决定在边野古海域打桩建设新基地。美军军方把填海造基地的工程通过竞标"承包"给了日本的大建筑公司，自己坐山观虎斗。于是，当地人为了维护自己的生活，从2004年4月19日开始，跟在海里打钻孔勘探的日本公司展开了顽强的对抗。我们到达的时候，边野古的人们已经抗争了两百多天时间，他们每天到海里的勘探架上去静坐示威，借以拖住工程的进展，为取消这个计划争取时间。时值隆冬，海面上寒风刺骨，静坐的人每隔两三个小时就需要换班。这片海域里已经竖起了六七个勘探架，示威的人手显然不够。因此，这引起日本全国志愿者们的关切，他们从各地赶来，要求参与。据说当地人有过一些争论，认为是否应该让来自日本本土的志愿者参与是一个问题，但是我们到海上去的时候，发现本土的志愿者的确已经参与了这艰难的抗议行动。

圣诞节那天，我们去了边野古，听那些组织和参与静坐的人们讲述他们的故事。他们说，在漫长的抗争中，他们为了确保斗争的合法性，一直坚守"非暴力抵抗"的原则。他们曾经划着小船试图靠近勘探架，被勘探队员推入海中；落海的人爬上小船，仍然划船靠近，又被推入海中。这样明显弱势的斗争方式为他们赢得了坚持抗争的权利，因为警察没有借口找他们的麻烦——边野古人知道，斗争的合法性，在这个并不合理并不公正的世界上依然是至关重要的。

而更让我感动的是在沙滩上听到的一位从90年代后期就致力于抗争的老妈妈的话。我问她是否认为这场抗争可以赢。她冷静地说，她并没有这个期待；之所以全力以赴地抗争，是因为她觉得这抗争是一种重要的形式，可以把历史传给下一代。"我们曾经有过一个自由的琉球，我们可以自由地跟东亚和东南亚进行贸易。那个时代不再有了，但是我们不应该忘掉。我要让子孙知道，我们这一代人没有放弃自由的理想！"

也正是在边野古的海滩上，我听冲绳的几位学者讲述着他们的处境和困惑。冲绳是日本在二战时期唯一被美军登陆作战的地方。但是，这并不意味着它的战争记忆与日本本土是一致的。在战后思想史脉络里，日本本土的进步知识分子一直倾向于把冲绳看作日本的受害者，因为它不仅是太平洋战争时期的牺牲品，而且在战后美军基地的蹂躏下依然付出着沉重的代价；而日本政府采取追随美国的政策，一直无视冲绳的被害体验，冲绳人撤走美军基地的呼声至今没有得到政府的回应。如果加上对于历史的回顾，本土的进步知识人不免产生更多的歉意，因为在冲绳成为日本组成部分的过程中，它被强加了太多并不属于自己的文化，比如天皇制。日本本土的进步知识分子在冲绳会歉然说到"这里不是日本"，我能够理解那里面复杂的潜台词。

然而我遇到的几位冲绳知识分子却似乎并不愿意单纯以受害者自居。在他们的讲述里，加害与被害的结构关系被更多地内在于冲绳本身，而不仅仅是在"美国""日本"与冲绳之间。波平恒男教授在他的战后思想史研究里指出，那霸与冲绳的其他离岛之间，一直存在着中心与边缘的关系，美军的占领和军事基地的建设在战后引起了冲绳本岛与离岛之间更为畸形的分化和与此相关的歧视问题。研究日本文学的新城郁夫教授则通过分析描写冲绳男性和美军士兵同性恋关系的小说，试图揭示加害与被害者之间角色转换的可能性。在反对美军基地、抗议日本政府对冲绳态度的背景之下，这些冲绳知识分子的视角显示了更丰富的内涵。

在冲绳的那几天里，我趁着开会的间隙独自溜到路边的商店和饭馆，力求跟普通的冲绳人有所接触。令我惊讶的是，这些冲绳人对于美军基地的撤离有着相当的保留。他们一方面承认美军基地的存在破坏了冲绳的安宁，另一方面，却对于基地的撤离充满现实的疑虑。一位经营礼品店的老板对我说，美军的确不好，但撤走了基地，谁知道日本又会把什么塞过来？说不定是核试验基地，或者更坏的东西！反正，日本从来没有善待过冲绳！另一个在饭馆里跟我邻桌吃饭的中年妇女也说，能把美国人赶走当然好，问题是赶走之后怎样？现在，冲绳县的预算里有一半来自日本政府赔偿在冲绳建立美军基地的补偿费，如果撤走，完全没有自己产业的冲绳将如何安身立命？

波平教授把这种战后发展起来的经济结构称为"基地经济"。我在德国也听说过类似的状况，当美国决定部分撤离驻扎德国的部队的时候，引起了基地周边依靠基地为生的德国人的抗议。但是美国在德国的驻军并不多，对德国社会生活的影响也远不能与冲绳相比，因此这种"基地经济"的状况是局部的和表面的。而冲绳的情况却并非如此。冲绳的面积不到日本国土的1%，但是这里的美军基地却占了整个日本基地中的75%。基地经济在这里是最基本的结构，它牵制着整个冲绳县的命脉。正是在这个意义上，赶走美军基地的社会运动变得异常艰难，它不仅需要对抗日本政府追随美国的国家政策，而且还要面对自身的生存困境。"自由"在这块土地上，并不是一个美丽的字眼，而是一种需要付出昂贵代价的艰难抉择——我在冲绳学者的发言中感觉到了它。

从那以后，一年过去了。在2005年这一年里，日本本土和冲绳的社会运动人士为了赢得边野古的抗争，展开了全面的抗议活动。在边野古静坐的同时，东京都的日本防卫厅前面也定时举行着抗议示威活动。在2005年的8月30日，我收到了来自日本的一条信息：为了纪念边野古静坐五百日，民众将在边野古所在的名护市市政府前举行集会；而在9月4日，运动团体将要在东京的日本防卫厅前面举行以"人间之锁"命名的象征性包围活动。冲绳县政府在民众的推动下，也终于开始对日本政府表示了有节制的对抗态度。由于稻岭惠一知事反对在边野古填海造基地，日本政府计划在2006年国会讨论中提交一项特别立法议案，把冲绳的制海权从冲绳县知事那里转移到日本政府手中。同时，日美政府在10月26日发表共同意见书，表示将要把基地建设地点从边野古转移到邻近的海域。同时，不但日本自卫队将参与军事设施的转移，日本政府还将全面负责提供美军基地转移的费用。一位来自美国的社会活动家凯丽·德兹呼吁征集签名，抗议美国政府以及日本政府无视冲绳民众的意志与人权、强行签订美日共同建设基地条约的反民主主义立场。随着斗争的深入，冲绳与日本的舆论也开始对于"法制社会"的有效权能产生怀疑，有人指出：政府为了达到强制目的，随时可以不顾国民的意志强行立法，法制仅仅作为一种程序，并不必然地保证社会公正。日美政府在冲绳的所作所为，以最极端的方式暴露了法制理念与社会政治实践之间的巨大反差，暴露了在西方社会内部尚可局部有效的"法制"实践，在不平等的东西方关系中是如何毫无矛盾地转化为赤裸裸的强权政治的！

在这同一年里，中国社会也悄然发生了变化。为了表达对于日本申请加入联合国常任理事国和日本阁僚参拜靖国神社等事件的抗议，4月开始陆续发生于各地的自发性游行揭开了抗战胜利六十周年的序幕；而接下来台海关系的戏剧性变化，也带来了东北亚政治格局新的可能性。在这一切变动中，最值得瞩目的是中国社会对于日本表现出的前所未有的关心。尽管在多年的隔绝之后，这关心显得有些稚嫩，但是中国人，特别是中国的年轻一代，毕竟开始显示比单纯仇日的情绪更有建设性的追究态度和反思精神。

正是在这样的社会氛围里，我度过了2005年的圣诞节，这次是在上海，在一个与日本思想家竹内好有关的国际学术讨论会上。

竹内好论文的外文翻译本，至今已经出版了中文、韩文、德文和英文四种，而且都集中于2004年到2005年前后。有关竹内好的国际性学术研讨会，第一次于2004年9月在德国的海德堡大学举行，第二次则是这次的上海会议。这个会议令人感到兴奋的点在于与会者基本上都不是日本研究者，而是不谙日语的中国文学研究者。换言之，这种会议可以最有效地证明一个思想家的能量，同时也可以最有效地摸索在不同文化中激活思想遗产的途径。对于我们这些战后出生的中国人来说，接受竹内好并不是件容易的事情。因为那场战争和战后的冷战格局阻隔了我们与日本知识分子有可能建立的沟通，我们从未有过上一代人在危机状态下与日本知识人"亲密接触"的经验，没有过在严酷的政治斗争中进行理性抉择的困境，这使我们不像上一代人那样可以在历史状况中理解日本知识人的个体经验，而更易于把中国和日本作为先在的前提。正是因为如此，在上海大学举行的这个以鲁迅和竹内好为主题的研讨会才显得弥足珍贵，因为它显示着不以日本研究为业的中国学者对于日本思想进行着艰难探索。这是鲁迅度过他生命最后时刻的城市，是卢沟桥事变之前充满混沌与不安的地方，在这个空间里，曾经产生过相当复杂的思想斗争方式，因而在这个空间里对于竹内好的阅读决不仅仅意味着研究一个日本思想家，它更与我们自身的思想状况相关。

身在上海，或许是适逢圣诞节的缘故，不知道为什么，我眼前出现的却是一年前圣诞时分的那霸。一个似乎被一年时光掩埋的场景，突然出现在我的眼前。

从那霸南行，可以到达系满市，那里有个和平祈念公园。我至今还可以清晰地回忆起这个公园的景象。这个临海而建的公园，准确地说，是战死者的墓地，里面排列着同样形式的墓碑以及纪念碑。在公园入口处的大型广场上，黑色的石质墓碑依次排开，上面以小字刻满战死者的名字；而在广场后面纵深之处，则是以日本各县为单位祭奠冲绳战殁者的纪念碑。在墓碑广场，以同样的方式和同样的大小平等地镌刻着日本百姓和日本军人，以及美国军人战死者的名字，也包括被日本强征入伍的朝鲜和韩国雇佣兵中战死者的名字。每年到了8月15日，这里总是会有一番奇特的风景：纪念死者的日本百姓和美国大兵，经常是并肩站在一起，各自献上鲜花。小泉首相在参拜靖国神社的时候经常强调的一个借口是，日本的风俗是视死者为佛，无论他生前是积德还是造孽。人死了，一律平等。但是，在日本真正体现了这个风俗的，绝对不是具有强烈排他性的靖国神社，而是冲绳的这个和平公园。当年小泉刚刚就任首相，正为选择哪一天参拜靖国神社而踌躇的时候，曾经来到过这个公园，一家日本电视台把摄像机镜头对准了他。小泉面对在墓碑前并肩默哀的美国军人和日本平民，面无表情地站了一会儿，既未献花也未参拜，而是掉头走开了。

我问冲绳朋友这个公园的缘起。他们告诉我说，90 年代后期，当时的冲绳县知事到美国访问，发现美国人纪念二战的阵亡者，只纪念自己人。这位知事发愿，一定要在冲绳建立一个跨越国界纪念死者的纪念公园。他花费了很多的时间和精力，才克服了当地人的对抗情绪，终于建立了这个地方。我在街头探访冲绳人，得到的回答不尽相同，有人说他们从来不去这个地方，冲绳人自有自己的祭奠之地；也有人说那不过是个噱头而已。但是也有人认同这方式，他们的说法是，人死了，不会再作恶，一起祭奠供养，本是再自然不过的事情。

我猜想这公园的缘起或许还可以有更多种解释，政治的，策略的，经济的……然而缘起并不一定可以解释一切。当这个公园落成、这种祭奠形式出现，它就开始脱离那个成因，独自承担自己的命运。我不能把这宽容的墓碑公园与边野古的抗争，与冲绳人在"基地经济"中的苦恼困惑分割开来看待。当美军不顾冲绳县知事的抗议，在冲绳的金武町展开城市实战演习，让这个小城镇充满枪炮声的时候；当边野古的非暴力抗争并不能阻止美军的水陆两用装甲车沉入海湾污染那片纯净海域的时候；当频发的美军士兵针对未成年幼女的性暴力破坏着冲绳人的日常生活安全感的时候；我感到奇怪的是，为什么没有一个冲绳人想到要去破坏那个象征着平等和宽容的和平公园？或许，在冲绳人的政治本能里面，蕴含着比单纯的愤怒更为深厚的情感和判断力？或者，在他们并不依赖理性进行逻辑分析的朴素判断中，蕴含了比理性的克制力更为强大的民俗与民风？

这也正是我在上海思索的问题。引起我这份思索的，是一位上海的近现代文学史专家引我参观当年鲁迅、瞿秋白、茅盾、郭沫若故居和中国左翼作家联盟成立大会会址纪念馆（左联纪念馆）等历史遗迹时的介绍。这位熟悉上海人文地理的学者引导我确认了鲁迅在上海先后住过的三个寓所和藏书室，指点了鲁迅每天从家里走到内山书店的那条隐秘的小路，告诉我鲁迅如何在白色恐怖状态下到那里接待客人并接收信件。他还一一告知我左联作家们的故居所在。这些故居，除掉鲁迅去世时的那个大陆新村9号公寓还保留着之外，其余的早已经物是人非，只有上海市文物局钉在墙上的牌子显示着这些老房子里面隐藏着一段历史。我惊讶于这些故居相距那么近，就连鲁迅的三个故居和他用日本人的名义租下的藏书室，也彼此相隔不远。问起缘由，那位学者指点着离昔日内山书店不远处的一个挂满银行招牌的建筑说，那是当时的日本海军司令部。因为有了它，周围充斥了大量的日本侨民,使得国民党特务来这里活动不太方便。鲁迅在上海的第二个寓所,拉摩斯公寓,就在这个恐怖建筑的对面,鲁迅每天从窗口就可以看到对面岗楼上日本兵换岗,也曾经在"1·28"事件的时候被从窗口打进过一颗子弹。而正是因为这里可以躲避国民党特务的骚扰,在日本人的眼皮底下,集结了中国那个时期的左翼作家们。他们相邻而居,往来于并不安全的日本人聚居区,从事着艰难的文化救国运动。日本侵略者的阴影,被用来掩护了中国的民族魂,在那充满各种陷阱的战争时期,生活在上海的普通日本人并不一定是朋友,也不一定是敌人;同是中国同胞,也并非全都可信,更何况"借刀杀人"的把戏随时可能上演。在这危险的不确定关系中,生活在日本人中间的中国进步知识人,究竟有过什么样的猜疑,什么样的压力?而在日本海军司令部旁边生活的鲁迅,在他晚年与日本人的密切交往中,究竟如何处理信任与警惕的问题?更进一步说,他在那个民族存亡危在旦夕的时刻,究竟是如何感知"日本"与"日本人",如何在他的文化政治选择中建立自己的判断标准的?

在熙熙攘攘的人群中,在弯弯曲曲的弄堂里,我竭力分辨着昔日的气息。然而试图进入那段历史谈何容易!阅读资料里的掌故,复原历史氛围,在一定程度上可以做到,但是,我们如何才能在鲁迅寓所通向内山书店那条狭窄弄堂的两壁之间,体验那个时代极度的紧张?我记起鲁迅《且介亭杂文·运命》里的调侃:"我是常到内山书店去闲谈的,我的可怜的敌对的

'文学家'，还曾经借此竭力给我一个'汉奸'的称号，可惜现在他们又不坚持了。"还有在《从孩子的照相说起》里说过一段话："我相信自己的主张，决不是'受了帝国主义者的指使'，要诱中国人做奴才；而满口爱国，满身国粹，也于实际上的做奴才并无妨碍。"我只是在通向内山书店的那条弄堂里，才真正进入了鲁迅在1934年写下的这些调侃，理解了那调侃并不仅仅出于他对无端攻击的愤怒，更是出于他对于在历史状况中进行政治选择的坚持。在国家存亡日益成为现实问题的严酷时刻，鲁迅的坚持，并不是直观意义上的"民族立场"，而是对于比这个立场更为深刻的"拒绝做奴才"的坚持，是对于在不自由状态中艰难地创出"自由"的坚持！

或许只有在和平的年代里，感觉方式才会被培养得直截了当。也或许只有在可以从危机意识中掉转身去的余裕时刻，观念才会被看成实实在在可以坚守的东西。在上海虹口区那个繁荣热闹的下午，我遥望着昔日日本海军司令部房顶上那个特意被保留下来、因而与周围景色明显错位的破旧岗楼，似乎懂得了在遥远的那霸和边野古所发生的、不能以"对抗美军基地"简单加以概括的那一切，并且懂得了，那不能以透明的方式诉诸概念加以传达的，才是历史，而这不透明的历史，也同样发生在我们的土地上。

今天的上海人引为骄傲的，或许不是虹口区那些牌牌之后需要想象才能呈现的一段历史，而是浦东那可以直接触摸的现在。当88层金茂大厦把世界上各大都市的名字按照方向和距离写在观光厅八方的玻璃窗上时,我产生了世界在以上海为中心向外延展的幻觉。逡巡在金茂大厦顶层,我并没有找到"那霸"的字样,但是面向东南,我却真切地感觉到了它的存在,感觉到它与上海、与中国息息相关。当有些中国人还在想象和呼唤美国式民主和法制、把它幻化为透明的理念时,冲绳正在真实地承受着这并不透明的"法制"的蹂躏——竹内好说过,西方内部的平等是在认可对亚洲非洲的殖民掠夺基础上的平等,这样的价值不可能贯彻到全人类!而我们,如何才能找到自己克服危机的有效进路?如何不纠缠于肤浅意义上的立场之争,不简化地挪用被抽象之后失掉历史含量的那些西方观念,从而打造我们的社会和历史所需要的价值判断?

我在那霸曾经遇到过一位喜爱竹内好的冲绳知识分子。他说,当年他在竹内好那里曾经找到过投身学运的能量。在本土日本人还在疑虑把冲绳称呼为日本的一部分是否有失政治正确的时候,这个冲绳人却似乎并不计较竹内好是个日本本土知识人。他说,因为他在竹内好那里得到过关于中国、关于革命的最好想象。今天,冲绳承受着多重压力,把美军基地赶出去只是浮在水面上的一角冰山。或许正是在这样的多重压力之下,和平公园的墓碑才得以与边野古的老妈妈对自由的渴望一起,承载一段同样的历史。当我在上海走过鲁迅当年走向内山书店的那段百米多长的石板弄堂时,我同样感受到了多重压力之下那绝不单纯的历史,感受到了鲁迅思想遗产的丰厚。而或许正因为这连续两个圣诞节的经历,我对于中国和日本的感觉,对于鲁迅与竹内好的感觉,不再能以截然分开的方式并存,它们缠绕着却又各自独立,抗衡着却又不断转化,在跃动着纠葛着的历史关系中,从那霸到上海,我依稀看到一个艰难延展着的思想维度。在这个维度上,或许我们可以重新开掘关于"中国与日本"的思考,更重要的是,重新开掘在现实危机意识中潜藏着却未及生长的政治判断能量。

观察日本的视角

中国人怎么观察日本,并不是一个不需要讨论的问题。而且,最棘手的问题在于,尽管有主次缓急之区别,但视角的设定是复数的而不可能是单数的,尤其在历史剧烈变动的时代,没有哪个视角可以独领风骚乃至独霸天下。

视角的不同,可以带来完全不同的观察结果。这是因为,当你无意识地从属于某一个视角的时候,你会强调它给你呈现的那些内容,而忽略它所遮蔽的部分。没有万能的视角,而且随着历史的变化,视角的变化也是必然的。问题在于,我们是否能够感知这一切?

南京大屠杀。靖国神社参拜。细菌战。慰安妇问题。这一个一个血淋淋的视角,至今仍然让我们颤栗。我有幸结识了王选[1],直接聆听她讲述自己的经验,了解她艰苦而孤独的努力;

---

[1] 中国社会活动家,致力于日军侵华战争细菌战受害者调查和对日民间索赔工作。

她让我懂得了一个沉重的道理：战争的创伤，永远不可能用和解来抹掉，但是这并不意味着仇恨可以承担历史。和解与仇恨，在历史中都可以找到位置，但是，它们不是通向历史的路径。

最让中国人无法忍受的，或许是南京大屠杀与靖国神社参拜这两个事件。它们具有一个相同的特征，即承载了超过本身内容之上的象征性，因而，它们往往被置于细菌战、慰安妇等同样沉重的历史事件之上，被视为中日两国之间的争端性事件。当社会舆论被集中于这样的象征性事件的时候，冲突的白热化在所难免。就结果而言，这种白热化的冲突有可能提供拒绝忘却历史的动力，使得有识之士在还历史真相的艰难斗争中便于得到必要的社会舆论支持。

但是，与此同时我们也不得不看到问题的另一个方面，那就是当社会舆论集中于这样的象征性历史事件的时候，有时候会过分关注它的象征性，而忽略它的历史性。在这种情况下，人们争执的焦点不是认识和分析的具体对象，而是关注者自身的态度和立场。由于日本社会中一直存在着美化侵略战争和否定战争整体犯罪事实的右翼倾向，这就使得态度与立场问题具有了非常现实的功能：在很多情况下，历史分析的目标是为了反驳日本右翼的谬论，这反驳自然需要一个明确的立场，因而，它是必要的。关于南京大屠杀的数字问题，关于靖国神社性质问题的讨论之所以引发了如此重要的连锁效应，首先因为它们都具有这样的特质。但是，假如我们不能够清醒地把握这种对于历史事件象征性的追求自身所具有的限度，那么，一种简化的立场分析眼光将要取代真正的历史分析，而我们将会面临失掉历史的可能。事实上，我们经常可以在"反日"思潮暂时消退的时候观察到一个发人深思的现象，那就是曾经聚焦于重大历史事件的象征意义的社会舆论，并没有必然性地导致整个社会声援那些在第一线为追踪历史真相而奋斗的有识之士，他们反倒会被社会舆论所遗忘。人们常常忽略一个基本的事实，作为象征的历史事件是名词性的，而作为历史的历史事件是动词性的。当人们满足于一个名词性结论的时候，那个作为动词不断流动着的历史却在悄然地改变着。而处在这不断变化的旋涡中心的人们，需要的是同样动态性的支持，但是，为结论而争执的时候，我们很难给出这样的支持。

历史分析的确立，需要建立主体的目的意识，因为这可以避免在激烈冲突的历史面前采取追认现状的历史决定论态度。但是这种目的意识不能简单地等同于现实的政治态度与立场。相反，它要求历史视角在不断涌来的现实政治旋涡中保持自身的"射程"。正是由于如此，对于历史真相的追问并不一定与政治斗争完全同步，它的主体目的意识并不在于直接追求自我实现（因为这一预设是虚假的），而往往会体现为对于历史场域中结构性力学关系的追问。这是因为，历史从来不会垂青于任何主体，主体如果试图实现自我意志，那么，就必须经受历史这一力学场域的锤炼，但是即使如此，主体的自我实现依然可能仅仅是部分的、与预设目标有距离的。

现在，越来越多的人开始关注中日关系，而随着日本批判知识分子对于相关历史事件的研究、特别是近年来有关靖国神社的出色研究被介绍进中国社会，我们开始获得了关于日本的初步知识。这些知识对于打造中国人对日本的感觉是重要的，尤其是它们具有的批判性格，使得中国知识界比较易于打破对于日本的单一想象，从而对于日本内部的批判知识分子发生某种认同。为了有效地建立历史分析，这或许是非常重要的一步。事实上，这一步正在发生，而我们需要问的问题是，下一步，我们该向何处走？

我翻开岩波书店出版的临时增刊本《世界》。这本2008年1月1日出版的《冲绳战与"集体自决"——发生了什么，传达什么》，传递了一个紧迫的信息：对于当今日本来说，一个迫在眉睫的历史与现实问题集中在冲绳！

中国的媒体其实已经报道了这个信息，在2007年3月30日，日本文部科学省公布的教科书审议结果，删去了历史教科书中关于太平洋战争中的冲绳战役后期、美军即将登陆之际，冲绳民众被日本军队强迫"集体自决"中"日军强迫"的部分，把这一骇人听闻的事件改写成冲绳人为了殉国而自愿选择了自杀。这个举动引发了冲绳民众的愤怒，2007年9月29日，在冲绳举行了有十一万人参加的群众集会进行抗议，要求文部科学省撤回这一审议结果。文部科学省迫于压力不得不承认集团自决的被强迫性，表了一个"价值中立"的态度：如果送审的出版社要求撤回该稿，可以维持原来的写法。

其实早在两年之前，围绕着同一个问题，大阪法院已经受理了一起诉讼案。原告是冲绳战役中曾任海上挺进队第一队长的梅泽和已经去世的第三队长赤松的弟弟，被告是岩波书店和大江健三郎。岩波书店曾在1968年出版了家永三郎的《太平洋战争》，1965年出版了中野好夫、新崎盛晖的《冲绳问题二十年》，1970年出版了大江健三郎的《冲绳笔记》。原告以大江的《冲绳笔记》记载了冲绳民众"集体自决"的被强迫性而构成名誉损害为理由，要求被告停止出版并公开道歉和支付精神损害补偿金，等等。实际上，这起诉讼暗地里完成了一个转换，就是把由日本国家操纵的军队在战时的加害行为转换为个人的名誉问题，从而把焦点集中在某队长在当时是否真的下达过要求民众集体自杀的命令这一极其有限的个人层面上来。这当然使得对立的双方不得不就事论事地进行法庭辩论，但是这一事件也同时推出了另外一个认识层面。

利用民事诉讼来进行思想和政治斗争，这是日本社会通行的一种方式。各方政治势力都在自觉地利用它以实现自己的政治目标。自从新历史教科书编纂会出版了他们的"自由主义史观"的教科书并试图在学校教育中推行，日本的进步势力一直通过各种方式阻止这一篡改历史的企图，其中的方式之一就是以民事诉讼的形式进行抗议和抵制，而小泉参拜靖国神社之举也因为其违背了《宪法》被多次告上法庭。当年的东史郎事件，最初也是以民事诉讼的方式呈现的。在很大程度上，政治与思想的问题以民事诉讼的方式表现出来，其涵义已经远远超过了民法本身所能涵盖的范围。因此，法庭取证和辩论，具有非常强烈的公共政治色彩。当大江健三郎这样的公共知识分子在法庭上出现的时候，他的证词在事实上构成一种演说，实在是顺理成章的。

这个持续两年的诉讼在2007年11月又一次开庭，对原告和被告进行了传讯。大江在证词中表示，他的《冲绳笔记》中包含了三个主要的母题：其一，他向日本社会报告了自己了解到的日本近代以后为把冲绳纳入日本的体制而对其进行皇民化教育的过程，且认为这是冲绳的悲剧；其二，在20世纪70年代初，他预期冲绳在从美国占领状态下回归日本之时将继续忍受美军大规模军事基地的存续；其三，日本人并未认识到本土的繁荣与和平是以冲绳付出的巨大牺牲为代价的，他扪心自问："我是否可以改变自己，而成为与现在这样的日本人不同的日本人？"

与法庭上关于具体的人事纠纷所涉及的问题不同，大江健三郎在法庭上陈述了超出个人名誉损害层次的重大政治问题。这个在2007年12月结审并在2008年3月宣判的诉讼案件，其实远远不能涵盖大江提出的问题，因为它把一个具有深刻历史脉络的事件偷换成了具体的军人当年是否下过强制自杀命令的问题。尽管大江和岩波书店在宣判中胜诉，但也并不意味着这个偷换问题的解决。正如坂本义和在同一期《世界》临时增刊号中所写的那样："在冲绳发生的集体自决中，究竟有没有日本军队的强制和命令？每当我听到报纸和电视在传播这样的设问时，总不由得想到：'又开始歪曲和缩小问题啦！'因为，这设问本身就是有问题的。"坂本指出，冲绳人并没有想把自己的家乡变成战场，也没有想卷入太平洋战争，包括他们的"集体自杀"，整个战争过程都是以东京为中心的日本军队强制的结果。而这种强制并不仅限于冲绳，日本本土也是一样，坂本本人当时也经历了那样的"准备自决"的"强制内在化"过程。坂本尖锐地指出："当时的日本,是一个不允许存在'强制'与'自发性'的区别、连它们之间的界限都要抹掉的国家。"

利用事件与人物个案中的具体证词、特别是与事实有出入的证词来否定总体性历史事件乃至历史社会结构的基本特征，这是日本保守势力与右翼的惯用手法。在现实层面，发掘有力的证词仍然是一个必要的斗争策略，而冲绳民众中那些当年亲历了惨剧的老者也打破了保持多年的沉默，坚强地站出来提供了他们本打算带到另一个世界中去的证词。在这个过程中，发生在东亚受害国的慰安妇、细菌战受害者提出证词的艰难一幕又一次重现，看着《世界》增刊号上那些证人的照片，我又一次感受到了揪心的震撼。

冲绳是唯一真正实践了"死者平等"信仰的地方，与宣称这一信仰却按照是否效忠天皇对死者进行取舍的靖国神社不同，冲绳的百姓们至少容忍了那个平等祭奠冲绳人与本土日本人、平等祭奠日本军队与美国军队的"和平祈念公园"。但是，这份宽容并不意味着无原则的顺从。当冲绳人集结起来反对篡改历史的"皇民化"记述的时候，他们与其说是在日本内部进行抗争，毋宁说是构成了东亚地区追究日本战争责任的一个有机组成部分。

问题到此并未完结。当大江和坂本以自省的姿态推进他们的问题的时候，冲绳的无辜百姓在太平洋战争末期的集体自杀问题开始与日本社会的其他问题发生关联。不仅慰安妇问题、细菌战问题、教科书问题等都在冲绳这一视角中获得了新的形态，而且南京大屠杀和靖国神社参拜这两个象征性的事件后面隐藏的日本社会政治结构问题，也被冲绳的事件牵到了前台。更重要的是，我们中国人作为受害国家的国民，究竟如何回应冲绳民众的抵抗运动，进而，我们到底应该如何看待"日本"，也变成了一个问题。

日本不少有识之士指出：在现有的关于冲绳民众集体自杀是否受到强制的争论背后，隐藏着一个危险的走向，就是日本的防卫厅升级为防卫省，现有日本《宪法》中为"和平宪法"定调的关于永远不拥有军队、永远放弃战争的第九条将被废除，日本将成为美国在国际上的军事帮凶。这种担心绝非过虑。前不久日本内阁为了通过《自卫队海外运油新法案》，在在野党占多数的参议院已经否决了该项提案的情况下，不惜再次延长临时国会，利用执政党在众议院的多数席位，动用了众议院否定参议院决议的特别手段。这不免让人联想起1960年"安保运动"时岸信介内阁强行通过《日美安保新条约》以及附属条款的所作所为。《每日新闻》在2007年9、10、12月分别对日本人进行了全国范围的电话民调，对于日本海上自卫队是否应该在11月运油期限结束之后再次开始下一轮的运油任务，民调显示了民意正在从多数支持转向多数反对。但是与此同时，我们也看到与要求和平的民意相拂逆的是，日本内阁在派出海上运油队等问题上，并没有给国会以任何讨论空间。正如《朝日新闻》在2008年1月11日的社论《走投无路的"三分之二"决议》中指出的那样，"再次投票通过，是宪法为政治对立无法解决的时候预备的非常手段。要想行使这一权利，立法单位为达成共识所进行的最大限度的努力和选民的理解是不可或缺的。为了否定参议院的意志，必须具有政治上的妥当性"。这就是说,借助于《宪法》规定的非常手段而推动一个决议的通过，特别是这个决议有违选民的意志并且一度被否决的时候，议会需要履行真正的民主程序，而在关键时刻，我们可以看到今天的日本执政党并没有这样做，它体现的议会政治并不是"说服的政治"，而是"非常手段的政治"。

在此情况下，冲绳民众的抵抗运动就不再仅仅意味着对于改写教科书的抗议。事实上，在冲绳的社会舆论里，它也是被与一系列事件联系起来认识的。就中，发生在90年代中期的美军士兵对冲绳少女的性暴力事件、对于美军从冲绳撤出基地的要求以及与此相关的对于日本政府的抗议，不仅在抗议美国与日本政府的合谋，而且以此抗议为世界和平作出了真实的贡献。在冲绳的边野古一带，抗争美军基地移设计划的行动一直在艰难地持续，而日本政府与冲绳县政府的绥靖乃至合谋的政策，资金援助的利诱与自卫队的威慑，在给冲绳民众造成内部的分裂与对立的同时，加大了抵抗美军基地运动的难度。与发生在韩国的抵抗美军基地的运动一样,这抵抗一方面意味着对于本国政府的对抗,它将引来政治上的压力;同时,也意味着该地区民众赖以为生的"基地经济"的瓦解可能性。相比之下,后者是造成对抗基地运动的内在困境。

与日本本土捍卫《宪法》第九条的社会运动相呼应,冲绳的抗议教科书改写与反对美军基地的运动都是日本社会中正在消长起伏的社会状况。与此同时,与中国社会的状况相似的是,大众文化正在日本社会生产大规模的"政治冷漠症候群"。更多人关心的是自己的生计,以及日常性的享乐。他们对于国家政治,对于世界和平,采取了隔岸观火的态度,而对于发生在身边的事件中隐含的政治性,缺少必要的敏感度。这样的社会群体最具有追认现实政治的保守性,这也正是日本内阁得以不断推行保守主义路线的社会基础。在很多情况下,我们已经不太能够使用"民众"这样一个语词来泛指社会生活的主体,正如我们不能把"国家"看成一个既定不变的实体一样,它不是一个静态的统一体,它因为剧烈的分化包含着相互对抗的力学关系,从而造成不断起伏的动态平衡。正因为如此,我们不能把冲绳看成铁板一块,也不能把日本看成一个单纯整合起来的对象;进一步说,只有在主权国家的意义上,我们作为一个普通公民是外在于日本和内在于中国的,而在追究战争历史真相和维护世界和平的时候,以主权国家为唯一标准来区分自我与他者,常常会遮蔽问题的真正所在。举一个极端的假设(当然,希望这仅仅是假设)来说,我们可以以"日本内部事务"为由隔岸观火地对待冲绳正在发生的一切吗？我们难道一定要等到美国的航空母舰联合日本的自卫队（军）开到家门口时，才能意识到冲绳人的抗争与我们并非毫无关系吗？！

当然，这个极端的例子并不能说明问题的真正所在。问题的真正所在，是我们语焉不详地用"批判民族主义"的方式遮蔽了的问题，这就是个体与国家的关系。在国际政治学领域里，关于这个问题已经有了相当的累积，借助于古典性的论述，我们可以了解这样一个基本事实：当国家在假设意义上被人格化，因而使得国际道义在这个假设的前提下可以成立的时候，作为真实存在的个体所信奉的道义原则并不能直接转化为国家的道义原则。在这个意义上，不仅个体不能直接代表国家，而且个体伦理意义上的"恶"在很多情况下会在国家道义的意义上被转化为"善"。今天，当跨国的联合（尽管这种联合未必都对等，也未必都意味着伦理意义上的"善"）在各种层面上都向前推进的时候，"国家主权"等问题并没有被边缘化，因为"跨国"依然是以"国"为单位的；而我们需要继续追问的一个问题是，在此种情况下，个体的道义选择究竟如何与国家的道义选择建立真实的关系，从而使得它具有国际政治意义上的正当性？

日本的民主化进程告诉我们，仅仅有了民主化的程序，并不必然具有民主化的内容。在政治权力与选民的社会压力高度分离的状态下，哪怕是国会内部的论争代表了选民呼声，哪怕是高度透明的舆论可以自由地进行批判，关键时刻的决断却未必是"民主"的，也不一定是代表民意的。日本国会关于《海外运油法案》的这个个案，在很大程度上暗示了民主制度走到今天的困境，它说明，我们不能仅仅在一般意义上谈论民主，不能把希望寄托在"有了民主程序就可以解决一切问题"这样一个幻想之上。更为紧迫的问题是，在国民意志并不能真正影响国家政治决策的时候，如何设想国家的道义原则，如何思考国民与国家之间的道义关联性？换言之，当冲绳民众作为个体集结起来抗议的时候，我们从中可以学习到的，应该并不仅仅是抵制修改历史书写这样的思想课题，而是国民对于国家道义的自我诠释与坚持。显而易见，在冲绳民众当中，对于"日本"这个国家的诠释是多样的和复杂的。但是，在现代史中冲绳受到不平等待遇这一点上，他们的意见并没有太大的分歧。说到底，造成不平等的元凶是二战时期的日本政府和它在战后奉行的追随美国的政策；对集体自决的不公正记载与对美军基地的鼎力支持是互为表里的。冲绳人的道义感觉与他们的生活感觉相关，也与他们的特定处境相关。美军基地构成冲绳经济的基本支柱这样一个扭曲的现实，在今天的国际经济政治格局中，已经使得冲绳带有了特定的"亚洲性格"：它对美军基地的抗争，不仅直接意味着对于美国在亚洲乃至世界的军事霸权的抗争，而且意味着打破现有的"基地经济"模式并探索无保障的经济发展可能性——由于除了基地经济之外，冲绳的经济结构基本上被破坏，而进入冲绳的日本贸易系统则仅仅是利用冲绳的空间获取利益并将其转移到日本本土，因此，冲绳人打破基地经济也就意味着他们要失掉最可靠的经济来源，探索没有保障的生产与生活方式。正是在此意义上，冲绳人的反基地运动具有了道义性格，而他们的这种道义感觉代表了亚洲的道义感觉，也体现了同时代史的推进状态。进一步而言，在本土日本人支持冲绳抵抗运动的过程中，日本社会的道义感觉也正在被重新打造。

二战后德国知识分子在总结他们与纳粹的合作何以会发生时，有过非常精辟的概括，那就是法西斯的进行状态并不是一蹴而就的，它是渐进的，不显眼的，有时候甚至还伴随令人信服的自我反省和修正，或者是迂回曲折的推进。正如农夫每天到田里照看庄稼一样，由于每天都看到与前一天没有太大差别的对象，他意识不到庄稼的成长，直到有一天早上，他才突然发觉，庄稼已经高过了他的头。事不关己的意识，当年曾经把德国的抵抗力量分散为各扫门前雪的隔绝状态，直到灾难降临到自己头上，才开始了各自的抵抗，而这时事态已经发展到了无法收拾的地步。在二战后追思这段历史的时候，德国的抵抗力量才感到，真正的抵抗必须发生在事物的开端之处，而不是结局之时！

我们正在面对这样的状况。尽管当今中国以及中日关系的课题与当年德国进步力量的课题并不相同，但是就认识论而言，我们完全有可能重蹈德国知识分子的覆辙。在开端之处认识事物，在事态的进行状态中识别它，不用静态的眼光去观察历史：这意味着我们必须学习建立动态的分析习惯，而不是盲从于静态的结论。因此，从何处入手讨论中日战争的历史这一认识论课题，也必须先进入我们的视野。当整个舆论界不假思索地把日本设想为一个完全外在的对象，并把问题象征性地归结为靖国神社和南京大屠杀事件的时候，我们或许正在忽略另一些同等重要的事物——例如今天冲绳进行着的斗争。更重要的是，如果我们仅仅把一些固定的意象作为历史讨论的话题，那么，活着的历史将与我们擦肩而过。在当代历史里，我们每一个个体的历史功能都是间接的，这种间接性造成了很多错觉，使人感到自己就在历史之中。其实，当日本的冲绳"事件"正在进行的时候，未来中日关系的某一部分基调也许也在悄悄调整；只是，当我们执着于自己的意识形态想象的时候，可能正在错过抓住它的机会。由此，我们便不得不置身于历史之外，而我们的思考，也可能因而失掉历史性。

我们为什么谈东亚

东亚论述与人类历史叙述

东亚是一个逐渐热起来的话题。随着中日韩三国政府不同程度地推动"东亚共同体"的姿态,东亚越来越显示出某种区域一体化的趋势。但是,与此同时,东亚地区的冲突也一直没有因此得到缓解。中日之间、日韩之间、朝鲜半岛内部,一直存在着多种形态的紧张关系,而中国与越南以及菲律宾有关领海权问题的对峙,也暗示着东北亚地区内部的紧张关系并不是自足和封闭的,它与东南亚也有着相应的联系。

在这样的现实背景下,作为言论生产者,我们是否有可能把东亚作为一个整体来讨论,如果紧张冲突不能真正化解,东亚是否就无法构成一个讨论的有机整体?如果可以而且需要把东亚作为一个整体来讨论,那么,这个整体的内在黏合剂是什么?曾经有过一个历史时期,儒学构成了东亚部分区域(包括中国的大部分区域)的内在黏合剂,但是今天直接套用这个模式已经变成了脱离现实的形式化论述，无法有效解释地区内部冲突和冲突的化解方式，而且也无法解释不同社会内部儒学所具有的不同社会与文化功能，更无法解释儒学的很多重要范畴在不同地区的不同历史含义。那么，是否因此可以断言东亚不能作为一个范畴单独成立呢？显然，由此论证东亚不能作为一个整体存在也缺少说服力，因为这个地区确实存在着一种"联动"的状态，有很多时候，恰恰是紧张关系构成了这个区域无法各自为政的相互牵制局面。正是在此意义上，我们必须要从头追问：为什么要谈东亚？如何谈东亚才是有效的？作为一个理念，我们希望呼唤东亚地区以和谐、合作为基础的一体化，然而作为现实分析，我们必须首先面对的却是一个悖论性的问题：在地区性紧张与错位的关系构成了一体化的黏合剂的时候，如何推动和谐与合作的理想实现才是真实的？

东亚是个什么样的范畴

在概念范畴的意义上，可以说没有比"东亚"更为含混的了。我们今天谈论的东亚，通常把范围划定在东北亚，虽然有些时候也涉及东南亚，但是东亚与东北亚常常被互换使用，而且东亚有些时候也与"亚洲"这个概念互换使用。意味深长的是，这种种互换很少受到质疑；相反，如果对互换所引起的概念混乱提出质疑，通常不会引出生产性的结果。因为东亚这个概念的混乱本身，并不会引起认知的混乱，人们很清楚地了解不同语境中"东亚"的具体内涵。而且，必须指出的是，把东北亚与东亚、亚洲互换使用的，基本上限于东北亚地区。这种互换使用的原因不能仅仅归结为东北亚的强势，我认为基本的原因在于，与东南亚相比，东北亚的某些地区在历史上更多地产生了对于"东亚"这个范畴的需求。毋庸置疑，东亚是一个区域性的整合概念，它大于东亚的任何一个国家和社会；但是回顾历史观察现实，我们可以看到，这个整合概念的内涵并不是一成不变的。在今天，东亚更多地是指中国、日本和韩国。这个范畴其实远远小于地理意义上的东北亚。在地理意义上，东北亚还包含着朝鲜与蒙古；还有人认为越南作为儒学文化圈的一个成员，也应该包括在东北亚之内。但是中日韩的框架自有它的逻辑，这个逻辑就是"现代化"。"东盟加三"的框架，就是把中日韩视为一个可以整合但无法整合的现代化区域共同体。如果我们换个角度，从朝鲜战争以来的冷战格局来看东亚，那么，东亚就变成了"六方会谈"的结构，不仅南北双方亦即整个朝鲜半岛都包括在内，甚至算不上东亚国家的俄罗斯和美国也都成了组成部分。如果再上溯历史，历史上的东亚则被视为一个儒学地域文化圈，汉字在不同社会里以不同方式被使用，曾经使这个区域具有某种望文生义的"同文同种"的亲缘性。而就中国自身而言，由于中国与亚洲的东南西北部分都接壤，东部地区可以谈东亚，但对于西藏和新疆这些与南亚、西亚（或曰中东）接壤的地区而言，东亚却是个有些隔膜的概念。

所以无论怎么说，东亚都无法作为一个单一自足的静态范畴成立，它在历史上不同时期指称不同对象，也在不同时期被不同主体所指称。这就是它的指称含混却不会被追究的原因所在。所以，我们只能在历史语境里谈论东亚，也只有这样谈才有意义。在我有限的接触当中，可以得出这样一个结论：并非东亚的每个区域和社会都需要东亚这个概念；同时，东亚内部的有些区域，却一直需要这个概念。换言之，东亚这个概念的使用，并不天然地和平均地属于全体东亚人，有些东亚社会并不关心这个概念，而有些东亚社会则非常需要它；在历史沿革中，有些地区和社会曾经推动了这个概念的使用，时过境迁，那些社会放弃或者冷落了这个概念，而另一些社会则开始使用它。因此，静态地讨论东亚这个概念是没有意义的，也未必总是有效的。我们可以借助这个概念的不断变换流转过程，来认识历史中某些重要的部分，如果没有东亚概念，有些历史场景没有可能被充分地照亮。在某种意义上说，东亚论述的目的并非在于论证东亚一体化的正当性，更不是为了静态地求证什么是东亚，而是为了借助于这样一个视角进入历史。

中国亚洲论述的历史脉络及其走向

在中国现代史上，基本上不存在"东亚"这个范畴，与其相应的是"亚洲"概念。这个概念也同样不是一个地理单位，它是一个政治思想概念。最有感召力的亚洲论述当然是孙中山著名的演讲：《对神户商业会议所等团体的演说》。不过，这是

20世纪20年代之后的事情。在孙中山之前，李大钊也谈到过亚细亚主义，他在1919年的元旦写作了《大亚细亚主义与新亚细亚主义》，后来又写作了《再论新亚细亚主义》。李大钊和孙中山的亚洲论述，都是直接针对日本的大亚细亚主义的。他们都忧虑日本以大亚细亚主义的口号掩盖其充当东亚霸主的阴谋，用李大钊的话说，大亚细亚主义不过是大日本主义的变名而已。不过李大钊与孙中山的亚洲论述也有着重要的差异，那就是如何处理中国的定位问题。在李大钊那里，对抗大亚细亚主义，需要提倡"新亚细亚主义"，这是以民族解放、民族自决为基础的联合，更多地照顾到了弱小民族的平等诉求；孙中山的大亚洲主义则更多地强调了以中国传统的"王道"对抗西方式（也是日本明治以来的）的"霸道"，但是他并没有把重点放在李大钊所强调的民族解放和民族自决问题上。孙中山的这个讲演是面对日本人的，而且是在他推动的革命处于不利的条件下所作的讲演，所以还需要一些历史分析。不过有一点是可以确定的，就是"王道"这一说法确实包含了泛中华文化的意涵。韩国的知识分子对此非常敏感，例如创造与批评社的重要成员白永瑞就曾经撰文指出，在孙中山的这个提法中，包含了中国中心的霸权思想，对周边的弱小民族缺少平等意识。

不过无论是李大钊还是孙中山，他们的亚洲论述都是在回应日本具有侵略和霸权性格的大亚细亚主义时提出的。也就是说，这是一种对抗式的论述，它们仅仅作为反命题被提出，并不是思想家们自觉推动的思想运动。在中国现代史上，亚洲论述很难成为一个独立生长的视角，因为它缺少生长的土壤：中国既没有日本那种以武力统合东亚乃至亚洲的能量，也没有以传统的华夷秩序建立对抗西方的地域共同体的可能；同时，内战与外敌的威胁都使中国无法设想建立一个有效的地域联合体。因此，在日本对中国的侵略从局部扩大到整体之后，亚洲论述在中国几乎不再具有意义。而在1949年中华人民共和国成立之后，"亚非拉"和"第三世界"成为区域论述的基本单位，"东亚"由于冷战的原因，无法在中国形成有效的论述单位。在今天，由于现实需要和邻国知识界的推动，中国社会也开始出现了东亚论述，但是社会影响力很有限，也缺少相应的思想积累。我希望强调一点，这种状况不应该仅仅归结为中国中心主义，事实上，中国中心的表现并不是中国缺少东亚论述，而是在东亚论述中潜在的以中国为主导的意识。中国缺少东亚论述的理由，是现代以来的历史并没有提供产生东亚论述的可能性。

日本、韩国东亚论述的困境和课题

日俄战争的胜利为亚洲的有色人种带来了民族独立的希望，却为日本埋下了侵略的祸根。日本在殖民台湾和朝鲜半岛并占据了中国东北之后，开始把这种有色人种对抗白人的意识形态发展为代表亚洲对抗西方的意识形态，这也正是孙中山在1924年就警告过的"霸道"。日本在第一次世界大战之后倡导的"大亚细亚主义",是与欧洲的白种人在近代之后的武力扩张毫无二致的侵略意识形态,虽然它是在对抗欧洲对有色人种的征服这一前提下发展起来的,但是由于历史的原因,它并没有发展出联合亚洲各个民族一致对抗欧美霸权的形态,而是发展为日本"代表亚洲"对抗欧美的形态。在中日甲午战争和日俄战争取得胜利之后,日本坚信它可以依靠武力成为亚洲有色人种的霸主。而在太平洋战争爆发之后,由于日本正面向以美国为首的盟国宣战,这就使得一些曾经对大亚细亚主义充满期待的人开始对日本产生幻想,甚至日本内部一些进步的反战力量,也曾一时间纷纷支持太平洋战争。事实上,在南亚和东南亚的某些曾经沦为西欧殖民地的国家,人们对日本的大亚细亚主义是有好感,甚至寄予希望的。但是,历史很快就证明,日本的大亚细亚主义发展到大东亚共荣圈,变成了把它推向绝路、使它自绝于邻国的法西斯意识形态。武力征服的方式很难建立真正意义上的区域共同体。然而在东亚,最早出现于日本的亚洲论述,恰恰显示了亚洲论述的某一个特点:它是一种充满暴力性格因而与战争具有密切关系的意识形态,如何打破这种意识形态,使其去掉这种暴力性从而成为区域合作的范畴,就成为了其后东亚的亚洲论述必须承担的伦理责任。

但是,即使是在日本,东亚论述或者亚洲论述也并非全都是单纯的侵略意识形态。由于日本有过为邻国所厌恶的"大东亚共荣圈"口号,"亚洲"这个范畴在日本近现代史上的复杂内涵就被简化了。例如早在日俄战争前一年的1903年,冈仓天心用英文发表的亚洲一体论述《东洋的理想》，并未把日本置于亚洲的领导地位，同时，他也强调了亚洲的文化一体性，试图针对西欧的具有殖民扩张性格的物质主义提倡新的价值理念。而在社会活动领域，日本早年的亚细亚主义者也并非全都是国家主义者，他们中也有一些试图帮助邻国改善政治状况但并不谋求日本国家利益的仁人志士。但是总体而言，这样的历史脉络在日本近现代史上是支流，而且后来被整合进了主导意识形态，因此一直被后来的人们所忽略。对于中国和朝鲜半岛而言，这个脉络不被发掘还有另一个原因，那就是中韩都是日本"大东亚战争"的受害者，人们在感情上难以接受这种历史分析。但是，重新从历史的角度分析日本的大亚细亚主义，特别是从西欧式现代化模式的角度检讨现代化与殖民地战争的关系，将是对日本东亚论述进行研究的必要课题。

近年来，韩国的东亚论述和亚洲论述呈现出兴旺的势头。与日本舆论界在使用东亚这一词汇时不免暗含许多纠结的情况不同，韩国的东亚论述包含了非常现实的紧迫感。我曾经跟一些韩国的知识分子交流，他们的东亚论述里有许多尖锐的课题：通过东亚论述，他们希望冲击中国中心的地区性霸权；通过东亚论述，他们还试图在拒绝美国的意义上"选择"亚洲；通过东亚论述，他们也尝试着在东亚格局中重新认识朝鲜半岛的定位问题和韩国文化的主体性问题，等等。应该说，今天韩国的知识分子正在推动东亚论述的工作中扮演着越来越重要的角色。

今天东亚论述的第一现场在朝鲜半岛和冲绳

现在人们谈到东亚时，总是倾向于把它想象成以中日韩为基本单位的独立地域。历史上这个地区受到儒学的影响很深厚，这也被视为东亚连带为一个整体的前提。这些因素当然都很重要，不过它仅仅提供了东亚论述的视角之一，并非全部的视角。如果仅仅是这些因素就可以使东亚成为一个独立的范畴，我们就无从解释为什么朝鲜半岛的问题需要"六方会谈"而不是当事人的四方会谈来解决。欧美在亚洲的"内在化"，最明显地体现在东亚。东亚地区不仅在政治、经济、文化等方面都进入了欧美化的过程，而且它也是冷战内在化程度最深的地区。朝鲜战争就是一个标志性的事件。我们都知道，朝鲜战争并没有结束，它目前还是"休战"状态；在这一意义上，朝鲜半岛不仅是冷战的中心地带，也是东亚论述的第一现场。

如果我们充分注意到了美国在韩国的驻军和不断举行的韩美联合军演，以及美国对朝鲜的"打拉战术"的话，那么不难理解，从第二次世界大战结束一直到现在的东亚很难仅仅由"中日韩"自足性地构成；另外，虽然美国内在于东亚，这也不意味着东亚在历史上和现实中受到美国的无条件支配。我们看到的是各种意义上的"反向利用"。我们讨论国际政治的这种力学关系，是为了思考下述问题：在什么样的状况下，可以有效地排除美国的干涉，而不是简单地激化它的霸权性干预？东亚的主体性，在这个过程中扮演什么角色？

日本的情况比韩国更为严重。美军在日本的基地是它控制亚洲乃至全球的重要支撑点，冲绳的基地问题对于冲绳民众形成巨大的困扰，冲绳人民至今仍然生活在美军基地的威胁之中，把美军赶出冲绳还是一个艰难的课题。在很多方面都可以说，冲绳的现代史凝缩了整个东亚的现代史。日本还有另一重问题，就是它的军备形态。"3·11"大地震和福岛核事故之后，日本的自卫队以与美军联合救灾为名，扩充了它的力量，海上自卫队的舰艇开进了那霸港。在今天的地区对抗架构中，日本与中国围绕着钓鱼岛等问题的潜在冲突一直维持在不被激化的紧张水平，在此意义上，日美军事同盟的进一步升级，并不仅仅意味着东亚和平受到威胁；美国内在于东亚的军事对抗结构，与朝鲜半岛的分断体制一样，也是通过这种对抗状态的不断再生产而"获利"的。而这种冷战的长期化，才是世界资本主义秩序的必要条件。在此意义上，韩国思想家们对于朝鲜半岛分断体制的论述，不仅仅是在解释朝鲜半岛的内部结构问题，更是在揭示东亚地区的分断性对抗关系和美国内在于东亚的冷战脉络。

分断体制理论与东亚论述面对的现实难题

空洞地谈论东亚特别是东北亚应该如何一体化是没有意义的。现实的状况是，尽管中日韩三国政府都不同程度地倡导东北亚的一体化，但是这个进程推进得非常缓慢，民间社会并不积极支持东亚一体化。东北亚各个社会之间缺少足够的相互理解愿望,猜疑乃至敌对情绪仍然很强大。目前我们可以观察到一个基本的认知状况是,东亚地区的各个阶层都有推动相互理解与合作的有识之士,但是对上述基本状况的讨论却是不充分的。因此,在东亚对话的过程中,那些最尖锐的问题往往被回避,良好的愿望取代了清醒客观的分析。

韩国思想家白乐晴,在他的超克分断体制理论中提供了一个值得深思的视角:分断不是一种临时状态,而是世界资本主义体系中的一种"常态"。分断体制意味着整个朝鲜半岛有一个大于两个国家的结构,这个结构一直在维持着分断的对立和紧张,强化和动员两个社会之间的敌意,从而使分断变成一种持续状态,维持在一个不被激化也不被解决的水平上,而南北两个政权则各自从中获利。

在东北亚各个地区之间,虽然不存在类似朝鲜半岛南北那样的分断状态,但是同样存在着被动员起来的对立、紧张和敌意,而且这种对立、紧张和敌意构成了一种不断复制的常态。这种不断持续的隔离状态,是今天东亚论述最重要的对象,但是却基本上被忽略了。恰恰是这种持续性的分断与隔离,使得美国能够深入地渗透到日本和韩国社会,甚至也成为我国台湾地区不时求助的对象。而造成这种分断隔离状态的真正原因,不仅仅是冷战,更是地区内部不断积累的"脱离中华文明宗主国"的历史脉络。特别需要指出的是,这种分断隔绝的状态并不仅仅表现为东北亚三个国家之间的对抗与摩擦,更是渗透到了民间社会，它表现为对于对方社会的隔膜、误解乃至歧视，这种种想象积淀成为带有简化价值判断的感情记忆，影响着民间社会的相互沟通和理解。

但是同时需要密切关注的是，东北亚地区的分断和隔离状态，不仅没有使这个地区各行其道，反倒使得东亚以这种最为消极的方式被整合起来。我们可以观察到一个很特别的状况，那就是东北亚的历史依靠种种对抗关系而不是合作关系缠绕在一起。构成东北亚地区黏合剂的，主要并不是友好和理解（尽管这些要素也有相当的历史积累，但似乎大多存在于个体交往的层面，还不足以构成主导的认识论模式），而恰恰是对抗和敌意。它的最为极端的体现就是战争记忆。而在不同社会内部的战争记忆，随着时间的流逝正在发生空洞化过程，从而被简化和抽象化。这一过程造成的后果，是战争记忆转化为简单和直观的仇恨，而且在表述这种记忆的时候，被害国的人们往往会在仇恨的情感中加入与战争记忆不直接相关的现实内容，例如对于自己所在社会内部状况的不满，等等；而加害国的人们则很难同时处理自己的战争记忆和被害国民众的战争记忆。这种种情况对东亚人的东亚论述提出了挑战：如何处理感情记忆才是准确的？如何论述东亚才是有效的和有意义的？

1950年10月，太平洋国际学会[1]在印度的勒克瑙

1　Institute of the Pacific Relations, IPR

（Lucknow）召开第11届国际会议，中心议题为"亚洲的民族主义及其国际影响"。这次会议中最值得关注的是印度总理尼赫鲁的基调讲演。他在开头就指出，亚洲比起世界其他地方，更处在激烈的变化之中，它没有办法缓慢地改变；这种急剧的变化伴随着危险，但是亚洲人别无选择，而这正是亚洲人最大的苦恼。尼赫鲁说："如果大家想要理解我们，那么，只是讨论我们的经济、社会、政治或者其他问题，并不能真正达到理解。必须更深入一步，理解亚洲心灵中的这一苦恼。"尼赫鲁在他的讲演中指出，亚洲内部存在着巨大的差异，因此很难说清所谓"亚洲的感情"究竟是什么内容。但可以确定的是，它是针对欧洲在过去的几百年中称霸亚洲的"反作用"。

应该承认，尼赫鲁所说的"亚洲的苦恼"，也同样存在于东北亚地区。它也同时具有某种一致性和内在差异。包括日本在内，对欧洲和美国霸权的反抗是产生"东亚感情"的基础，但是同时，东亚内部的隔绝与分断，则使得这种感情无法真正呈现为跨越国界的连带。

东亚的东亚论述面对的基本课题

笼统地推进东亚论述是缺少现实性的。这是因为，我们无法以良好的愿望取代复杂的现实判断。而在今天的东亚，不仅存在着妨碍一体化的种种显在的困难，也存在与此相应的认识论误差。

第一，东亚地区不同社会的感情记忆尤其是战争记忆之间有着巨大的落差，它们之间是错位的，并且这种错位很少被问题化。在不同社会内部，与东亚的其他地区不相交集的感情记忆基本上保持了"内部话语"的特质，不能直接与其他区域沟通。特别是日本人的感情记忆，被简化为支持和反对战争的抽象命题，很难经受历史化的分析。而东亚其他地区的感情记忆也被仇日情绪整合，很难作为历史记忆承担历史责任。问题在于，追究战争责任必须认真对待感情记忆所承载的创伤，但创伤记忆并不能承担全部的历史。如何在尊重受害者的情感这一前提下，历史性地继承东亚不同社会中不相交集的情感记忆，并且使它们成为东北亚民间社会共同的思想财富？同时，在东北亚地区的二战受害国，正在由于世代更迭发生着战争记忆被"风化"（亦即空洞化）的现象。虽然完全没有经历过战争的一代人开始接过战争记忆的历史重负，但是他们却在用自己的生活体验改变着战争记忆的内容。这一点从中国、韩国乃至冲绳社会的年轻人对战争记忆的感觉方式上可以明显地得到证实。虽然战争记忆的表象没有变化，但是它的含义却在悄悄地改变。这构成了东亚研究的一个重要的课题。

第二，每个社会都有自己的历史、思想与文化脉络，它们是个别的，同时也具有某种共通性。但是这种共通性必须经过必要的转换才能够显示出来。通常在一个社会内部具有重要意义的思想文化资源，并不必然地直接对其他社会具有意义，在这一点上，可以说不同文化之间的关系也是分断的。建立可以突破目前分断状态的文化指标，必须有意识地开放这些资源。如何开放，是一个需要慎重协商讨论的问题。可以判断的是，迄今为止在东亚内部一直在进行着各种学术与思想的交流对话，这些经验提供的一个基本的信息是，当一种文化内部的思想和知识进入其他文化的时候，遭遇到的最大障碍就是无法依靠原有的逻辑简单地进行直接阐释。尽管从外观上看，东亚地区似乎是一个"儒学文化圈"，也同样在近代先后完成了某种程度的"西化"，但是这些基础却并不能有效地提供相互间的理解与信任。同时，在历史沿革过程中，不同社会中产生的看似相同的论述（例如对儒学基本观念的解释，或者论述现代东亚各国不得不接受西方冲击时发生的转型），却无法直接嫁接到其他社会的论述中去。颇具讽刺意味的是，看似同属儒教文化圈的东亚地区，却在如何建立关于儒教的基本共识问题上都缺少相互理解，更何况近代以后各自的思想资源。因此，不同社会思想资源的共通性只有在经过了各种方式的转换之后，才能够获得确认。

第三，在当今的东亚地区，由于上述隔绝与猜疑的深层存在，使得表层的学术与思想交流只能绕开那些最关键的话题，寻求表面上的共通点。为了获得相互理解，很多学者试图借助于欧美的学术资源来寻找共同话题。例如关于"公共领域""世界体系""帝国""现代性"的讨论，确实可以使东亚各国的学者很容易地在理论上找到共同的话题，出版界也大量出版了这方面的成果。但是，如果只是依靠这样的方式达成共识，那么，尼赫鲁所说的"亚洲的苦恼"将会因此被遮蔽和消解。事实上，恰恰是这种亚洲的苦恼，构成了东亚研究的独特性格，作为一种非直观的认识论视角，它并非是在对抗世界史叙事的意义上被确立的，而是重新打造世界史的视角。可以说，通过确立亚洲论述（或者东亚论述）的历史视角，可以有效地把迄今为止被全球知识人不加质疑地作为普遍性叙事前提的欧美视角相对化，使几个世纪以来通过"现代化"这个暴力过程占有了全球大部分区域支配权的欧美资本主义国家打造的历史叙述，真正完成它的"地域化"过程。这就是说，由于亚洲叙事（应该还有拉美叙事、非洲叙事等正在形成的历史论述）登上历史舞台，欧美叙事将不再是普遍性的叙事，欧美制造的理论（包括激进的批判理论）也不再是可以直接套用的前提，它们都将通过历史化的过程成为区域性的论述。只有当这样的知识生产图景开始形成的时候，我们才能够说，人类历史的叙述是属于全人类的。

参考文献

孙中山:《对神户商业会议所等团体的演说》,1924年11月28日,文收《孙中山全集》第十一卷,中华书局,1986年。

李大钊:《大亚细亚主义与新亚细亚主义》,1919年元旦,《李大钊全集》第二卷,人民出版社,2006年;《再论新亚细亚主义》,1919年11月,《李大钊全集》第三卷,人民出版社,2006年。

冈仓天心(Okakura Tensin):《东洋的理想》,《冈仓天心集》第一卷,平凡社,1980年。

白乐晴:《分断体制·民族文学》,联经出版社,2010年。

白永瑞:《思想东亚——韩半岛视角的历史与实践》,台湾社会研究杂志社,2009年9月。

日本太平洋问题调查会:《亚洲的民族主义——勒克瑙会议的成果与课题》,岩波书店,1951年。

东亚启蒙历史过程中的民众[1]

民众史研究属于历史学领域里的新范畴。正统史学的记述对象，无论是在西方还是在中国，都是王朝或者国家的历史，属于"英雄创造历史"的记录。只有当历史走到了现代，具备了把国家与伟人相对化的条件之后，民众史才可能出现。毋庸置疑，相对于国家史与精英史的视角而言，民众史记录那些无名的底层民众的日常生活，这当然具有某种革命意味。但是，如果我们仅仅停留在这个层面理解民众史，那么恐怕除了说它是危机时代的产物之外，也说不出更多的东西。本文试图借助于与日本民众史研究相关的几个问题，追究民众史暗含的理论可能性，从而思考这样一个问题：民众史研究与传统史学和现代思想史之间，究竟具有什么样的关系。

---

[1] 本文原载《文化纵横》2009年第4期。

一

日本的民众史研究发端于战争时期，成型于战后。促使它发育的是40年代末期日本社会开始出现的民众运动，特别是与工人罢工和市民请愿并行的文化运动。这些要素使得日本的启蒙知识分子开始注意到"民众"作为一种历史和社会能量所具有的可能性。当然，刚刚从侵略战争中放下屠刀解甲归田的"民众"，并不一定是知识分子理想中的"先进力量"，这也是战后日本马克思主义知识分子最为头疼的问题。1947年，当同为马克思主义者的日本史家石母田正和欧洲经济史家大塚久雄争论如何看待工人的时候，他们争论的焦点就是日本民众究竟是否具有俄国革命时期工人的先进性的问题。在日本一些案例中可以观察到的日本工人运动的进步要素，是否可以推想为日本民众的整体状况，这是启蒙知识分子的一个基本的课题。尤其是在20世纪50年代中期以前，日本共产党决定放弃战后初期的和平幻想走武装斗争道路的时候，发动民众一直是日本马克思主义者的基本斗争内容。而随着"山村工作队"武装斗争的失败，日共宣布放弃武装斗争，回到合法斗争的路线上来，这里面伴随的一个基本的判断是日本民众"觉悟太低"。随意翻阅一下50年代的日本综合性杂志，就可以看到当知识分子谈论革命的时候，常常会附带地提起日本老百姓不支持革命的情况。

日本自由主义知识分子虽然没有进行社会主义革命的政治

目标，但是他们希望以古典自由主义的政治理念改造日本社会，希望打造具有主体性的新型日本人。在经历了十五年的侵略战争之后，如何反法西斯并不是一个思想口号，对于日本的自由主义者而言，铲除法西斯的社会土壤不是一个轻而易举的观念问题，这个土壤在历史过程中形成，它也必须历史性地被改造。换言之，它需要借助于一些现实契机来推动。自由主义者的政治目标是建立一个民主化的政治社会，而这个民主到底以什么为蓝本，对日本自由主义者而言实在是个难题。他们面对的是一个被美国占领的缺少严格意义上主权的"准独立国家"，但是这个到1945年还是法西斯集权国家的东亚岛国，却又因为战败和被占领而在短短几年内完成了制度上的民主化。主导这个过程的是美国这个现代民主制度国家，但也正是这个民主大国在朝鲜战争时期倒向了麦卡锡主义。即使没有麦卡锡主义，在二战结束时迅速确定政策以驻军日本从而控制东亚和南亚的美国议会，也依然是把"民主"作为一种控制手段而非社会理念输入日本的。在此意义上，美国式进口民主在日本的社会功能与象征天皇制是一致的——不过是防止日本"赤化"和把日本绑在美国战车上的工具而已。战后那一代知识分子很少有人能保持今天中国知识分子那种一厢情愿的美国想象，当然这与历史阶段的具体差异有关，但是更重要的原因却在于，日本社会所经历的这些严酷的现实不给他们幻想的余地。

日本的马克思主义者和自由主义者在战后最初的十五年里都属于启蒙知识分子，他们相互之间的信任与合作远远大于他们思想立场上的分歧。而且，他们共同属于一个缺少启蒙传统的文化，战后那一代知识分子在对社会进行民主化启蒙的时候，自己也面临如何从天皇制的氛围里挣脱出来的问题。这一切都与一个基本的事实相关：日本的启蒙运动所面临的这种特殊的"东亚状况"，使得它与民众史研究的立场有着深刻的纠结关系。就中可以观察到的是，同为启蒙知识分子的群体中，大体上分化为两种立场：一种是以西欧古典自由主义原理为思想立场的知识分子对于日本民众的"村落共同体"意识形态的否定；另一种则是基于对西方现代性价值的反省所引发的对于以民众生活为载体的下层社会的关注。这两种立场之间催生的紧张关系，恰恰构成日本民众史存活的特定场域。

二

在20世纪50年代初期，与启蒙知识分子的思想工作并行的，是投身于民众中的进步知识分子（应该说，日本共产党员是其中的主力）所进行的社会动员工作。充当民众的自我教育和他们表达社会诉求的媒介，成为这些山村工作者的工作目标。除了一部分把武装斗争作为目标的日共知识分子之外，还有另一些知识分子在探讨不同的可能性。这些知识分子中最杰出的代表，当数50年代活跃在日本九州半岛的日共党员、诗人和评论家谷川雁。

谷川雁致力于在底层工农的实际生活中发现那些可以形成

新的社会原理的要素，并力图从底层民众的视角来思考社会变革的关键问题。他所参与的主要工作，是在民众中推动"活动圈"。这是发端于20世纪30年代并在50年代初期遍及日本社会的民众文化和思想活动方式，主要以日本全国城乡的工、农、主妇的工作或生活圈域为依托，在工厂车间、自然村这种熟人或者同事的小范围内组织民众性的文化活动，例如自办刊物进行文学创作，排演文艺节目，创作摄影美术作品，书写村史，等等。它与另一个社会运动——"生活书写运动"一起，构成了战后民众文化思想运动的基本形态，承担了民众的自我教育和自我训练的任务。

但是，谷川雁敏锐地注意到，即使被视为底层民众活动空间的"活动圈"，其实也不能延伸到真正的底层中去，它所吸纳的仍然是民众中相对有教养的阶层，尽管这个阶层已经与社会中产阶级有根本性区别；同时，"活动圈"的熟人团体性格所具有的封闭性，也迫使它必须经常性地进行自我否定，才能保持它的公共性。谷川雁对于"活动圈"的界定，是在与同人团体和工会组织等相对应的意义上进行的。他指出，与同人团体以"个体"为基本要素的特点相对，"活动圈"是以集体（也就是"圈子"）为基本单位的；与政党或者工会组织具有官僚特性的政治特点相比，"活动圈"把"快乐"置于"利害"之上，因此具有民众的传统小共同体所特有的社会能量。在谷川雁的这些实践性的思考中，有一个基本的底线是一贯性的，那就是"活动圈"这一在日本民众阶层广为渗透的社会运动形态，与知识精英的启蒙理念并不一致,准确地说,在它和进口型的民主主义、个人主义原理乃至社会主义的阶级斗争原理这些理论之间,存在着一种历史性的错位。

谷川雁为了揭示这种错位,使用了"亚洲式共同体"这样的概念,尝试着在日本传统的共同体思想中,寻找建立新的社会形态的要素。他指出了一个意味深长的事实:日本民众的"军国主义"是日本民众被扭曲的朴素梦想。它的本体是自古以来连带着民众的共同体思想,其中包含着民众对于平等、和平的期待。打破这种共同体思想的狭隘性格,与扭曲进行对抗,是日本人建立国际性阶级连带的途径。

谷川雁是一位以文学方式工作的知识分子,他进行的这种实践性摸索似乎对于后来的民众史研究并没有发生决定性影响。直到近年,才有日本思想史学者开始对他进行正面的研究。这一方面说明了谷川雁思想实践的性格使得他所采用的文学方式与日本民众史的发生脉络并不完全一致;另一方面,也暗示了日本的民众史研究并不具有真正跨越历史学学科界限的思想特质。但是,毫无疑问,即使是在历史学甚至是民众史研究的"外部"为谷川雁的思考定位,他仍然是民众史研究必须正视的对象。因为,他提出的正是民众史面对的基本课题:如果日本民众并不天然地具备被西方式近代理念启蒙的条件,那么,民众史研究到底该如何为自己的立场定位?

三

同样处于日本民众史研究外部的，还有独特的思想家吉本隆明。他与谷川都生于20世纪20年代，同属于经历过战争和战败的一代人。他也是一个以文学评论为工作方式的知识分子。由于对日本共产党和西方式启蒙主义的精英立场采取了激烈的批判姿态，吉本隆明从1960年的安保运动时代开始，就成为激进学生的偶像，到1968年学生运动的时候，吉本否定一切既有秩序的激进姿态具有了巨大的社会号召力，影响了整整一代人。

吉本经常使用的一个关键概念叫作"大众"，它的真正作用在于对抗启蒙理念。由于这个概念的高度抽象性，它对于日本的民众史家具有大于谷川"活动圈"的吸引力。但是，吉本的"大众"概念所暗含的基本元素，与谷川的学说有着很深刻的内在关联性。

吉本的"大众"是一个元概念。换言之，就是不能实体化的原点。他对此有过一番很精辟的论述："大众"是一种价值标准，它意味着所有人的存在都是等价的。因此，没有一个人完全符合这种标准，因为具体的生活人总是或多或少地从标准轴线上逸脱。这个任何人都没有经验过的"元大众"，只是一个被想定的收敛价值感觉的场所。在这样的视角上，吉本强调说，所谓"巨人"，只不过是从这个价值源泉逸脱得远了一点而已。

吉本的大众观尽管具有上述对抗精英意识的颠覆性格，却不意味着他把大众神圣化。1967年，他在与鹤见俊辅的对谈中曾经说过，他所把握的"大众"，正是鹤见所批评的那种干什么都过头的群体。比如说当他们参加战争时，可以超越军部的意图搞南京大屠杀，到了战后，搞工人运动、反体制运动，也是一哄而起。但是这种先是"反动"后是"进步"的情况并不意味着大众自我矛盾。对大众而言，"一哄而起"才是根本性的。吉本这个分析与谷川有相似之处，不过重点不同。谷川强调的是要把传统的共同体意识和被扭曲的行为方式引向国际主义，而吉本强调的是大众群体的非理性特征，而且特别说明他并不因此认为大众是恶的，因此也没有嫌恶大众的问题。

吉本的问题意识在于他对于知识界精英意识的自觉对抗。问题的分寸度在于，吉本并没有因为需要一个与知识精英抗衡的对立项而把大众神化，相反，他强调的是大众的"非理性"特征，并且以这种从启蒙立场看来最需要否定的状况来"收敛价值感觉"。他一方面强调说自己的大众观念并不意味着倡导知识分子到民众中去，不意味着知识分子的民众化；另一方面则强调这种毫无光环的非理性大众是价值的源泉。这其中暗含的思想指向性很明显：它是对启蒙理性带来的一系列判断标准的彻底否定。

正因为吉本的大众观念是相对于启蒙理性设定的，所以它其实只有在启蒙的框架内才能存在。当日本的战后启蒙时期结束，作为吉本论敌的启蒙知识分子纷纷退出思想主导位置之后，吉本需要重新设定他的"大众"了。从20世纪70年代开始，被称为"新左翼"的吉本一方面拒绝这一称呼，宣布说现在左翼这个词已经没有用了；另一方面，他开始从那个对抗启蒙的大众原点里走出来，利用文化评论作为工具关注作为实体的、第三产业勃兴之后的"大众"。在这个方面，他的创造性已经远不及当年他与启蒙主义和权威主义对抗的时代所具有的，这个时期吉本的大众论述更多地表达了大众社会兴起之后老一代知识分子的困惑。

四

与上述这些历史学之外的民众观念相对应，在历史学学科内部，有关民众史的脉络并不完全是在与启蒙思想和欧洲近代主义相对抗的意义上发展起来的。在战争时期由柳田国男所代表的民俗学研究虽然与后来的民众史研究在层面上并不一致，但是却把很多史学家的目光引向了民间。在战后很多史学家致力于民众史研究，除了上述整个日本社会的基本状况和史学外部民众问题的提出之外，史学学科内部的知识关心也是一个重要的原因。民众史研究丰富多彩，涉及各个阶层的民众生活，也有效记录了历史变化中的一些以民众为主体的重大事件；但是有一些基本的理论问题，一直困扰着日本的民众史家。

最切近的问题，当然是史学家与民众的关系，以及什么样的对象最符合民众的标准，等等。有的史学家常年生活在民众中，观察封闭村落中民众的社会样态，但是当他关于特定村落的研究成果被结集出版后，却遭遇了民众的白眼，因为"先生拿我们的事情去赚了钱";有的史学家出版了关于民众宗教中一个核心人物的研究著作，却被同行质疑，理由是这个家庭主妇出身的宗教创始人固然属于民众，但是她识字且有号召力，属于"民众"中的上层，缺少代表性。至于史学家是否能够成为民众，是否应该成为民众，这些争论在史学界内部一直没有停止过。通过庞大的资料进行工作，这使得史学家无暇顾及思想讨论，但是，史学毕竟不仅仅是史料学，当它遇到"如何处理史料"这样的课题时，为了避免在这个关键环节上简化问题，史学家仍然不免要求助于认识论。

　　日本当代民众思想史家安丸良夫就是这样的一位史学家。他为了打磨自己的民众史眼光，不但继承了日本民众史的学术传统，而且也继承了精英思想史的传统。他从精英思想史中继承的，首先是认识论的自觉，这使得他把民众史研究作为勾勒历史的独立视角，而不是最终目标。在这个视角上，安丸提供了一个"颠倒了的世界"，一套颠倒了的价值标准，一套传统史学不熟悉的关键词。例如，他认为在明治初期的自由民权运动时期，那些用"自由""权利"的理论基准衡量不值一提的现象，在民众的世界里却正预示着新的对抗性政治文化的征兆;那些被近代主义者视为落后保守的社会思潮，在特定历史阶段的民众生活中却恰恰起着不可低估的革命动员作用。当安丸注视着这个相对于近代民族国家而言的异质性世界的时候，他并没有把这个世界与传统史学中的"国家"对立起来,而是关注在后者庞大体系的"裂隙"中以民众为载体的内在紧张。他笔下的民众生活在卷入近代过程(安丸的用语是"文明化")的时候,始终是一个具有自律性的世界,它排斥近代的要素和采纳(或者说不得已接受)近代的要素并不矛盾,因为这个世界的价值基准是安丸所定义的"通俗道德",并非市民社会的各种"公理"。

安丸并未正面讨论过历史学家与民众的关系,但是从他的研究里可以观察到,对他而言,民众史家的民众性并不意味着对于知识分子分析立场的自我压抑,而是意味着对于自身的"存在决定论"状态的反省,和通过这种反省把自己的知识分子立场相对化的努力。在经历了这样的认识论过程之后,安丸要做的不是在直观意义上"认同"民众,而是如同吉本所说,建立一个可以"收敛价值感觉"的场域。归根结底,民众史并非代表了民众的书写要求,它是知识分子内部的一种对抗精英意识的立场。历史性地看,东亚地区的民众史书写,暗含着的一个基本母题是如何设定近代之后的认同方式,这个问题恰恰是依靠直观的二元对立的思路无法面对的问题。民众史正是在这个意义上,提供了一个新的启示:从民众生存的角度来观察历史,不仅舶来的西学缺少有效性,传统的国学也没有直接的解释功能。民众视角提供的思路,是把这一切都在颠倒的世界里相对化之后,再重新作为要素组合进历史中去,只有在这个阶段,虚假的二元对立不再具有意义,而错综多样未必可以简单整合的历史过程,才能呈现它的丰富性格。而民众史研究的真正价值,或许不在于它对抗启蒙,相反,是揭示"启蒙"这一抽象观念在东亚的具体历史内涵。

参考文献

安丸良夫:《现代日本思想论》,岩波书店,2004 年。
久野收、鹤见俊辅、藤田省三:《战后日本的思想》,劲草书房,1966 年。
谷川雁:《谷川雁文粹》,日本经济评论社,2009 年。
水溜真由美:《谷川雁的共同体论和活动圈构想》,《思想》2009 年 5 月号、6 月号,岩波书店,2009 年。
吉本隆明:《思想的基准置于何处》,筑摩书房,1972 年。

走出主权的迷误

——冲绳民众的实践及启示[1]

2012 年 10 月，我在上海参加了由上海双年展推动的亚洲现代思想论坛，这个会议邀请了来自亚洲不同社会的重要思想人物，其中也包括日本冲绳的新崎盛晖先生。新崎先生的《冲绳现代史》已经由三联书店出版，并在中国社会引起了相当的关注；而在当下钓鱼岛主权争端的紧张时刻，冲绳处在紧张的最前线。中国的媒体在关注钓鱼岛问题的时候，即便在视角里引入了冲绳，也基本上是把它作为日本的一个组成部分来对待，至多不过关心冲绳被萨摩藩武力入侵以及最终被明治日本吞并的过程，并为其抱不平，却很少有人关注冲绳的民众对此如何反应如何感受。换言之，在由钓鱼岛主权问题引发的讨论中，中国社会对于冲绳的关注基本上立足于"国家视角"而不是"民

---

[1] 本文原载《文化纵横》2012 年第 6 期。

众视角",这种视角与中国社会有关钓鱼岛主权的讨论所呈现的单一国家视角是一致的。

新崎先生带来了一个报告,题目是《冲绳可能成为东亚地区和平的"催化剂"吗》,在民众而不是国家的视角下给我们讲述了冲绳曲折的历史。从前近代到近代,再到现代,冲绳经历了从独立的琉球王朝到日本的冲绳县,再到脱离日本被美国托管,再到施政权重新被交给日本的过程,在这不断翻覆的历史巨变过程中,冲绳民众饱尝了被多次出卖的苦难。

新崎先生为我们描绘了这样一个无法简化和无法抽象的复杂历史情境:首先,冲绳既是日本又不是日本。在文化上,琉球与日本有着某种文化上的亲缘关系,但是这并不意味着明治政府的"琉球处分"[1]是合理的;冲绳有自己的文化和政治诉求,但是在现实中,它却不得不依存于日本并通过这种依存完成自身的现代化过程。其次,冲绳虽然在历史上的一段时期内被美国占领,现在也仍然处在与美军基地共生的恶劣状态下,但是它尚未具备充分的现实能量依靠自身力量摆脱这种外来军事力量。同时,由于不能够无保留地认同日本,但又无法脱离日本,也使得冲绳人对抗美军基地的运动具有复杂的面向。毫无疑问,这种不公平的状态意味着冲绳社会被置于日本的剥夺和美国的欺凌这一双重结构中,这使得它不得不在这样的情境下进行两

---

[1] 即1879年明治政府宣布"废藩置县",正式斩断琉球与清朝的朝贡关系,把琉球完全归入日本,成为一个县。

走出主权的迷误　　145

面作战。在这样一个极其艰难的条件下,没有任何一种直观的解决方案可以使冲绳摆脱现有的不公平甚至是险恶的处境,没有可以两全地解决问题的有效手段。

正是在这样一个历史语境里,新崎先生为我们提供了宝贵的思考线索。在某种意义上,这也正是东亚地区在当代历史情境中面对的时代课题。

一

首先,新崎先生提出了这样一个问题:在一个近代意义上的政治主体尚未成熟的社会里,来自国家意志的自上而下的"近代化"会引发什么样的结果。具体而言,这是19世纪70年代明治政府把琉球编入近代国家体制的举措所带来的后果。关于琉球成为日本一部分这个事实,琉球社会内部一直存在不同的评价:一种意见认为这是殖民吞并的结果,基本上持反对态度;另一种意见认为这是一种有效地推进琉球现代化的手段,从结果上看是值得肯定的。这两种意见代表了对立的两极,而这两极的对立相互纠缠,恰恰体现了一个核心的悖论性问题:当一个社会并没有准备好从内部发育出现代社会结构的时候,自上而下和来自外部的现代化过程不仅必然伴随着血腥的强制,更重要的是,它并不会必然地带给这个社会以同样的福祉,却会带来更深入和更彻底的剥夺(在欧洲早期资本主义原始积累阶段,虽然宗主国内部同样经历了血腥的暴力阶段,但是与殖民地的现代化过程毕竟有很多不同)。

拒绝这种现代化冲击,需要相应的政治军事力量,然而在一个没有从内部准备好现代化手段,缺少推行现代化的主体性力量的社会里,也很难产生出有效的对抗方式。冲绳的近代和现代史恰恰证明了这一点。编入日本的版图,虽然使得多数冲绳民众得到了一种他们最终愿意接受的社会生活方式,却并没有给冲绳带来与日本其他各县相同的利益,相反,给它造成了更残酷的命运。

正如新崎先生所指出的那样,冲绳现代化的最终到达点,就是二战末期的冲绳本土战,它迫使冲绳民众付出了惨重的代价,而且彻底毁坏了冲绳民众的生活场域,把它变成了战争的前哨阵地。同时,这种生活场域的军事化在二战之后催生了一种畸形的基地经济,它压垮了琉球社会原有的以渔业和海上贸易为支柱的经济形态,使得冲绳不得不主要依靠美国军事基地造成的"基地经济"以维持自身的社会再生产。从冲绳现代史这一惨痛的经验里,我们可以得到一个思考自身历史以及东北亚历史的媒介因素:一个没有准备好相应条件就不得不被迫进入西方式现代化过程的社会,应该如何反思自身的历史,找到合理的解释方式?西方后殖民理论虽然提供了某些可供转换的分析概念,但是显然,后殖民理论并不能提供充分有效的分析工具,来解释例如冲绳这样的不能被简单回收到国民国家框架内的社会状况。

西方式现代化的基本形态就是以宣示主权为标志的国民国

家形态。东亚各国都在殖民或者反抗殖民及半殖民的对抗过程中，最终获得了这种形态。在建设现代国家的过程中，我们不得不面对冲绳社会所面对的那个基本的矛盾：没有准备好从内部生长出这种以排他性为特征的国家诉求，却不得不被迫接受以排他性为基础的政治系统。这使得我们的社会在遭遇现代国际关系中相关问题的时候，不得不通过那些并不完全适合本土状况的观念表达自己的诉求。东亚地区真正从内部产生国家诉求的社会只有日本，但是这种诉求非但没有促使日本成为东亚健康的主导力量，反而使它最终走向毁灭性的战争。应该说，借助于近代战争迅速强大起来的日本，也正是由于近代战争而至今仍然无法摆脱美国的掌控。日本的现代命运恰恰显示了现代国家最为负面的部分，通过战争扩张领土从而谋取国家利益，动辄以武力解决国际国内问题，是现代国家政治中最为野蛮也最为丑恶的部分。冲绳的现代史，把这个被各种意识形态粉饰和遮蔽的问题鲜明地呈现出来，推到我们的面前。正是在这一意义上，冲绳凝缩了东亚现代史最基本的问题，是我们返观自身的最有效的媒介。

二战之后冲绳的特殊复杂处境，使得它比其他曾经被殖民的地区具有更多的历史含量。在获得独立的前殖民地国家，主权的确立和自身的现代化建设遮蔽了一些不易被察觉的问题：后发展国家是否有可能避免重蹈西方现代化的覆辙，以和平发展的方式最大限度地抵制政治霸权和经济掠夺？由于美国等资本主义国家的世界霸权和冷战历史形成的国际格局，和平发展的可能性受到极大的威胁。在面对这种威胁的时候，例如中国、日本、印度这样的亚洲国家，是否只有以主权为理由强化军事力量，才能够保证自身的安全？日本政府拒绝接受侵略历史的惨痛教训，选择了欧美资本主义国家的强权道路，中国是否只能采取相同的形式，才能对抗日本的挑衅？在东北亚局势日益紧张的情况下，这些追问已经不再是思想和学理的问题，而首先是现实的问题。

二

在美国"重返亚太"的今天，绝对意义上的和平主义确实过于乌托邦。但是，这是否意味着我们可以放弃相对意义上的和平诉求，并因此完全接受美国的逻辑呢？正是在这一点上，冲绳的民众运动为我们提供了真实有效的精神营养。新崎先生在报告里谈到，以60年代的越战为契机，日美军事同盟得到了强化，冲绳民众的反战运动与他们的认同问题也由此发生了纠结缠绕。1972年，冲绳的施政权由美国"归还"给了日本，冲绳社会发生了关于主权和主体认同的巨大分歧。在当时的冲绳舆论界，发生了一些基本的分歧，是否要回归日本，变成了一个与认同直接相关的选择。值得关注的是，这种有关认同的选择并不是单独发生的，它与"反战"这个主题直接结合。

于是，围绕着回归日本还是争取独立的问题，争论大致分为两个立场：是反战复归，还是反战独立？前者意味着认同对于日本的归属，后者意味着必须依靠美国。这显然是一个两难的选择。在日美军事同盟不断稳固和升级的状况下，其实这个分歧未必具有本质性的差异。无论归属日本还是美国，冲绳都很难获得保护自身利益不受到侵害的条件。

因此，在激烈的辩论之后，冲绳的社会活动家们终于找到了第三种思路，那就是以反战而不是以复归为中心的"反战复归"运动。这种思路很接近产生于50年代、发展于60年代的复归日本和平宪法运动，它虽然提出的是复归和平宪法下的日本，但这个表述提供了一个区分可能：它要复归的与其说是现实中的日本国家，毋宁说是被日本国家不断以蚕食的方式背叛的和平宪法。这并不是一种乌托邦式的自我欺骗，而是冲绳具有混沌性格的抵抗运动所催生的理念，它的核心是反对现代国家依靠战争手段解决一切问题的操作模式，是为现实中冲绳民众一次次抵抗强权的斗争确定方向的指针。到了今天，新崎先生把这一指针表述为：不争取独立，而争取自立。这意味着，时至今日，无论在政治上还是经济上，冲绳社会还并不具备独立于日本和美国的现实政治基础，但是这并不意味着它的认同方式只有确立国民国家主权这一种形态；冲绳民众各种意义上的自立，在这种无法以国家形态建立认同的情况下，便承担了极其重要的认同功能。在艰苦的极限状态之下，冲绳的社会活动家显示了自由的政治想象力，他们最大限度地相对化了对于国家的认同，并以自立（而不是独立）于日本与美国为目标设定了自己的斗争原则。

这当然是极端困难的事情。自从1945年美军在冲绳登陆那一刻开始，美国就开始有计划地在这个美丽的岛屿群上划出建立军事基地的地块，并在战后用赎买等手段不断扩大基地建设。这导致冲绳民众失掉了岛屿周边相当范围内的渔场以及自由的航道，并且迫不得已地把满足基地的消费作为自己的谋生手段。普天间机场处于宜野湾市的中心，它记录了一段痛苦的历史：宜野湾在冲绳战美军登陆时还只是个安静的聚落，拥有基本但完备的社会生活结构和设施。美军登陆之后，赶走了这里的冲绳百姓，开始筹建普天间基地。等到局势安定民众返回家园的时候，发现家已经被毁掉了，他们不得不围绕着这个基地谋生，从而形成了现在这种市中心是基地、周围是生活区的状态。这也是宜野湾民众不得不为了维持自己基本的生活安全而持续抗争的原因。因为一个建造在市中心的空军基地，一旦发生事故，将直接威胁周围民众的人身安全。几年前，一架从伊拉克返回冲绳的军用直升机就是起飞后发生事故坠落在隔壁的冲绳国际大学校园里，烧掉了一栋楼，并且散落了飞机上的核辐射物。因此，赶走这个危险的军事基地，成了与现实生活息息相关的问题。近年在是否把这个对周边民众造成安全威胁的机场移到边野古的问题上，日本政府配合美国，也利用了赎买的手段：边野古一带的民众如果同意把基地移到他们赖以为生的这块美丽而丰饶的海域上，将获得一笔不菲的补偿款。

正是在这个意义上，"自立"成为非常艰难的选择。很多民众并不支持对抗美军基地，因为接受赎买、放弃自立，是一个相对容易而实惠的方式；而如果坚持自立，则必须与美国和日本政府进行长期的马拉松对抗。最终，还是有部分冲绳人选择了自立。他们展开了旷日持久的和平抗争，有效地阻止了边野古基地建设的勘探作业，从而迫使这个基地建设计划从20世纪90年代一直搁置到现在！

这个艰苦卓绝的对抗成为冲绳民众反抗日美军事同盟的一个标志性事件，它鼓舞了为了自立而付出巨大代价的冲绳民众，因为它非常有说服力地证明，被国家所强制推行的强权政治决策，是可能被手无寸铁的民众所对抗甚至改变的。而这一对抗的重要原则，就在于和平抗争。与国家暴力并不对称的民众抗争手段，并不具有合法的暴力行使权，这使得和平抗争变成了重要的斗争策略。

虽然在冲绳社会的运动群体中，对于复归和平宪法下的日本这一提法似乎存在争议，但是我更为重视的是这种把宪法的理念与现实的国家政治加以相对区分的认识模式。复归和平宪法的提法很难避开这部宪法与日本国家所作所为的关系，难免被诟病为对现实的避重就轻，但是它却提供了一个富有启发性的思路，那就是在无路可走的状态下坚守不同于国家意志的社会理念。实际上，在其后的80年代之所以出现《琉球共和社会宪法私（试）案》，虽然在方向上与复归和平宪法是完全相反的，看上去似乎是琉球脱离日本的独立宣言，但却不能说与当初这种复归和平宪法的思路毫无关系。由诗人川满信一起草的这份只有社会却没有国家的宪法，没有实际政治功能但却成为重要的思想文献。它的第一条就是彻底拒绝国家的暴力。应该说，川满的这份杰作以诗人特有的想象力，勾画了冲绳民众对于扬弃了国家暴力之后的社会生活的憧憬。

在冲绳民众的反战抗争过程中，经历了70年代的复归日本这一历史转折之后，复归还是独立的问题渐渐被淡化，推到前台的选择性问题变成了是要战争还是要和平。在极限状态下，冲绳的民众搁置了自身的主权和归属问题，选择了对立于现代国家意志的"和平"理念。对他们而言，和平是非常具体的课题，并不是抽象的口号。从声讨美军在冲绳制造的各种侵害民众人权的事端，到反对普天间机场移设至边野古，再到抵制鱼鹰战斗机的部署和试飞，这一切抗争都意味着冲绳民众在表达维护和平、维护自身生活的意志。而特别值得注意的是，冲绳民众在现实斗争中掌握了艰难的斗争策略，那就是和平抗争。以和平为目标的抗争必须以非暴力为原则，因为只有以非暴力的方式对抗现代国家意志，才有可能在国家暴力面前保持自身斗争的合法性，从而使斗争可以持续。

在捍卫和平的斗争中，最让人感动的是冲绳民众运动的带头人所具有的国际主义视野。在他们动员民众的思想口号中，冲绳的抗争并不仅仅是为了自身的安全，也是东亚乃至全球反战斗争中的一环。早在60年代的越南战争中，冲绳对抗美军基地的运动就自觉地把自己的运动与支援越南游击队的反美斗争结合起来定位；其后的每一次抗争，都与牵制美军称霸世界的目标相联结。冲绳的美军基地是美国重返亚太和称霸世界的

走出主权的迷误　153

重要立足点，冲绳民众的抗争也正是在这一意义上，站在了世界反战运动的第一线。据说冲绳的社会活动家们曾经有过这样的讨论：如果我们把在冲美军全部赶走，那么对于地区和平和世界和平而言，究竟是不是负责任的？因为美军立刻会把基地迁移到完全没有抗争传统的太平洋其他岛国去，其后果将是失掉从基地所在地牵制美军的可能。

在冲绳民众对于和平的诉求方式里，存在着对中国社会而言有些陌生但又非常重要的思路。尽管冲绳在现实中并不具备独立宣示主权的条件，但冲绳的民众和思想者搁置主权归属问题，却并不仅仅取决于这个现实的理由。新崎先生指出，经历了二战末期的冲绳战役，眼看着四分之一的冲绳人死于战火，经历了战后被美军蹂躏骚扰的威胁，眼看着生活的场域成为随时可能遭到毁灭的危险地带，这一切经验本身告诉冲绳人，和平是高于一切的价值。因此，任何抗争如果不能最终指向和平，它的合理性就要被质疑。我认为这是非常重要的启示。对于今天的中国社会而言，或许对于和平的理解还停留在肤浅的认知层面，是抽象的和缺少方向感的，因此很难具有现实感召力。从冲绳民众的和平理念中学习，对我们而言是一个紧迫的课题。

三

新崎先生谈到了钓鱼岛的纷争，并且强调它不应该被以国家主权的名义加以排他性的定义。他说，钓鱼岛是冲绳民众的生活圈，自古以来就是冲绳民众与台湾等地民众一起进行渔业生产的生活圈。这是一个饶有兴味的思路。从冲绳不断被国家权力出卖、剥夺的近代历程和冲绳民众的和平理念出发，我们很容易理解新崎先生为什么提出这样的思路。

我要在此指出一个基本的事实：即使新崎先生强调说冲绳人百分之百认为钓鱼岛是冲绳的一部分，但他并不是在宣示主权。他在报告中这样论述：在过去的历史上，国家拥有固有领土之类的东西吗？"领土""国境"之类的概念，是在近代国家形成的过程中才产生的，只要回顾一下琉球处分前后的琉球—冲绳历史就可以清楚地看到这一点。我们不是应该尽快地从欧美近代带到东亚来的封闭排他的国境—领土概念中挣脱出来吗？

事实上，对于东亚这样的迫于外在压力而不得不现代化的地区，依靠近代意义上的领土概念区分主权，并不是一个有效的方式。19世纪末以来，那些原来并不被排他性的领土概念约束的区域性空间，一直是不同社会民众共同的生活场域，在这一意义上，应该说新崎先生所强调的"生活圈"，作为重要的历史文化和经济概念，是值得我们认真对待的。钓鱼岛正是这样的一个民众生活场域，它本来不该陷入这种排他性争端，却不幸成了区域紧张关系的导火索。

应该说，正是由于围绕着钓鱼岛问题所产生的纷争，揭示了一个潜在的问题：东北亚地区从历史到现实的基本状况，随着岛屿争议的激化，客观上已经对传统国家的形态提出了尖锐的质疑。如果扩大一下想象的范围，可以看到一个被遮蔽的基本事实：朝鲜半岛的分断，日本本土与冲绳（某种意义上也包括北海道）的紧张关系，等等，都不能简单套用传统国家形式加以解释。而这种溢出国民国家框架的部分，恰恰是整个东北亚的基本构成部分，从二战结束到现在，在实践层面上东北亚地区已经在摸索新的国家结构方案，它不仅对传统意义上的国家模式提出了挑战，而且也对民间的跨文化连带形成了初步的积累。正是在这个意义上，尽管新崎先生提出的"生活圈"这一场域在被国家边界分割的行政版图上并没有获得可视的形态，但是，它却从未停止自己的生长。这是因为，事实上生活圈这一想象比传统的国民国家区划更适合理解我们共有的历史，更适合协调我们紧张的现实。

但是有一个不能不提示的问题在于，直接应用生活圈的概念并不能有效揭示钓鱼岛争端的实质。日本是东亚唯一的一个模仿西欧近代的殖民模式发动侵略战争的国家，它对邻国的侵略以及不及时和不充分的战后处理，在东北亚地区造成了很深的创伤记忆。围绕着钓鱼岛主权所发生的争端，并不仅仅是争夺领土主权的问题，它首先是历史问题。从19世纪末开始，日本对中国发动了两场战争，而且在第二场战争结束二十七年之后才与中国大陆完成了保留争议的和解。这笔旧账没有在最恰当的时刻得到清算，便积淀在中国民间的历史记忆里从而形成特定的社会气氛。钓鱼岛正是这个曲折历史的凝聚点，它凝缩了中国民众的屈辱记忆与愤怒的情感，因此不能说宣示钓鱼岛主权仅仅是在表达中国的政府意志，恰恰在这个问题上，中国的民众与政府的立场是一致的，把它简单视为中国政府的操作是违反现实的。

今天中国的民众以宣示主权的方式对抗日本"买岛闹剧"的时候，也并不仅仅是在近代国家主权的意义上争夺钓鱼岛的领有权和经济开发权，它首先是在伸张积淀了一百多年的历史正义。我们可以观察到一个被日本媒体忽略的问题，那就是在宣示钓鱼岛主权的时候，中国民众的立场比中国政府的立场更激烈。在钓鱼岛问题上，中国社会面对的问题与冲绳在70年代曾经面对的"反战复归"问题具有某种结构上的类似关系——冲绳人的"复归"并不是真正的目标，但却是一个不可回避的问题；因此，把反战作为中心，虚化复归问题，可以最有效地把斗争引向和平。而对钓鱼岛主权的坚持，并不是中国民众对国家意志的简单附和，它是对两岸四地华人共同的民族感情记忆的表达。它的激烈与执着，与这段历史负载的沉重内容以及过于曲折的历史脉络直接相关，因此华人世界对于钓鱼岛的主权诉求，不能简化为近代国家的观念，它必须得到尊重。

但是，问题到这里并没有结束。因为在充分理解了华人世界在钓鱼岛主权问题上寄托的复杂历史情感的前提下，还有一个问题是必须追问的：在现实政治中，把宣示主权这一政治诉求控制在什么层面最合乎斗争需求，并且可以最为有效地实现目标？这中间所包含的一个深刻的教训，就是如何控制在伸张正义的时候所必然会伴随的情感冲动。在这个意义上，冲绳民

走出主权的迷误　　157

众运动提供的一个重要的启示是：对正义的伸张要同时伴有对抗争结果的想象，并且思考依靠何种策略才有可能最大限度地实现这些结果。

新崎先生所说的"生活圈"，作为一种理念，不仅在冲绳，在日本民间也有着相当的基础。日本社会中的有识之士在中日邦交正常化之后就开始积累这种共识，它被表述为"钓鱼岛海域应该由中日民众共同拥有、共同开发"。客观上看，这其实是在直接呼应1972年邓小平提出的"搁置争议"的呼吁。今天，在美军不断在亚太军演、迫使中国也不得不强化军力的情况下，中国两岸四地民众和日本与冲绳的民众建立保卫和平的共识迫在眉睫。在中国社会内部，也存在着激烈的分歧：有些人支持通过外交谈判达到搁置争议的结果，从而维持和平，避免战争；有些人则主张以武力冲突的方式解决钓鱼岛的主权问题。尤其是今天的中国已经发展出了有效的军事对抗力量，这种激进的"擦枪走火"论并非不具有现实性。因此必须指出，在钓鱼岛问题上，很难用国家与社会的二分法来讨论问题，毋宁说"要和平还是要战争"的二分法更接近现实状况。

正是在这个意义上，我们可以最大限度地参考冲绳民众斗争的经验，学习冲绳民众在搁置关于主权和认同诉求的同时所表现的独立意志，学习他们以和平为最高价值的政治责任感，学习他们非暴力抗争的斗争策略。不让钓鱼岛成为地区冲突的导火索，同时不向日本右翼妥协，这种价值取向只有在一个基点上才能够获得统一：反对任何形式的战争，搁置而不是放弃原则性争议，发展不同社会之间的民众往来，建立更加深厚的信赖和尊重。因此，中国民众的反日感情需要得到尊重，但同时也要把它转化为维护和平的动力，在这一意义上，冲绳的民众走在了我们前面。

我们为什么要谈东亚

——致韩国读者[1]

《我们为什么要谈东亚》这次得以完整地在韩国出版,对于我来说是一件非常荣幸的事情。这几年我获得了一些机会访问韩国,结识了令人尊敬的韩国老一辈思想家,也有幸与韩国优秀的知识分子们一同工作;对我而言,韩国社会与韩国文化是富有魅力、令人尊敬的,我的写作有机会被翻译成韩文,对我而言自然是无尚荣幸的事情。

近年来,似乎东亚这个话题越来越热,尽管东亚经济共同体这一现实的目标实现得并不顺利,但是东亚作为一个话题,正在受到以往所没有的关注。关心东亚的并不仅仅是东亚人,甚至在很大程度上,东亚这个范畴来自美国乃至西欧。想想看,美国很多大学里都有东亚系或者东亚研究中心,欧洲的不少地

---

[1] 本文为《我们为什么要谈东亚》一书韩文版序言,未在中文刊物上刊出。

方也是一样；而在中国的大学和科研机构里，东亚研究中心方兴未艾，东亚研究尚未成为一个固定的领域。应该说，东亚是一个全球性话题，中国并非它的发源地。

这几年我也投入很多精力进行"东亚研究"，然而当"东亚"在中国社会也成为一个话题时，有个疑问却越来越挥之不去：我们为什么要谈东亚？

收在这本书里的文字，是近几年我在东亚的不同地域中感知、思考和整理的问题。对我而言，本书仅仅整理了我的问题，仅仅是我思考的开端。

东亚是个什么样的范畴

我们今天谈论的东亚，如果不考虑东南亚的话，似乎是指中国、日本和韩国。这个范畴其实远远小于地理意义上的东亚。即使仅仅谈东北亚，东亚也包含着朝鲜与蒙古，有人认为越南作为曾经的儒学文化圈的一个成员，也应该包括在东亚之内。但是中日韩的框架自有它的道理，这个道理就是"现代化"。"东盟加三"的框架，就是把中日韩视为一个可以整合但无法整合的现代化区域共同体的。如果我们换个角度，从朝鲜战争以来的冷战格局来看东亚，那么，东亚就变成了"六方会谈"的结构，不仅南北韩都在内，甚至算不上东亚国家的俄罗斯和美国也都进来了。如果往回看，历史上的东亚则被视为一个儒学地域文化圈，汉字在不同社会里以不同方式使用，曾经使这个区域具有某种望文生义的"同文同种"的亲缘性。而就中国自身而言，由于中国与亚洲的东南西北部分都接壤，东部地区可以谈东亚，对于与南亚、西亚（或曰中东）接壤的中国西部地区而言，东亚却是个有些隔膜的概念。

所以无论怎么说，东亚都无法作为一个单一自足的范畴成立，它在历史上不同时期指称不同对象，也在不同时期被不同主体所指称。所以，我们只能在历史语境里谈论东亚，也只有这样谈论才有意义。

近年来，亚洲和东亚这两个范畴常常被互相替代，有些人在谈东亚的时候可能使用"亚洲"这个概念。这并不能仅仅归咎于概念不清，"亚洲"与"东亚"的互换使用有历史的理由。在20世纪初期，以日本赢得日俄战争的胜利为媒介，"亚洲"一度成为有色人种的代名词。尽管亚洲这个概念原来是欧洲人发明的，并且它也是欧洲人在对外扩张的过程中为了区别自我和他者而设置的，但是，近代以来不得不面对欧洲殖民者的亚洲广大地区，在接受这个概念的同时反过来赋予其新的含义，于是就产生了作为有色人种代名词的亚洲概念。当年孙中山在从欧洲坐船归国途中，就曾经被阿拉伯人误认为日本人，为日本打败白色人种而高兴，使孙中山发出了"日本战胜俄国，便生出亚洲民族独立的大希望"的感叹。

但是日俄战争的胜利为西亚和南亚带来了民族独立的希望，却为日本埋下了侵略的祸根。日本在殖民台湾和朝鲜半岛并占据中国东北之后，开始把这种有色人种对抗白人的意识形态发展为代表亚洲对抗西方的意识形态，这也正是孙中山在1924年就警告过的"霸道"。日本在第一次世界大战之后倡导的"大亚细亚主义"，是与欧洲的白种人在近代之后的武力扩张毫无二致的侵略意识形态。中国现代史上，李大钊和孙中山都针对这一侵略意识形态，针锋相对地倡导过联合弱小、尊重民族自决的"新亚细亚主义"和以王道对抗霸道的"大亚洲主义"。但是这些口号更多的意义在于它们的反霸权原理性格，换句话说，它们是针对日本的"大亚细亚主义"而提出的反命题，而不是当时中国内部自然生长出来的命题。这也可以解释为什么后来亚洲主义在中国没有成为思想主潮的原因。在二战开始之后，由于日本"大东亚战争"这一臭名昭著的侵略口号，亚洲主义在东亚就不再具有号召力，当年李大钊与孙中山的亚洲主义情怀更多地积淀在历史记忆里。同时，西亚和南亚只是在很短的历史时期内使用过"亚洲"这一概念，亚洲作为一个思想范畴与知识范畴，并不是西亚和南亚建立自我认同的关键词；最频繁地使用它的其实仅仅是在东亚，这也是东亚与亚洲这两个概念近年来常常被互换使用的一个理由。

由于日本有过为邻国所厌恶的"大东亚共荣圈"的口号，"亚洲"这个范畴在日本近现代史上的复杂内涵就被简化了。例如冈仓天心早在日俄战争前一年的1903年用英文发表的亚洲一体论述《东洋的理想》，并未把日本置于亚洲的领导地位；而日本早年的亚细亚主义者也并非全都是国家主义者，他们中也有一些试图帮助邻国的志士。但是这样的历史脉络在日本近现代史上是支流,而且后来被整合进了主导意识形态,因此一直被忽略。对于中国和朝鲜半岛而言,这个脉络不被发掘还有另一个原因,那就是我们都是日本"大东亚战争"的受害者,人们在感情上难以接受这种历史分析。

中国并没有长时期地连续使用"亚洲"或者"东亚"这个语汇,特别是很少把它作为思想生产的关键词,这里面有一个重要的原因,我认为就是冷战。本书[1]第一篇讨论的就是这个问题。东亚确实是一个整体,但是这个整体是以对抗的方式而非联合的方式被结构起来的。如果就二战之后的情况而言,应该说东亚的第一现场就在朝鲜半岛,朝鲜半岛的分断体制象征着东亚的整合方式:这种整合方式是以对抗的形态把这个地域组合为一个整体。这就与我们的直观经验发生了很大的龃龉。或许很多人因此认为讨论东亚没有意义,但是我觉得恰恰相反,正因为这种非直观的整合方式,才使得我们需要把东亚作为一个整体来谈。这一点,我在下文会进一步阐发。

在前近代的东亚,似乎存在着一种与对抗相反的整合方式,这就是所谓儒学的整合。看上去它很直观,但事实上并非如此。东北亚的学者们在讨论儒学的问题时,存在着一个基本的分歧:中国学者比较容易一厢情愿地以儒学始祖自居,并抽象地把儒学的基本观念推而广之地扩展到东北亚地区;而韩国和日本的学者却更多地关注儒学在不同地域的不同形态与内容,或者分

---

[1] 指《我们为什么要谈东亚》一书的韩文版。本文中下同。

析儒学的相同论述在不同区域如何演变为不同的含义。如果说儒学作为传统意识形态确实在东亚起到了某种整合功能,那么这种整合功能也必须从"差异"而不是"类似"的角度去认知和确定,因此,深入的东亚儒学认识论,也必须具有非直观的特征。

由于上述种种历史的原因,使得"东亚"这样一个范畴无法像其他地域范畴(例如西欧、北美)那样直观地和单一地界定,也由于上述种种历史的原因,使得"东亚"这个范畴承载了更多超过地域概念的历史和思想功能。正是在这一意义上,我认为"东亚"概念不仅需要被重视,而且必须对其进行充分的讨论。这也正是我提出"为什么要谈东亚"的理由。

冷战与后冷战时期的"东亚"

这些年来,我基本上活动于东北亚地区。由于专业的原因,我跟日本同行有比较深入的交流,也对日本社会有一定的接触;虽然语言不通,我也有幸结交了一些优秀的韩国知识分子,并通过他们试图了解韩国的社会状况。在与普通的日本人、韩国人甚至并非中国学家的学者们接触的时候,我深深地感受到了冷战为东亚地区带来的隔膜。例如,日本一位优秀的法国文学学者曾经问我:"中国的电视里也播放广告吗?"

与中日、中韩社会这种深刻的隔膜相比,日本、韩国和中国台湾地区似乎更容易建立彼此的了解。这当然首先由于中国台湾地区、韩国半个世纪的被殖民历史，但是还有另一个原因，就是它们都在冷战时期属于西方阵营一侧。冷战意识形态的功能常常被人们忽略，因为它确实与冷战打打拉拉、复杂多变的现实脱离，几十年一贯制地天马行空，而且越来越空。但是即使现实中的冷战已经解体，冷战意识形态依然存在于后冷战时期。这种冷战意识形态在东亚，一方面简化或者妖魔化中国、朝鲜各不相同的社会现实，堂而皇之地遗忘蒙古；另一方面，由于冷战意识形态的类同认知性格，建立了日本、韩国、中国台湾地区之间相对于原社会主义阵营国家的潜在距离感，以及在此种距离感之上建立的认同感。

在很长一段时间内，日本有些东亚研究的项目基本上被设计为讨论日本、韩国和中国台湾地区的关系。这种设计当然有它的合理性，因为这是一个有效批判和反思日本殖民地历史的框架；但是当这样的项目被命名为"东亚"的时候，就暗示了冷战意识形态的"后遗症"问题。实际上，以中国台湾地区取代中国大陆，固然在揭示中日甲午战争之后日本的殖民历史方面有它的效应，但是如果同时把日本对中国大陆的侵略和殖民放入视野，则需要更复杂的结构，特别是需要跨越冷战思维，有效地对东亚被切割的历史进行整体分析，否则，仅仅依靠冷战中的单边框架，是无法有效揭示东亚地区近代以来的复杂构成关系的。

冷战结构在东亚的第一现场当然是朝鲜半岛。在朝韩之间，当年的朝鲜战争至今仍然处于休战状态，停战远未实现。而美国在韩国、日本的驻军，使美国在东亚问题上不再是外部的他者，而成为充分内在化了的一个部分。美国对于东亚社会的渗透，不仅仅是单方面的，在维持紧张对抗的张力关系方面，美国也一直充当着东亚社会之间的媒介。

白乐晴先生提出了一个富有理论想象力的说法，那就是朝鲜半岛的分裂状态并不具有类似冷战中两大阵营对立的性格，亦即分裂为南北两个国家的朝鲜半岛无法独立为两个各不相关的部分。正因为如此，分断体制意味着整个朝鲜半岛有一个大于两个国家的结构，这个结构一直在维持着分断的对立和紧张，强化和动员两个社会之间的敌意，从而使分断变成一种持续状态，而南北两个政权则各自从中获利。

白乐晴先生指出了一个重要事实，那就是东亚地区的内在紧张和冲突的持续而不是解决，是世界资本主义体系的一个不可或缺的环节。他因此提出，破坏掉分断体制比在世界上建立一个社会主义体系还要重要。这是由于以美国为首的西方发达国家所构筑的世界体系，依赖的正是这种紧张冲突的持续机制。

朝鲜半岛是其中的典型例子，中国大陆与台湾地区则是另外一种情况，但无论在哪种情况下，我们都可以观察到美国在东亚渔翁得利的状态。同时，也可以观察到问题的另一面：美国作为紧张对抗的媒介，被东亚各国不同程度地加以利用。冷战结构已经解体，特别是中国与俄罗斯作为金砖五国成员在国际社会上发挥着越来越大的作用，这就使得东亚的对抗结构越加复杂化，远远超出原有的冷战格局。

我从白乐晴先生的分断体制理论里受到很大启发，开始意识到东亚的一体化必须面对这种特殊的紧张对抗才能是真实的。除了朝鲜半岛和台海两岸相互依存的紧张关系，东亚地区还存在着例如中—日、日—韩、日—朝等"国家间"的紧张对抗。这种对抗与冷战的对立具有相似性，亦即这是一种国家层面上相互独立的对抗。但是，东亚的国家间紧张关系也具有它的独特性，这就是大国与小国、发达国家与发展中国家之间的紧张关系。这种种不均衡的对抗关系在中国、日本和朝鲜半岛的社会之间，构成了一些以特殊方式缠绕和发散的课题，无法简单套用西方世界的既定模式加以分析。

本书收录了我对白乐晴与白永瑞作品的书评以及相关的评论，它们记录了我在韩国思想家的启迪下对这些课题的初步摸索：当以白乐晴为代表的韩国思想家们把韩国的"边缘"位置打造成具有理论想象力的视野时，他们提供了一种有助于我们面对自己历史的方式。正是韩国思想家的思考把我的目光引向了所谓"周边"地区，在日本我关注冲绳，在台湾地区我关注金门；在这些边缘的区域，我看到历史中那些跃动着的要素以最为纠结的方式缠绕着，没有任何一种快刀斩乱麻的办法可以解开这种缠绕，更无法简化这种缠绕，而这一切，却正象征着东亚的历史。本书的第二编与第四编的第一篇，正是在讨论这样的问题。

状况中的政治与历史

本书的显性主题是"为什么要谈东亚",但还有一个我更关切的问题是:"理论如何即物。"这个问题构成本书的隐性主题,也是我为什么把为本书写的序言命名为《理论的即物》的原因。

作为在学院里工作的知识分子,同时也作为政治思想史研究者,我一直为一个基本的问题所困扰——我如何使自己的工作服务于社会?还记得20世纪90年代中期有一位刚从国外回来的经济学者说过一句话:"中国的改革开放之所以能够有成果,就因为学者的话没有被理会。"

这句话有很多种理解的可能。我的理解是,直接地依靠自己的知识工作去介入现实,在多数情况下是无效的。我们生活在一个大转折的时代,知识与现实的关系必须经过知识界的自觉打造,而不是天然就存在的。这是因为我们正在经历着类似于五四时期的知识断裂,这个断裂的深刻程度甚至比五四时期有过之而无不及。今天的中国知识界比五四那一代人更依赖于欧美理论,学界的主流基本上采用的是白乐晴先生曾经批评过的那种表面上对抗西方但实质上却追随西方新潮流的"顺从式阅读"方式;这种知识生产的模式无法有效地解释中国社会面对的现实状况,更无法有效解释中国的历史逻辑。在这种情况下,一些知识分子往往会性急地要求知识必须具有现实立场,并以为对现实直接表态才是知识分子的责任。中国知识界流行的"立场"其实多数是不即物的。换言之，很多看似尖锐的立场之争只不过是知识分子的自家消费，与现实并无多大关系。鲁迅说过，一首诗吓不走孙传芳，一炮就把他打跑了。如果结合鲁迅毕生充满紧张感的战斗精神来理解他的这个说法，我们可以判断，鲁迅并不是在说诗歌因为无用就可以"休闲"。他说的是诗歌有诗歌的功能，这功能不是取代大炮，不是直接参加现实的肉搏，而是作为诗歌而战，亦即间接地介入现实。鲁迅为我们树立了"即物"的榜样，他教会我们如何思考——在他那些今天依然富有现实精神的杂文里，我们可以有效地学习如何不被现实的假象所迷惑，如何摆脱各种先在的前提，抓住现实问题中那些不可视的核心要素。

我在国外讲学时经常会遇到的一个问题是，如何对被冷战意识形态"洗过脑"的听众讲解中国社会的现状。按照冷战意识形态的逻辑，中国是一个独裁的没有人权的国家，它的民众没有任何自主的权利，也没有参与政治过程的可能。我曾经在飞机上遇到一个普通日本人，他在言谈中透露，他初次来中国旅游，感觉到中国社会充满了活力，这很令他意外。他不知道如何对待这个现实与他的中国意象之间的落差，于是给自己打圆场说："可是你们没有言论自由呀。"另有一次，我在德国讲学的第一次课上对学生们谈到了2005年的反日游行，指出这场游行具有非常重要的意义，因为它并非国外宣传的"政府操控"的结果，而是民众的自主行动；更可贵的是，它在应该停止的时候停止了，这说明中国的民众开始获得了基本的政治判断力。直到整个课程结束之后，德国学生才告诉我，他们开始时曾经一度认为我是中国政府的传声筒，因为我跟他们熟悉的那些"反体制知识分子"不一样，不是从控诉中国政府的专制开始讲授课程的，同时我好像也不是在为中国政府做宣传，这似乎曾经使他们很是困惑。

把政治区分为体制与反体制是高度观念化的、脱离现实的思路。当然，现实中总会有些例子支持这些观念，于是这些例子便会被抽离出具体语境来证明这些观念的合理性。西方的冷战意识形态正是借用了这种简明易懂的二分法，给发达国家的人们洗了脑。而问题的症结在于，用同样的思路去驳斥这种冷战意识形态，基本上是无效的，因为肯定对方所否定的要素，不仅同样脱离现实，而且同样无法形成思想积累。

我在政治学的训练中逐渐掌握了一个基本视野，就是要在动态的张力关系中分析一个社会的政治过程。这不是一种理论命题，而是一个即物的理论视野。支持这一视野的并非抽象的逻辑演绎，而是活生生的历史脉络。正是在这一意义上，政治学是一门经验学科，同时又是一门要求高度理论能力的经验学科。它要求人们在具体经验的层面发现那些不可视的原理，不被枝节所纠缠地寻找这些原理所由产生的基本脉络。而且，在这样的寻找过程中，理论能力不体现为从经验中进行抽象，而是体现为在大量的经验事实中，确认那些具有政治含量的具体经验，并在这种经验之中，而并非在它之上，具体地论证它作为事物运行机制的原理性。只有这样的工作，才能形成思想的积累，才能避免一次性的就事论事。在政治学的视野里，所有理论思考只有具备了这种有效讨论经验的思想能力，换言之，只有当理论思考存活于经验之中，才是有意义的。

中国社会在经历了改革开放的巨大发展之后，涌现出了大量前所未有的新鲜经验。如果使用非黑即白的二元静态思路，我们必然会忽略那些迅速生长于民众之中的政治潜能，而仅仅去关注所谓的"反体制"。但是，丰富的现实本身无法以简化的立场去涵盖，正如鲁迅当年在五四时期拒绝承担时代先驱的责任一样，我们今天也需要继承鲁迅的现实政治眼光：毕竟当诗歌无法换算为炮弹的时候，我们需要考虑它如何避免仅仅变成一种姿态。

本书收录了几篇现实分析的文字，我在其中分析了2003年的SARS，2005年的反日游行，2008年奥运会前后的风波，等等。与其说我是在分析现实，毋宁说是在进行自我训练。在进行政治思想史分析的过程中，我遇到的最大困难就是"进入历史"的问题。历史永远不按照"应该"出牌，但是任何有良知的人（不仅是知识分子）都会怀有对人类社会"应该"的想象。最简单痛快的做法有两种：一种是在历史之外谈"应该"，这样可以假装那些妨碍自己论述的历史状况并不存在；另一种则是追随历史中已然取得优势的那些既成事实，这就是庸俗意义上的所谓"存在的就是合理的"。进入历史的态度排除了这两种方式，它面对的课题是：如何把那些具有"应该"品质的可能性变成现实？尽管它现在还不是现实，但我们是否有可能找到一些方式，使它从潜在的可能性成长和转变为现实性？

现代政治社会的张力关系，就存在于这种"可能性之争"当中。如果说知识分子负有现实责任的话，那么这责任首先就在于有效地确认这些"可能性"。很显然，改革开放以来的历史在中国知识分子的立场之争中被狭窄化和观念化了。二元对立的思维根本无法处理如此复杂多变的现实。

与此同时，中国的民众正在一次次的博弈中获得真正的政治智慧，学习培养着如何较少付出代价而有效地实现目标的方法。这些智慧不带有任何先在的框架，甚至不具有固定的形状，但正是生活于巨变历史旋涡中的中国民众，创造着今天的同时代史，也规定着明天的历史走向。

这几年，我一直自觉地规定自己定期写作经验性的随笔，努力体验民众打造的各种"可能性"，思考这些可能性在转变为现实性时的基本困境；而这种基本训练使得我在从事思想史研究时，不敢对历史脉络有所怠惰，更不敢用观念去演绎政治与历史。在大众文化成为社会生活重要基础的今天，我们经历的认识论断裂甚至远远超过当年的五四时期，现成的思想工具几乎无法承担分析的重任，这也迫使我不得不在东西方的政治思想史资源中，以自己的方式打造合适的分析工具。

作为方法的东亚

这几年，"作为方法"这个词好像有泛滥的趋势，所以我尽量避免轻易使用它。但是在我的知识生产过程中，这个来源于日本思想家的说法却越来越成为我自律的准则。

方法，当然是相对于实体而言的。当我们把东亚视为一个实体的时候，我们就会关注它包含了哪些地域，并且把那些地域的特征视为它的独特属性。我认为把东亚作为一个实体来讨论非常重要，因为这是获得真实的经验研究必不可少的步骤，我们一点都不要惧怕因为强调了东亚的特殊性而成为所谓的"文化本质主义者"，但是这样做显然还不够。为了突破那种狭隘排他的文化本质主义的局限，我们必须开放自己的特殊性，而不是放弃自己独特的属性。只有当我们把东亚这个实体同时也作为一种方法对待的时候，那些独特的属性才会转变为人类共有的精神财富。只不过在这种情况下，直观的认识论帮不上忙，也就是说，所谓"方法"绝非直观意义上可以套用的模式，绝对不提供例如今天大学里的研究生们套用西方理论的结论来解释本土历史经验那样的功用；方法其实仅仅是对于一种实体性经验的开放，它的意义在于，在无法直观挪用的层面上，揭示每个独特经验深处可以供人类理解与共享的要素，而这些要素之所以为人类共享，是因为它可以提供给不同文化的人们在联想自身问题时的媒介，它的功能是促使不同文化的人各自在自己的历史经验中提炼自身的原理，发现自身的问题。

本书也收录了我的一些关于日本政治思想史的论文，这些论文导源于我的上述课题意识。在这些年的学术实践中，我并未满足于仅仅把日本的思想资源实体化。虽然它们强烈地受制于日本的历史脉络,并且只有在这种历史脉络中才能有效地被讨论(在此意义上我坚持它们的实体性),但是我仍然越来越自觉地从中获取能够转化为认识中国历史之媒介的"方法"。而在不懂韩文的我通过翻译谨慎地接近韩国的思想文献时,我开始了解到,这种"方法"是可行的。本书收录的我对日本和韩国的思想史文献的研究,特别是最后一篇我对沟口雄三中国思想史研究的解读,基本上是这种方法论的产物。这些讨论最后归结为我最为关切的那个问题:我们为什么要谈东亚?

是否一定要谈东亚,其实在某种意义上并不是个真问题。但是借助于这个追问,我们可以提出一个与自身的思想建设密切相关的真问题:我们今天的思想和知识生产是否即物?对现实急功近利的讨论是否是有效的?如果要从冷战意识形态的后遗症中解脱出来,我们需要如何处理知识和思想,如何积累自己的思想传统?

正是在这种种追问当中,东亚成为难以替代的思考空间,它具备了实体与方法这两种重要的思想机能,缺一不可,相互补充。而只有在我们也具有相应的能力之后,它才会对我们呈现自身的丰富性。

最后,我要感谢本书译者金珉廷女士,她对本书中用语的微妙差异进行了谨慎的甄别,多次通过邮件与我就一些细节进行讨论和确认;对于有些概念,她不仅通过中文确认,还通过日文和英文进行确认。我相信这是一本忠实于原作的译作。作为原作者，我为遇到这样的译者而感到幸运。我要借此机会，对她的辛勤劳动表示诚挚的谢意，并对一直关注着我的研究的韩国读者表示深深的感激。

内在于冲绳的东亚战后史

一

2008年初夏，我应邀参加了在冲绳举办的研讨会"为了创造'自我决定权'——冲绳·亚洲·宪法"。这是一个由冲绳思想界和社会运动界筹备和举办、面向冲绳市民的公开学术讨论会，在某种意义上，也是冲绳的知识分子、社会活动家对于施政权归还日本之后冲绳社会思想状况的一个回顾和总结。

在会议中，我通过影像资料了解了老一辈知识分子冈本惠德等人关于冲绳复归日本基本状况的思考，也通过诗人川满信一的报告了解了他在复归—反复归运动中起草《琉球共和社会宪法私（试）案》的真实动机，更听到在场的社会活动家关于冲绳社会现状的看法，并有幸接触到了很多战斗着的冲绳人。对于我来说，这是一个近年来少有的会议，我从中感受到的是东亚半个多世纪的历史重负，它使我体验到了历史参与者面对历史纠结时特有的高度紧张和隐藏在话语背后的"失语状态"。

就在这次会议期间，我有幸结识了新崎盛晖。也是在这次会议之后，我才开始阅读他的《冲绳战后史》和《冲绳现代史》（当时，前者一时难以买到，承蒙《现代思想》主编池上善彦把他珍藏的唯一一本赠送给我，在此谨表谢意）。新崎是一位谦和沉静的学者，他给我留下的印象正与他的书写风格一致：一个可以如此冷静地清理一团乱麻般的现实状况并把它整理成"历史"的人，必定具有深刻的洞察目光。

正如新崎在为这两本书中译本写作的前言中所指出的那样，今天的冲绳是日本的一个县，但是它不同于日本其他的县（或者应该再补充一句，它也不同于有别于其他县的北海道），它有着以琉球王国命名的悠久历史，曾与明朝和清朝保持着以礼仪为表象的朝贡关系；在被江户时期的萨摩武力控制之后，它的独立性渐渐被剥夺，在明治初期的1879年，琉球成为日本的一个"县"，它在朝贡体系中曾经拥有过的自主性不复存在；它的历史也被日语所遮蔽，今天的多数冲绳年轻人甚至不再会说自己的语言，也不再熟悉琉球的文化艺术。在1945年日本战败之后，冲绳重新以琉球之名脱离了日本，但是却没有获得自由，因为它被置于美国的占领之下。在世界强权政治的网络之中，冲绳这个被践踏的区域社会却占有一个重要的位置：它是美国称霸全球的军事基地，它也是日本转嫁危机的一个载体。然而，这个"重要性"给冲绳民众带来的，不仅是无尽的灾难，而且是选择认同的艰难。发生在20世纪50年代初期、在某种意义上可以说一直持续到今天的"复归日本还是独立于日本"的两难，就是冲绳人历史命运的写照。1972年冲绳的施政权"复归"到了日本，但是这丝毫没有解决冲绳的问题。日本政府给了冲绳某些经济援助，但这不过是转嫁本土各种危机（首先是本土的美军基地）的铺路石而已。冲绳人要获得各种基本权利，依然必须依靠自己的抗争。

会议之后，著名的评论家仲里效和他的夫人挤出时间陪我参观了一些古琉球文化遗迹。我至今无法忘记在琉球王国的旧址上仰望头顶美军战斗机飞过时的情景。琉球的辉煌曾经属于这片被占领的土地，这里的人们为了夺回自由竭尽全力地拼搏着、坚持着，今天，作为"日本人"，他们如何感受自己与历史的关系？

离开冲绳之前，我在一家咖啡店与一位社会活动家约见。她匆匆赶来，一杯咖啡工夫，又匆匆离去，这短暂的会面给我留下深刻的印象。在这短短的时间里，她告诉我，冲绳的社会活动家们正在为持续对抗美军基地的运动不断注入能量，这是个耗尽心力的事情，因为任何群众运动在兴起的时候尽管需要发动和组织，但是比起其后的坚持而言，它消耗的心力还是有限的；而对抗美军基地在冲绳的扩展，特别是把美军基地从冲绳赶出去，却是一个旷日持久的斗争，社会活动家必须时刻向运动群体中注入能量，以保持斗争的持续，防止它中途变质。

那位活动家对我说，美国最终可能会撤走在冲绳的基地，

内在于冲绳的东亚战后史　179

但是这未必意味着冲绳人的胜利和美国政府的失败，因为撤出冲绳的美军基地可以立刻重新安置在太平洋中的其他岛屿，并非所有的岛屿都有如同冲绳这样的反对美军基地的能量；美国早已预备了几套可以选择的基地设置方案，冲绳的抵抗即使可以赶走当地的美军，却未必可以把美军真正赶回他们的国土。

我为这位活动家的分析所折服。在她的视野里，冲绳人的斗争目标并不是把美国从自己的土地上赶走，而是真正消灭战争的潜在威胁，取消美国在它国土之外的军事基地。这是怎样的政治责任感！

同样，当川满信一解释他所起草的《琉球共和社会宪法私（试）案》的时候，我受到的触动也是难以言说的。这份草案并非一个对现行日本国宪法的替代方案，因为它并不是一份"国家的宪法"，而是一份"社会的宪法"，在发表时引起了很大的反响；川满在川满《宪法》第一章《基本理念》里是这样写的：

> 第一条 我们琉球共和社会人民，立足于历史的反省与悲愿，扬弃人类有史以来权力集中的功能所造成的一切罪孽的根基，在此明确宣布坚决废除国家。
>
> 这部宪法仅仅保障共和社会人民的如下行为：凭借对于万物的慈悲原理，不断地创造互助互惠的制度。
>
> 超越和偏离了慈悲原理的人民，以及协调机构及其当权者，他们的任何权利都不会得到保障。
>
> 这个宪法是为了废弃所有法律而设的唯一的法。因此

它废除军队、警察、固定的国家管理机构、官僚体制、司法机关等等集中权力的组织体制，不设置此类组织。共和社会人民须在每人心中摧毁权力的萌芽，竭尽全力将其去除干净。

……

要指出这部"宪法"的乌托邦性格是很容易的，在20世纪80年代它似乎也得到了这一类评价。然而，在时隔二十多年之后，尽管这一类批评还在，但冲绳的知识分子再次重温这部川满《宪法》，却是出于清醒的现实认识。如果说它具有乌托邦的性格，那么，这种乌托邦并非远离现实社会，它恰恰以一些散在的"要素"的方式存在于现实政治关系之中，具有瓦解现实既成秩序的功能，因而，它或许代表着冲绳的明天。

川满信一在研讨会上说，在日本国会并不让冲绳议员发挥作用的状态下，他希望这部川满《宪法》可以唤起日本民众对现行日本国《宪法》合法性的质疑，唤起日本人自主设计自己社会形态的主体意识；他说，假如日本每一个都督府县都有一部自己的"宪法草案"，那么，日本国的《宪法》就不得不被真正重新制定，在此前提下，日本本土进步知识分子今天这种保卫宪法第九条的斗争也就显得过于苍白无力、舍本逐末了。

仲里效则说，这部"宪法草案"是对于冲绳本土发生在20世纪60年代到70年代的"复归日本"运动的彻底批判，它同时提示了一种对于权力的另类想象，这就是基于对冲绳"近代"深入反思的"反复归·冲绳自立论"。局外人或许仅仅把它直观地理解为"冲绳要求独立自治"，但如果这样理解，那就实在是大错特错了。仲里效和其他反复归运动的倡导者绝对不是直观意义上的"独派"，相反，他们反对对现实不负责任的"冲绳独立论"。在严酷的斗争中，这些思想家时刻关心着斗争的有效性和理念性，为此，他们锤炼着作为斗争灵魂的原理。按照仲里效的解释，"反复归·冲绳自立论"试图对峙的，不是简单的"复归日本"，而是这样一种复归潮流中表现出来的对于殖民地主义的内在化认同以及这种认同的文化形态。同理，显然"冲绳独立论"也并不是一个现实政治的独立方案，而首先是一种精神的自立自主的欲求。同时，也如同新崎所说，反复归思想并非复归思想的反命题，它包含着更多的创造性想象。仲里强调，真正的问题在于，"生长于冲绳的我们，是否能够获得通向世界也回到自身的话语"。这两部宪法对于政治权力的另类想象，应该理解为对冲绳话语和冲绳的世界意象的创造。

  在这次会议之后，我一直想动笔写下我所受到的冲击，把它传达给中国的读者；但却一直苦于无法找到准确的语言。冲绳的经验并不是用苦难和反抗就可以概括的，它凝缩了半个多世纪东亚的战后史，几乎聚集了这段历史里所有的残酷和两难；而冲绳人的反抗，不仅决定着冲绳的命运，也影响着东亚的命运。冲绳的活动家们在艰苦的"持久战"中付出了几代人的生命岁月，冲绳的思想家们在紧迫的实践课题中为这一持久战打造着不断变动着的思想轮廓；在当今世界的知识格局中，冲绳人清醒地意识到，他们要想表述自己的历史，必须从锻造自己的话语开始，因为，这个被强权支配的世界并没有为冲绳这样的区域预留属于它的表述空间。

中文世界里已经有了大江健三郎的《冲绳札记》，这是一部具有相当代表性的著作，它表达了本土有良知的日本人对于冲绳的复杂情感。这部著作中涉及的太平洋战争后期日本军队强迫冲绳民众"集团自决"的事实，曾经在日本引起了一场诉讼，大江通过这场诉讼又一次向日本社会传达了他关于战争责任的思考；同时，这场诉讼也暗示了冲绳的战争记忆并不仅仅是"记忆"，它还以现在进行时的状态活在人们中间。随着时间的流逝，冲绳的现代历史正在以更广泛的方式被记忆，例如2009年由岩波书店推出的《残伤之音》——这部由旅日韩国诗人、学者李静和主编的文集，汇集了冲绳、韩国、日本本土艺术家的创作和对这些创作的阐释，其视点被明确地置于战争时期的冲绳和朝鲜半岛。而且，这部配以DVD的著作最大的特点是它瓦解了语言，而尽可能地代之以话语之外的"音声"。应该说，李静和的工作中暗含了一个与仲里效提出的"冲绳话语"问题相吻合的主题，这就是面对冲绳和韩国（就中尤其是济州岛）的历史，我们必须处于"失语状态"，才能听到它们的声音，才能缔造属于它们的话语。

二

在上述经验的脉络之下,我阅读时所获得的感受或许才便于传达。由上述两本书合成的中译本《冲绳现代史》[1],是严格按照同一条线索写作的,这就是从日本战败之后直到今天发生在冲绳政坛与社会中的抗争。冲绳在战后从被美国"托管"到施政权回归日本,再到复归后与日本政府和美国的尖锐冲突,这被分为两个阶段加以记述的历史同样贯穿着冲绳民众的一个一以贯之的奋斗目标,那就是依靠自己的力量而非依靠任何外在的恩惠为自己争取最大限度的自决权;同时,这一奋斗一直是在非常艰难的条件下,利用各种制度空间和时代变化的空隙来推进的,每一个斗争环节都构成这个历史的一部分,但是每一个环节的内涵都未必与其他环节直接勾连,甚至在多数情况下,它们只有以相互矛盾的方式才能相互连接。这个特性,正来源于冲绳在国际政治格局中所处的特殊位置。

从冲绳在二战后以"琉球"之名脱离了日本而被美国"托管",直到1972年施政权返还日本,这期间它是美国的一个州还是东亚的一个孤儿,一直是一个暧昧不明的问题。这个问题对于美国和日本政府而言并不重要,因为他们关心的是如何在战后国际格局中为自己争取最大的利益,琉球仅仅是转嫁危机和进行交易的筹码而已;但是对于需要在现代世界中确定自己

---

[1] 生活·读书·新知三联书店2010年出版,胡冬竹译。

位置的冲绳人而言，这个关乎身份的问题却是至关重要的，因为它不仅仅意味着归属与认同，而且更重要的是，它意味着对于现实政治权利的确认与斗争目标的设立。作为日本在太平洋战争中唯一发生了本土战役的区域，冲绳在战争后期就被日本政府用来"丢卒保车"了。当美军在冲绳登陆之后，这个登陆行动在它发生的时刻就体现了美国建立世界霸权的计划性：美军登陆的行动和在冲绳本岛划分禁止民众进入的大片军事区的行动是同时发生的。当日本本土的进步势力还在把美国军队视为解救民众于天皇制水火之中的"解放军"之时，冲绳的民众却已经饱尝了这"解放"的艰辛；而当本土的人们还对美国输入的"民主化"充满幻想的时候，冲绳的民众却已经在现实的抗争中深刻地体味到了这民主制度的虚假内涵。如果说，历史曾经给了本土日本人以虚幻的"选择余地"的话，那么，可以说这种哪怕是片刻的虚幻可能性都不曾光顾过冲绳。当本土日本人尚且有梦可做的时候，冲绳人却面临着鲁迅所说的"梦醒之后无路可走"的局面。

《冲绳现代史》简洁地勾勒了这段历史。发生在冲绳的合法斗争，正是在这种无路可走的状态下，依靠冲绳人自己的力量推进的。他们巧妙地利用日本与美国的关系、利用美国占领的事实和美国军政府[1]出台的各种政策条文，一步步推进和确

---

[1] 从1950年开始，这个直到1972年为止都拥有琉球实际统治权的美国军事机构改名为"民政府"。

立冲绳社会的自由度和自决权。这本书花了大量篇幅勾勒了冲绳政坛本身的纷争对立：革新势力与保守势力、革新势力内部的对立，以及这些对立导致的冲绳社会的变化；在几乎难以喘气的紧迫节奏中，新崎盛晖描述了一个复杂变迁的动态政治过程。在这一过程中，美国、日本政府与冲绳政坛内各种势力所构成的紧张力学关系，在不同的历史时刻具有不同的结构关系，很难使用同一的尺度加以衡量；例如在这一时刻需要捍卫的政策条文的法律效应，在另一时刻却需要彻底摧毁；在这一时刻需要坚持的对日对美的某种立场，在另一时刻却需要加以否定。

政坛斗争如果没有民众意志的参与，不免会流于党争；而冲绳的政治斗争却始终贯彻了民众的意志。《冲绳现代史》中不止一次地介绍了"举岛上下"的大规模抗争形态，而且特别强调这种全岛奋起的政治斗争传统具有直接影响政治局势的能量，它不仅能够有效地制止例如美军对于那霸市政的操纵，也能够迫使美国对驻冲绳的政策进行让步和调整。冲绳人这种在极限状态下形成的战斗传统，在日本政府出卖冲绳利益、美国把冲绳作为控制亚洲的主要立脚点的险恶局势下，几乎是维护自己基本权益唯一可靠的方式。

本书中的"冲绳民众"并不是单数。换言之，民众并不总是进行同样的选择或者进行统一的行动。事实上，当《冲绳现代史》叙述战后岁月中发生在冲绳政坛的政党分歧和不断形成的各种社会组织的时候，它正是在叙述冲绳民众的"多元"性格。在当今世界的民主制度日益流于形式化、政党政治日益脱离它的社会基础、民众要求与议会辩论日益脱节的时候，冲绳的民众政治抗争依然保持了它的活力，民众的多元化政治欲求依然可以影响到政坛的斗争形态，这是一个需要极大的能量才能够得以维持的艰难局面。而造成这种局面的，正是冲绳在当代东亚格局中的重要位置和它战后命运的两难处境。

最具代表性的，应该是《冲绳现代史》中涉及的"复归—反复归"运动了。这个运动尽管内部充满了歧异和对立，但从整体上看，却相当清晰地体现了冲绳战后历史中最大的两难。这本书第一部第九章所写的问题，并不在于冲绳的最终归属，而是围绕着这个归属问题在冲绳与日本本土之间、在冲绳内部所引发的一系列派生的问题。例如冲绳施政权返还给日本政府，与日美安保体制之间是什么关系？日本自卫队是否可以开进冲绳？美军基地在冲绳返还时是否可以保留核武器使用权？在冲绳返还之后，当地的美军基地与本土的基地之间是否应该建立一个"平等"的标准？冲绳的复归与反复归运动在时间形态上似乎是前后相续的，其实它们是同时进展的。因为在倡导冲绳复归的活动家中，很多人仅仅是把复归日本视为突破冲绳被占领局面的一个出路，为此，复归"拥有和平宪法的日本"就成为一个有感召力的口号。而这个口号的实质，与其说是回归日本，不如说是回归"和平宪法"；但是，复归"和平日本"的理想并不能解决冲绳被日本政府离弃和歧视对待的现实，也不能解决日本政府在战后并没有真正独立于美国、因而复归日本并不能有效地对抗美军占领的问题。因此，从复归日本的运动兴起的时候开始,反复归的理念和情感就同时生长了。但是,反复归是否可以通向冲绳的独立?当反复归与冲绳独立论结合的时候,它的具体困境是什么?这些困扰着冲绳人的问题最终使得"复归—反复归"变成了一个思想和现实斗争的框架或者媒介,而不是实践的目标。借助于这个框架,最为清晰地浮现出来的就是冲绳人在孤独的战斗中为自己设定的一个个具体的目标,而这些目标不仅关系到冲绳人的生存问题,也同时关系到东亚地区的国际局势。

冲绳的归属问题纳入日美两国谈判日程的时候,正是越南战争进入白热化,冲绳成为侵略越南的前线基地、日本政府更深地介入越南战争的时期。冲绳施政权回归日本,与美国把东亚反共政策的具体实施转嫁给日本互为表里。与冲绳人回归"和平宪法"的愿望相反,拥有和平宪法的日本政府正是在这一时期表现了它最强烈的战争愿望。据《朝日新闻》2008年12月22日报道,当中国在1964年核试验成功之后,1965年1月访问美国的日本首相佐藤荣作曾经明确表示,如果日中之间爆发了战争,希望美国立刻使用核武器进行报复。正是同一个佐藤首相,在1969年11月访美并签署"佐藤—尼克松联合声明",使得冲绳复归日本成为现实,而这个现实的直接后果,正是《冲绳现代史》所提示的,日本本土的美军基地进一步集中到了冲绳,冲绳的复归日本没有使它通向和平,而是相反,把它进一步推向战争。

复归还是反复归,这个问题远比认同问题复杂。在越南战争爆发的20世纪60年代中期,冲绳的民众意识到了复归与美国的远东反共政策之间的潜在联系,运动口号从"向和平宪法复归"转向了"反战复归",这是一个与日、美政府的冲绳施政权移交目标在方向上相反的斗争,尽管它也使用了"复归"这个口号。《冲绳现代史》指出,这个运动虽然最终并没有取得成功,但是它却使得民众认识到了对于美军基地的默认就是对越南民众构成事实上的加害,这一认识使得冲绳的归属问题和认同问题构成了东亚国际关系的一个环节。

冲绳复归日本之后,日美军事同盟以此为契机得到强化,自卫队进入了冲绳,日美的军事力量被重新整编,所谓"周边事态法案"等补充条款进一步强化了日本民众一直试图摧毁的"安保条约",为以后的海湾战争和伊拉克战争等准备了军事条件,也为美国和躲在其保护伞下的日本在东亚确立军事霸权不断奠定基础。与此同时,复归为冲绳民众带来的,是虚假的繁荣和实质上的被掠夺。一位冲绳知识分子告诉我,如今充斥着冲绳的观光、贸易、生产机构,基本上都是来自日本本土的大公司,它们在冲绳的盈利并未造福于冲绳人,而是被转移出去,其最大受益者仍然在冲绳之外;而冲绳在战后的畸形发展,使得它丧失了自己的渔业和其他可以维持社会再生产的经济形态,只能依靠"基地经济"维持社会的发展。因此,如果美军基地真的被赶出冲绳,日本政府也将撤销基地补偿金,那么,并不具备合理的产业和商业结构的冲绳社会,将要面临非常严峻的考验。

正是在这个意义上，1972年之后更加成熟的"反复归运动"和反对美军基地的运动，以及与此相应的反对天皇制和拒绝日本国旗的运动，是一个艰难的奋斗过程。这意味着，冲绳必须为自己找到一个更合理的社会形态，并且在现实斗争中不断打造它的基础。在不具备可以与美国和日本相抗衡的"国家机器"的情况下，冲绳人激发了民主社会最大的潜能，依靠自己的危机感和决断，利用合法斗争的制度空间，不断牵制美国的军事扩张和日本的同谋，也不断培育自己的政治理念。《冲绳现代史》几次提到的"一坪反战土地主人运动"，就是这样一个具有理念性的具体斗争。由于它动员了许多人以"一坪"为单位，分购美军基地内部分土地所有权，从而在美军基地内部造成了障碍，这使得它具有了一定的现实对抗功能；同时，由于这个运动强烈的象征性，使得它同时具有了某种社会启蒙的功能。它与其他相应的运动，例如"一英尺胶卷运动"（即筹款以"一英尺"为单位联合购买美军占领冲绳时拍摄的胶卷以保留历史教育下一代）等结合，在冲绳社会形成了使每一个体都可能参与的政治过程。只有理解了这样的社会氛围，我们才有可能理解川满信一起草的《琉球共和社会宪法私（试）案》的乌托邦所具有的现实性格，也才能理解由冲绳和平市民联络会发表的《冲绳民众和平宣言》中的下面这段宣言：

> 所谓"经济繁荣"，只不过是追求一部分大国和其中的特权阶级的利益，所谓"和平"，只不过是维持足以保

证这种利益的经济体制和国际秩序而已。

……

我们所企望的"和平",是地球上的人们珍惜自然环境,尽可能平等地共享有限的资源和财富,绝不使用暴力(军事力量),不同的文化、价值观、制度之间相互尊重,从而实现共生。

在人们可以用自己的斗争去影响现实,并且在分歧和争执中日益培养出相应的社会共识的时刻,这样的宣言就绝不是观念性的纸上谈兵,它规定了具体的抗争目标,也规定了具体的理念环境,因此,它具有真实的政治能量。

三

冲绳民众和冲绳思想家旷日持久的抗争,并没有成为东亚社会共有的精神财富。尽管这持续了半个多世纪的抗争每一次的起伏跌宕都牵动着东亚和亚洲的国际局势,尽管"举岛上下"的对抗行动是冲绳人为世界和平直接牵制着美军的手脚,并为此耗费着巨大能量,但是,冲绳人却是在孤独中战斗的。他们的孤独不仅起源于一次次被日本政府出卖,而且也起源于难以找到冲绳以外区域的深度理解者和同盟军。

《冲绳现代史》中多次提到了日本本土的进步力量与冲绳社会之间的隔阂,提到了部分冲绳人激愤于本土日本社会的淡漠态度转而"支持基地"或者"支持挟核返还"的曲折纠结情绪；与此相对，本土进步人士在面对冲绳的时候，其实也常常因为感觉到问题的复杂而无所适从。本土日本人中的有良知者对于冲绳近代以后的遭遇有着深刻的罪孽感，面对冲绳和冲绳人的时候，他们常用"冲绳应该独立"或者"冲绳不是日本"来表达自己的心情，其实他们的感情大多比这种表述更为复杂。据我观察，本土进步知识分子的高调批判态度在冲绳并没有找到立脚的基础，而本土的有良知者在面对冲绳时的那份真诚的歉意也并非冲绳社会真正的期待和需求。这个深刻的错位不仅折磨着冲绳的人们，也同样折磨着本土有良知的日本人。

我曾经查阅过从1951年《日美安保条约》缔结到1960年安保条约改定时期、再到20世纪70年代冲绳施政权回到日本这一时期的部分资料，可以说冲绳的归属问题与安保条约的关系、冲绳回归日本和安保斗争中本土进步势力的认识盲点等，构成了一个相互勾连很难化约的庞大问题群。冒着挂一漏万的危险，我想仅仅初步地指出一个问题，那就是冲绳被美国占领的二十余年，正是安保条约在日本不断渗透、日本政府从"不战国家"转向"向战国家"的时期，安保条约这个以维护远东和平为借口的军事条约把美国在东亚的军事部署合法化，并使其不断"日本化"（日本政府在冲绳回归之后在很大程度上"接管"了原来由美国负担的军费、基地补偿费和土地管理权，成为美国在冲绳扩建军事基地的得力帮凶；同时，日美通过条款的修订使日本自卫队更直接地参与到了美国军事行动中来），而冲绳的基地何去何从，正是安保条约中最核心的问题；对此，日本本土的思想界并非缺少意识，但是一个棘手的问题在于，冲绳问题的性格并不能完全被国家视角所回收，而日本的进步知识分子却无法建构足以对应冲绳现代史困境的有效视角。这也是《冲绳现代史》批评本土安保运动致命弱点的原因。在新崎盛晖看来，本土反对安保条约的群众运动与冲绳民众的斗争是相互脱节的，这种脱节导致了此后冲绳民众反基地斗争孤立无援的困境。

冲绳在当今世界是一个饱受凌辱但却不被真正尊重的地方。人们今天仍然很难理解的一个问题是，冲绳人并不需要同情，他们需要的是对"冲绳逻辑"的理解和尊重，需要的是立足于这样的理解和尊重的思想与行动支援。而建立这种理解和尊重，需要人们在认识论层面上进行根本性的变革。近代以来的国家观念造成的主流意识形态使得所有与认同相关的历史问题都被归入国家主权和民族自决权的范畴，这样的思维定势固然处理了世界体系中那些重大的政治问题，却无法触及被重大问题所遮蔽的、更为深层的社会问题。当今世界上的多数政治问题都被从"归属"的视角来定位和争执，但是归属问题的讨论可以处理的对象以及解释问题的有效性却需要具体甄别：这个视角并不是万能的，在很多情况下，它不过是一个媒介，却并非问题的核心。在那些主权问题没有受到威胁或者也不存在选择余地的地方，有关归属的问题很难被相对化，也很难被问题化，它往往被顺理成章地视为可以提纲挈领的先在前提；但

内在于冲绳的东亚战后史　193

是在冲绳这样的社会里，归属这个关乎主权也关乎认同的重要问题却必须是相对的。冲绳的思想家对于无条件的复归日本和绝对化的冲绳独立同样保持了警惕，这恰恰是朝贡时期的古老琉球和饱受创伤的现代冲绳给他们提供的宝贵思想遗产。冲绳人为了什么而战斗？他们反抗的方向是什么？他们给这个世界带来了什么样的贡献？

新崎盛晖分析现实运动中"反复归论"[1]的弱点时，尖锐地指出："反复归论主张通过彻底斩断冲绳人自身构成日本国家统治冲绳内在基础的'大和情结'，从而与日本国家在根本上相抗衡；但反复归论不得不止于反复归论，是因为它并不拥有属于它自己的独特社会构想。"统观《冲绳现代史》，可以注意到一个重要的特征，作者虽然把复归与反复归作为一条阐述冲绳现代史的基本线索，却并没有把它设定为讨论的到达点。显而易见，真正的焦点是"独特的社会构想"，并不是归属问题。

这本书或许并不是写给外国人看的。在无暇喘息的反对美日军事霸权第一线上战斗了半个多世纪的冲绳人，还没有获得足够的时间来斟酌他们"通向世界的话语"；但是，当饱尝歧视之苦、付出惨重代价的冲绳人拒绝把自己仅仅视为受害者，同时也拒绝把他们的"边缘"位置翻转为中心的时候，他们却已经在为我们生产着人类未来的理念。对于外界的想象力而言，

---

[1] 因为篇幅，无法在此展开"反复归论"在冲绳的多义性问题；这里新崎所说的作为现实运动的"反复归论"与本文开头提到的仲里效作为理念的"反复归·冲绳自立论"并非同一对象。

或许脱离美国和日本、回归历史上的琉球、重新获得独立自治，这就是冲绳人斗争的最终到达点，而对于冲绳人来说，他们的战斗目标却远远高于这一想象，他们的具体奋斗又远比这一目标预设的内容丰富而曲折。这一切都使得冲绳人的奋斗不再仅仅是解决自身困境的手段，它本身就构成了原理。

如果说，《琉球共和社会宪法私（试）案》所提供的理念对我们这些外国人而言仅仅意味着遥远的将来，那么，它在冲绳这块燃烧的土地上却是脚踏实地的。正是在这个意义上，冲绳人走在我们的前面。理解《冲绳现代史》所记录的那些抗争的含义，需要颠倒我们的世界感觉，需要反思我们的政治意识，需要重新思考关于认同的那些基本问题。发生在冲绳人和本土日本人之间的隔阂，并不仅仅是他人之事，这隔阂也同样存在于我们的政治想象与世界想象之中。在我们中国人的社会生活中，并非不存在冲绳人所面对的问题，只不过它们没有以赤裸裸的形态呈现，没有形成基本的社会结构关系罢了。或许冲绳人已经在自己的实践中摸索出的政治表达方式，只有通过必要的转换才会与我们真实的问题意识发生连接，我们无法直接套用这些宝贵的思想经验；但是，即使不在这一意义上学习冲绳，至少，我们也需要扪心自问：冲绳人在反战和平意义上的国际主义视野，冲绳人反对霸权的平等共生理念，冲绳思想家在认同问题上表现出的清醒判断力，不正是中国社会也需要的基本共识吗？

内在于冲绳的东亚战后史

跨文化的政治学

作为理念的和平与作为思想的和平[1]

首先我要感谢首尔大学的统一和平研究院给我这一次宝贵的机会，能和在座的各位一起讨论和平问题。因为现在整个东北亚是世界上和平受到严重威胁的地区之一，所以和平成为我们首要的课题，是一个非常现实的状况。对我们大家来说，和平是一个我们要面对的和我们的生死存亡直接相关的问题，同时也是一个理论性非常强的问题。今天我想在这儿讨论的问题是，我们如何把现实当中存在的维护和平的课题与理论思想层面的思考结合起来。我想用一个小时以内的时间讨论三个问题：第一个问题是关于和平的三种理解方式；第二个问题是对和平的实现来说，我们面对的现状里边存在着什么样的基本障碍；

---

[1] 本文初稿是 2014 年 2 月 18 日在韩国首尔大学亚洲研究所的讲演，由延光锡博士根据录音稿整理，后载于《天涯》2015 年第 6 期。本文有修改和补充。

第三个问题是在当今世界上不存在绝对和平的这样的一个状态下，我们有没有能力找到另外一种实现和平的思考方式。

现在进入第一个问题。关于和平，我个人的理解大概有三种思考方式。第一种思考方式是把和平作为绝对理念来思考。当我们把和平作为绝对理念来思考的时候，它是一个独立的、自足的思考范畴。它意味着人类不再存在战争，人类不再拥有各种各样的暴力，人类实现真正意义上的和解。我认为作为独立价值的和平观念是非常重要的，而且在历史上曾经有过把这样的价值付诸实践的努力。这就是著名的甘地主义。甘地主义在一个时期内，在印度起到了积极的作用，但它也遇到了各种各样的困境。所以，甘地的非暴力主义对世界实现和平是不是有效的手段，在思想史上一直存在着争议。但是，在历史上曾经出现过一些大规模的运动，向我们展示了以甘地精神所代表的绝对和平主义理念的价值。第二次世界大战结束之后，世界范围内曾经出现过一个建立世界政府的国际性运动。它是一个民间的运动，不是国与国之间的合作。这个运动大概从1946年前后开始，到1949年左右渐渐消失。在这个过程当中有一个非常有意思的事件，就是运动的发起人曾经起草过一个有关世界政府宪法的宣言。这个宣言的前面，有一段致辞说："我们想要在全人类中建立一个唯一的政府，它的功能是消灭战争。而我们认为，假如甘地没有被刺杀的话，那么他是当之无愧的第一任世界政府的元首。"这个宣言发表在1948年，在甘地遇刺几个月后，所以它也在某种意义上是一个象征性事件。这意味着绝对和平主义很难真正在现实世界实现，但这不意味着作为绝对理念的和平没有价值，只不过在充满战争和各种暴力的世界上，它被转换成了另外一种形态。

这就是对于和平的第二种理解形态，是一种相对性的作为现实判断的和平理念。这种和平观念和作为绝对理念的和平观念有一个重大的差异。作为价值，它是不自足的。我们注意到所有这一类相对主义的和平观念其实都是作为战争和暴力的反命题被提出来的。这就是说，它是依赖于它所反对的对象而存在的。这一类和平观念有一个最好的例子：在朝鲜战争爆发的前后，当时的印度总理尼赫鲁对联合国（因为当时联合国正在讨论是否接纳中国大陆加入联合国的问题）提了一个建议，希望联合国积极推进中国大陆加入联合国的进程，因为这样可以避免刺激中国人的神经，减少朝鲜战争白热化的可能。尽管尼赫鲁的努力没有得到结果，现实是向相反方向推进的，中国后来也不得不卷入朝鲜战争；但是尼赫鲁的努力给我们提供了一个非常典型的相对主义和平努力的典范。

我必须要补充一个细节——尼赫鲁是一个坚定的反共分子，他并不喜欢中国。促使他向联合国提出这样一个提议的理由是因为尼赫鲁希望推进和平的进程，避免战争。不过这一类和平主义的行动，由于它不具有自足的判断标准，所以常常容易发生混乱。一个反面的例子就是2005年诺贝尔和平奖授给了国际原子能机构，这是非常有争议的一个选择。同样在2005年，世界范围内发起过一个非常有意义的运动，叫作"千名妇女争评诺贝尔和平奖",是由瑞士的一个女议员发动的。这个运动的目标在于促使诺贝尔和平奖去关注现实生活当中用自己平凡的努力来维护和平的全世界女性。很显然,将这样的女性群体和国际原子能机构进行比较,哪一个离和平更近,哪一个离战争更近,无须论证。但很遗憾的是,诺贝尔和平奖选择了离战争更近的国际原子能机构。这样的事例证明,把和平观念作为相对主义的判断来解释现实的时候,常常会出现各种各样的矛盾。

在这个意义上,我认为需要第三种对于和平的理解:作为思想分析工具的和平观念。把和平作为思想分析的手段,同时也把和平作为思想分析的目标,这是一个还没有在人类中获得共识的新的课题。我认为,对于和平的理解在世界范围内,是存在着非常深刻的矛盾的。最主要的矛盾体现为作为绝对理念的和平没有办法在现实当中直接获得它的实践功能,而作为相对主义实践手段的和平,往往会背离和平的目标。这两者之间存在着非常深刻的矛盾。但是我们没有办法在这两者当中只选择一个方面;这就是作为思想课题的和平必须存在的理由。因为当我们把和平作为思想课题来进行分析的时候,我们要处理的并不是所谓在现实当中坚持和平,还是在理念当中坚持和平这样的二元对立问题,我们要处理的是这两者之间那个纠结在一起的形态。因为我们必须解释为什么尼赫鲁对联合国的提议是一个和平的努力,而诺贝尔和平奖授给国际原子能机构是一个对和平缺少理解的行为,我们必须在这两者之间进行思想分析。

为了展开作为思想课题的和平这样的一个范畴，我想进入下面的两个问题。首先讨论一下，今天人类社会生活当中那些对于实现和平形成障碍的基本要素究竟是什么？第一个方面当然是我们大家都了解的，当今世界存在的社会组织形态，最强的形态是国家。国家的逻辑使得军队、警察这样一些暴力组织具有了合法性。我个人认为，迄今为止，对于国民国家的批判，对于民族主义的批判，都不够有效。因为这些批判都回避了一个问题，那就是我们如何作为某一个国家的国民去看待自己国家的国家利益。如果我们把讨论的重心转移到国家利益这样的范畴里面来，那么我们就会发现，国家的存在、民族主义的存在不那么容易被否定。我们知道今天发生在国际上的纠纷，比如说中日之间的钓鱼岛争端和韩日之间有关独岛（日本称"竹岛"）的对抗，都和国家利益直接相关。这样的问题又会延伸到重新解释历史的层面。考虑到日本至今仍然没有克服军国主义的野心，我们确实很难说钓鱼岛与独岛引起的摩擦仅仅是国家利益之争。

也许更为极端的例子是伊拉克。假如伊拉克不是石油产地，假如萨达姆跟着美国走，美国能以反独裁为名发动两次海湾战争吗？二战之后确立的国际秩序，是以美国和西方国家为主导的，通过冷战，德国与日本也加入了这个同盟，而苏联和中国从当年的盟国中被分化出来重组，所以二战之后的世界格局与战争期间的格局有连续性也有很大断裂。只不过，不管国际关系如何变动，对国家利益的追求是始终一贯的。2015年发生的叙利亚等国难民涌入西欧的事件，具有讽刺性地揭示了西方世界特别是美国为了自己的利益而插手他国政治的真实状况，可以说难民潮象征了当今世界新的矛盾与对立：发达国家与后发国家之间的对立。这个对立在某种程度上取代了二战时期盟国与轴心国的对立，甚至也并没有完全延续冷战结构本身的对立，所以直接沿用二战时期国际关系的经验，难以回应今天的国际关系课题。

人类通过两次世界大战究竟学到了什么？我相信没有人会反对下面这个说法：学到了维护和平、反对战争。这方面，日本民众有很深的体会，他们近年来反对安倍政府扩充军备，就是因为他们不愿再去送死。

不过和平并不是个抽象概念，特别是当它与国家利益冲突的时候，维护和平就不那么容易了。因此和平问题作为思想课题展开分析的时候，必然会遇到这样一些障碍。这是非常大的困境。其实今天我们很轻易地谈论和平，是因为它是个抽象概念，没有被放到具体的矛盾冲突中去讨论。当和平受到各种因素的挑战时，恐怕很多和平主义者不能不感到踌躇：和平作为一种价值，它需要在多种价值的冲突中进行定位。

20世纪的历史给我们留下了极为丰富的经验教训，让我们可以了解，所谓"和平来之不易"，并不仅仅意味着流血才能换来和平，更意味着在多种价值中选择和平这个价值，并且使自己的选择是符合历史要求的，这是极其困难的事情。为了创造未来的和平局面，我们需要一种更富有弹性的立场：如何能让我们这些后发国家的国民不再重蹈发达国家自私自利的覆辙？

从国家到国民，从战争记忆到创造和平，这中间绝非直线关系，需要很多个转换的环节，这也是作为思想课题的和平所要处理的问题。我相信，问题再向前推进的话，它会引发一个新的理论课题，就是我们有没有可能在现存的国家形态之内，寻找另外一种社会生活的模式。关于这个问题，我会在第三部分进一步地讨论。

现在我来谈一下妨碍和平实现的第二个方面，就是两次世界大战和战后的冷战留给人类的负面遗产。在二战结束之后的40年代末期，国际上的一些知识分子曾进行过一次有相当规模的讨论。这个讨论里边，涉及一个问题，即二战体现出来的战争形态，实际上已经超过了传统意义上的战争概念所限定的范围，它变得缺少节制，成了非常严重的不断在增大的威胁。

我们都知道，欧洲的古典战争理论对战争的定义是，它是解决政治冲突白热化困境的最后一张王牌。也就是说，不到万不得已的时候，不能使用战争手段。同时战争必须是军队之间的武力抗争，而且当一方战败放下武器的时候，战争就必须停止。

但是现代战争完全推翻了这样的前提。20世纪的战争不再仅仅是解决政治冲突的最后一张王牌，它变成了瓜分世界的常规手段。战争在20世纪发展为大规模杀伤而且没有止境地、极其残忍地去残害敌对国平民的灾难，它甚至可以被用来消灭某些种族。

所谓反人类罪，是20世纪文明人的发明。姑且不说欧洲战场，仅就东亚来说，中国在中日战争时期遭遇的南京大屠杀、重庆大轰炸、对农村地区的"大扫荡"，以及惨无人道的活人细菌战试验，在在都是反人类罪行；中国与朝鲜半岛的慰安妇受害，更是罄竹难书的罪恶。

反过来说，给第二次世界大战画上句号的，就是广岛和长崎的两颗原子弹。但它杀伤了日本大量的无辜平民，祸及他们的后代。可以说20世纪的战争，其规模与残忍程度都是历史上从未有过的。但是战后的这一场国际性的讨论，并没有能够制止其后冷战的发生。而冷战当中也有热战。朝鲜战争就是战后我们东北亚最让人痛心的热战，还有后来的越战。朝鲜半岛上的战争在休战之后，呈现了一个特殊的新的战争状态，也就是前战争状态的合法存在。所以很难区分，当今朝鲜半岛上的状态，是和平状态还是前战争状态。这两者在今天已经被混为同一个东西。同时由于意识形态制造的对立，全世界被分为两大阵营。不同社会之间的人们直到近年来才开始有了相互理解的条件，而这样的一种隔绝状态，也使得战争成为不同社会进行社会动员的最有效的手段。

我们都知道对陌生人开枪比较容易，对朋友开枪是很困难的。所以进行战争动员的前提，就是在不同的区域不同的社会之间制造分断与隔绝。举个例子来说，如今中国大陆和台湾地区之间有了广泛的民间往来之后，大陆人几乎都认为我们不应该去攻打台湾地区。我相信朝鲜半岛两边的民间往来增多之后，战争的动员力也会随之减弱。

还有一个促使战争不断发生的原因，就是军事工业在今天成为支撑很多国家国民经济的重要产业，因此它的存在本身就促使战争这样一种消费军事工业产品的手段不断地被再生产。美国的军事产业链是最典型的，它与政治形成的共谋关系非常清楚，人的尊严与价值，在这样的系统里沦为空洞的说辞。

实现和平还有一个重大的障碍，就是存在于我们社会生活当中的、存在于我们每个人感觉世界当中的优越感和歧视。以日本当年的侵华战争为例，日本普通军人在中国的兽性，建立在他们对中国民众的歧视态度之上。并非仅仅是日本军部的命令就能够操控所有的士兵，其实，战争真正的罪魁祸首，恰恰是植根于社会生活中的各种各样的歧视与排外感情，它为仇恨提供了社会基础。假如没有这个社会基础，战争即使发生，也很难持续。

下面我想尽快进入第三个问题。我想以冲绳的个案为例，谈一谈在东北亚地区有没有可能找到另外一种不依赖于暴力抵抗而创造和平的可能性。冲绳是一个非常特殊的地区。首先它是东北亚和平运动的前沿，因为美军基地在东北亚主要集中在冲绳地区，而以和平方式反对美军基地的运动，是冲绳民众几十年来持续推进的最主要的运动。冲绳还具有另外一个非常独特的特征，就是它和日本国之间有一段疏离的距离，但同时又不具备作为国家独立的条件，所以它一直保持着既是日本的一部分，又对认同日本有所保留这样的一个现实和精神上的定位。

冲绳社会中的社会运动团体，长期以来反抗美军基地的运动方式，基本上是甘地主义的非暴力对抗形式。其中最典型的形态，是从20世纪90年代末期一直持续到现在的边野古地区反对美军基地移设的对抗运动。这个对抗运动除了和平的示威之外，还有一个很主要的手段，就是到推进这个勘测工程的现场去妨碍建设基地的勘测人员施工。由于这种妨碍是完全非暴力的，所以一直到现在这个对抗运动没有产生过被逮捕或被镇压的后果。正是在这样的现实土壤当中，产生了一些独特的思想作品。

我今天要介绍的是一位很著名的诗人，叫川满信一，他在1981年写了一部思想作品。这部作品以宪法的形式书写。它的名称叫作《琉球共和社会宪法私（试）案》。我们首先注意到，这不是一个国家的宪法，而是一个社会的宪法。在草案的前三条里面，明确规定，琉球共和社会取消所有形态的现代国家机构。同样它也取消所有与国家机器相对应的暴力组织，比如说军队，警察。而维持整个社会运作的，是由琉球的居民自主成立的居民协商团体，这是类似于议会一样的组织，叫"居民协商会议"，由选举产生。这部宪法规定，解决社会内部所有可能产生暴力冲突的方式是依靠慈悲精神，是协商与讨论；而且它还规定，琉球共和社会只是一个核心区域的名称，它是一个富有弹性的实体区域，因此，居住在其他国家的居民，只要承认这部宪法,就可以成为琉球共和社会的公民,并且不需要离开自己的国家。这个规定暗示了这部"宪法"的定位,它与一般意义上的国家宪法具有不同的性质。这样的一部宪法作为宪法,当然是没有直接的现实法律功能的,它存在于思想层面,解决的也是认识的问题。而这个所谓认识的问题,其核心就是和平。

《琉球共和社会宪法私(试)案》于1981年发表在冲绳的一个文学刊物上,在同一期刊物上还发表了由另外一位法律学者起草的《琉球共和国宪法》。当时这部川满《宪法》立刻被琉球读者评论说:"这是一个乌托邦。"但非常有趣的是,在2008年的时候,另一部宪法大家已经都忘记了,可是这一部被称为乌托邦的作品被重新印刷,重新阅读。而到了2014年,东京一家叫作"未来社"的出版社专门出版了一本论文集——《琉球共和社会的潜在能量》,就是为了讨论这部作品在当下的思想功能。我想,这是因为它不仅仅是乌托邦,更是一部现实感很强的作品。有趣的是,这个文本的每一条每一款,都不能直接拿来分析或指导现实,但是它字面背后所具有的能量,却是可以转化为新的思考方式的媒介。关于这个文本,我自己也写了一篇论文专门进行分析,也被收入了未来社的那本论文集,现在限于时间,我没有办法具体进行讨论;我希望强调的是,支撑着这部作品现实性的,就是我刚才介绍的例如在边野古发生的和平抗争经验。

可能大家都会有一个疑问:冲绳是一个非常特殊的地方,

他们的经验和他们产生的这样的思想作品,对于我们来说,到底有什么意义?我个人认为,冲绳思想家的思想实践对于我们,可以提供非常宝贵的精神营养,因为在我们这样一个国民国家可以统领一切的社会里面,由于主权的独立,我们对于和平价值的感受是相对单纯和抽象的。冲绳人处在更为复杂的政治状态之中,他们不仅经历了二战末期日本唯一的本土战争并且付出了巨大的代价,而且在战后被美军占领至今,日本正是以出卖冲绳换来了本土占领军移交政权,获得战后所谓的主权独立;而冲绳施政权被移交给日本之后,冲绳县也一直是日本各县中被剥夺得最严重的地方,而且不得不忍受美军基地的威胁。

然而冲绳的活动家们在这种复杂的状况下并不谋求所谓独立,因为宣布独立就有可能使他们重蹈当年南斯拉夫的覆辙,引发一场区域战争甚至更大规模的战争;但是他们追求精神上的独立,以更为彻底的方式重新去讨论什么样的生活才是人类理想的生活,什么样的社会才能在今天这样一个充满暴力的国家框架里面,去建立另外一种人类生活的模式。

于是,问题发生了变化。川满认为,把一切暴力的根源归结为国家是不准确的,真正的问题在于如何改善人类的生存方式本身。假如人们不消除日常生活中的暴力倾向,那么,它就会不断强化国家的暴力基础。所以,反对日本的国家暴力其实是第二义的,首要的问题在于消除琉球社会内部的暴力倾向。我想,包括川满信一这部以宪法形式呈现的作品在内,冲绳人反美反基地运动的经验,其实是作为思想课题的和平研究的一个非常重要的参照系。因此，虽然我是中国人，但是在思考和平概念的内涵的时候，我会自觉地把冲绳人的思想实践作为一个有效的媒介。当然，我希望强调的是，媒介是不能简单套用的。冲绳经验的独特性格，使得它必须经过思想的转化，才能在不同的语境中获得完全不同含义的再生。

今天，或许很多韩国朋友会觉得，和平问题是朝鲜半岛非常独特的问题。确实，就南北统一问题而言，有许多特有的历史状况使得朝鲜半岛问题具有特殊性。但是，作为思想课题的和平问题，对于任何一个社会而言都是相通的。正是在这一意义上，冲绳并不遥远，它就在我们思想世界的深处。

现实主义的乌托邦

——读川满信一《琉球共和社会宪法私(试)案》[1]

1981年,《新冲绳文学》杂志发表了冲绳诗人川满信一的作品《琉球共和社会宪法私(试)案》(以下简称川满《宪法》)。它的诞生是东亚思想史上的一个"事件"。这就是说,川满《宪法》的意义不止在于它本身,它凝缩了同时代史中一些重要的结构特征,是我们进入东亚当代历史的有效向导。而冲绳特殊的现实状况与历史轨迹,使得这个充满乌托邦想象的文本凝聚了强大的现实精神,赋予了它浓厚的历史内容。

一、川满《宪法》的背景

1972年,冲绳施政权"返还"日本已经成为既定事实之后,

---

[1] 本文首发于《人间思想》第二辑 · 三个艺术世界,2015年9月出版。

冲绳社会又一次掀起了轩然大波。对于进步势力来说，这个被日本众议院"冲绳返还协定特别委员会"在1971年强行通过的返还协定，意味着冲绳继1879年"琉球处分"、1952年被割离日本由美国军政府托管之后，第三次被出卖。

与1952年有所不同的是，当时由于被美国军政府托管而使得冲绳在不自由状态下成立"琉球政府"，激起了强烈反弹，促使琉球社会掀起复归日本的运动；而在1971年签署冲绳返还协定的时候，琉球社会则出现了关于复归的不同取向。根据NHK的《冲绳居民意识调查》，从1973年到1977年，冲绳民众对于复归的赞同度到达最低点，给出负面评价的人数多于正面评价者，这个情况直到1982年才开始缓解。

新崎盛晖对此的解释是：这是因为复归后美军基地带给冲绳社会的各种侵害问题并未得到解决，而且由于此前作为通货的美元兑换为日元流通，美元的贬值给民众生活带来了直接的损害；同时，回归日本带来的唯一变化是社会制度与日本的一体化，这使得冲绳民众的社会生活被组织进了日本的政治秩序中去，这与60年代末美国决定放弃冲绳支配权后冲绳民众通过抗争所获得的相对宽松的社会环境形成了极大的反差。

正是在民众对日本感到强烈失望的情况下，冲绳的民族自决作为问题浮出了水面。

冲绳民族自决的意志，自从琉球被萨摩藩控制，再进一步通过废藩置县成为"冲绳县"之时，就在这个曾经拥有自主权的群岛上播下了种子。但是，它几乎从未得到过充分的发育空间，生长得十分艰难。近代社会确立了以国民国家为单位的统治模式，要想在政治上和经济上独立自主，除了采用国家的形态，很难设想其他形态。

而在日本与美国翻云覆雨的政治交易中，琉球作为一个政治体实现独立的可能性十分渺茫。尤其是1945年美军在冲绳强行登陆之后，美军基地就成为冲绳的一个越长越大的毒瘤，它不仅控制乃至摧垮了冲绳的渔业发展，也压制了冲绳的自主贸易经济。在美国与日本政府的合作之下，冲绳原有的经济结构迅速萎缩，畸形的基地经济迅速扩展，这使得原本丰饶美丽的琉球群岛，不得不把美军基地的建设和消费以及日本政府的基地补贴作为经济支柱的重要部分。1972年复归日本，并没有给冲绳带来任何改善，相反，它招致了日本本土的美军基地更多地转移到冲绳，并且把冲绳变成了日本大资本集团聚敛财富的基地。这使得冲绳不仅难以获得政治主权，在经济自主权方面也难以具备自决的条件。

但是，冲绳民众并没有因此失掉独立意志。在1952年冲绳脱离日本之后，这种独立意志不仅表现为他们在抗争美国军政府的斗争中坚持提出自治的要求，而且也促使在50年代初期形成的复归日本的运动中包含了争取自治权的内容。也就是说，对于一部分主张复归日本的社会运动家而言，复归仅仅是争取冲绳社会在美国占领状态下获得更多自治权利的策略而已。由于冲绳社会先后经历了1952年被美国托管与1972年施政权交给日本这样两个截然相反的阶段，所以在这两个时期出现的复归与反复归运动的指向和内容都不相同；如果说在前一个时期复归日本的运动还充满了对民主主义日本以及和平宪法的期待，那么在后一个时期里，这种期待几乎幻灭，冲绳的舆论界围绕着应该"带核返还"还是"脱核返还"的问题发生争执，冲绳民众对日本的怨恨情绪找到了一个爆发的突破口。

在围绕着是否复归日本的问题上，冲绳社会发生的分歧并不能仅仅归结为复归与反复归的对立，这个对于局外人而言或许是简明易懂的对立图式，仅仅是冲绳社会运动巨大旋涡中浮出水面的冰山一角，一旦进入具体的状况，我们会发现，分歧纠葛乃至对抗绝非围绕着这个对立展开，甚至这个对立本身在分歧中已经不再具有真正的意义，毋宁说真正的分歧发生在"如何与日本相处"的层面。

事实上，假如我们调整一下观察视角，从国家层面调整到民众层面，政治归属问题的实质内容将发生根本性的改变：对于民众而言，能否得到相对安全的社会保障，能否有更多合乎需求的谋生途径，能否过上富裕的生活，这一切才是他们选择归属的前提。美军基地在冲绳的持久化，不仅造成了高度扭曲的基地经济形态，而且对当地居民的人身安全造成了严重的威胁。持续不断的性犯罪和各种刑事案件，美军基地训练造成的各种事故和环境污染，这一切在冲绳重新成为日本的一个县后没有得到任何改善。同时，日本政府对于冲绳完全没有体现出政府应有的负责任的态度——在普天间军用机场移设问题上，尽管冲绳民众表示了坚决的、持之以恒的反对立场，但除掉民

现实主义的乌托邦　215

主党执政时期曾经在短时间内表现出微弱的理解姿态之外，以自民党为首的政府则一贯采取了对美国高度配合的方针，以各种形式顽固地推进普天间基地向边野古的移设。

美国和日本，都不是冲绳人希望选择的归属，它们都没有给冲绳社会带来安宁和幸福；但是，现实中也并不具备政治独立的可能性。冲绳人比任何人都更理解，即使具备独立的现实可能性，那也意味着至少要经历科索沃战争之类的过程。在二战末期经历了日本唯一的本土战争——美军登陆冲绳的战役，冲绳人比任何人都更了解战争意味着什么。在冲绳这片美丽的岛屿上，至今还鲜活地保留着战争记忆：首里城变成了一片废墟，就连山丘都被削平；普天间的神社前寄托冲绳百姓感情的美丽的松荫大道被无情地毁掉，美军登陆后就立即着手在上面修建基地。假如为了独立而不得不再次付出战争的代价，绝大多数冲绳人不会选择它。

正是由于这样的原因，半个多世纪以来在冲绳社会中越来越活跃的自主自决意识，并没有把现实归属问题作为直接的目标，而是越来越倾向于从主体性的角度确立真正的独立精神。在字面上理解"冲绳独立"，至今仍然是不准确的，独立与自决等说法，寄托了冲绳社会苦难而曲折的心情，绝非字面那么简单。

值得关注的是，当政治分离主义在当今世界上日益兴起时，冲绳社会的民族自决意识却并不能简单地归入一般意义上的分离主义。冲绳的思想家们在他们苦难的历史与不平等的现实经历中，并没有驻足于通行的民族独立意识形态，而是从无所选择中进行艰难的选择，从而为我们生产了另类思想资源。

川满《宪法》，为我们揭示了冲绳思想资源的深度。

二、作为思想文本的川满《宪法》

川满《宪法》前言部分开篇是一段节奏紧张、一气呵成的排比句，它导引出一段关于人类兴亡史的论说：

> 以浦添为傲者灭于浦添，以首里为傲者亡于首里。以金字塔为傲者毁于金字塔，以长城为傲者衰败于长城。以军备为傲者死于军备，以法为傲者溃败于法。仰仗神者灭于神，倚凭人者毁于人，依赖爱者毁于爱。
>
> 以科学为傲者毁于科学，以饮食为傲者毁于饮食。谋求国家者入住国家之牢狱。在集中化和超大化的国家权力之下，在剥削、压迫、屠杀、不平等、贫困、不安的极限处，人们谋求战争。我们不要忘记昔日夕阳余晖中那已然化为沙尘的西域古都，不要忘记惊鸿一瞥之印加帝国。不，何须回忆那些逝去的文明，我们现在就立足于焦土之中。
>
> ……
>
> 好战国日本哟，好战的日本国民与权势者哟，你们自去走你们的路吧。我们再也不打算在这条强迫人类走向毁灭的自杀道路上奉陪下去了。

现实主义的乌托邦

浦添是 12 世纪至 14 世纪古琉球时代三个王朝的都城，首里是其后琉球王国的都城。川满从琉球历代王朝更迭的历史说起，尖锐地揭示了一个人类社会的深刻困境：当人类以任何一种价值为傲的时候，就将面临因此而毁灭的危险。

2014 年，我在冲绳遇到川满先生，提起想要把他的这部川满《宪法》介绍给中国的读者；他回答说，那个前言太难解了，需要作些修改，让我等等再安排翻译。但是后来，他最终放弃了这个想法，理由是这个文本已经面世很多年了，现在再改不太容易，还是让它保留历史原貌吧。

这个小插曲透露了一个饶有兴味的端倪：川满《宪法》的写作是特定历史状况中的产物，它的前言尤其承载着特定的情绪；而前言中最为难解的那段开场白，担负着特定的文本功能，它与正文结成有机体，即使作者本人也无法在三十多年后再度介入其中。

这段前言的开场白，或许难解在那个"傲"字上。这个字凝缩了人类一个根深蒂固的劣根性：自恃拥有他人没有的优越条件，因此居高临下地轻视他人。这个毛病在个体身上或许仅仅是人格修养问题，然而体现为社会习性，将会引来毁灭性的灾难。优越感向前迈一步，就会变身为歧视与排他。优越感本身并非必然伴随着歧视和排他态度，但它是歧视和排他的基础。当一个社会的歧视与排他之风弥漫的时候，它就具备了发动战争的可能。

耐人寻味的是，在川满开场白里提到的四个"倨傲"的对象里，并没有西方的强势社会与强势文化。他选择了琉球自身的历史与人类四大文明中两个在近代遭到列强蹂躏的第三世界文明，它们共同的命运是在倨傲于自己的文明时遭到重创。然而这个通常会引人激愤的历史命运却不是川满希望同情的对象，他采取了严厉的目光——紧接着这四个对象，他用完全相同的句式评价了"军备"与"法"：当这两个屡屡遭到质疑的范畴与四个曾经遭遇挫折的文明符号并列起来时，语流突然发生逆转，被常识视为曾经辉煌过的"弱者"与当今在任何政治体内部都处于强势地位的国家手段，突然在这个相同的句式中找到了最大公约数——川满的用意似乎在于强调，把文明的衰落仅仅视为外敌入侵的结果，是以偏概全的认识，无论是大的文明如埃及或中国，还是小的文明如浦添和首里，只要它自恃自傲于自身，那就难以避免衰败的命运。

不过最为难解的还在后面。川满毫无过渡地突然改变了句式，不再使用"倨傲"，而把它改成了"依靠"。语流又一次发生逆转，对于神、人、爱这三个对象的依靠，也会让依靠者因此而遭到毁灭性打击。假如脱离了这部作品特定的语境去理解，或许人们容易把川满想象成一个否定一切价值的虚无主义者，我猜想这正是他最初试图修改这段导言的原因吧。

然而，假如我们回到20世纪70年代中期以后的历史，结合那段历史来理解川满最终放弃修改意图的决定，那么，这段难解的引文就变得容易接近了。如同上一节所涉及的那样，川满写作这部宪法的时期正是冲绳与日本都处于极度混沌的时

现实主义的乌托邦　219

期，冲绳回归日本之后的境遇引起了民众的强烈不满，而冲绳社会的思想精英们面对的现实课题也前所未有的严峻。在认同问题上，现实没有提供选择的空间，在60年代末佐藤—尼克松会谈前后，虽然出现了冲绳自治的要求，但最终主导冲绳社会舆论的，却是以何种方式回归日本的争论。在冲绳自治的要求被回归日本取代之后，冲绳人如何实现自身的主体意志这个根本性的问题，在当时的情境下只能以屈从婉转的形式加以表达。

于是，一再遭到背叛的冲绳社会，把如何争得与日本其他县的平等权利作为自己的现实课题。由于美军基地在冲绳与日本的关系中占有最大比重，能否把美军基地赶出去成为问题的关键。在现实层面上，争取冲绳自治的运动一直没有停止，但是也无法得到充分发展，这与美军基地的存在与强化直接相关。面对美军基地不断给冲绳带来的灾难，冲绳社会选择了日本，并一度抱以期待，希望日本政府可以在抵制美军基地的问题上起作用。

1981年，适逢冲绳施政权回归日本的协定签署十周年，冲绳知识界出现了包括川满《宪法》在内的三部"宪法"。虽然这三部宪法之间有非常大的差异，尤其是川满《宪法》与另外两部宪法（宪章）的指向性存在着重大的区别，但是在整体语境上看，它们都表现了对日本政府的失望，体现了在无法自治的状况下对于现状的批判和对于自治的思考。可以说，这三部宪法是在无可选择的混沌状态下进行的艰难选择。它们的诞生透露了80年代初期冲绳社会特有的时代氛围：这是冲绳社会摸索自治途径的高潮期。

川满《宪法》的诞生虽然透射了冲绳社会的自治要求，但是它却与现实中的自治风潮保持了距离。它的前言部分集中地体现了这种疏离：它不仅对现实中的美日两国强权政治提出了强烈抗议，而且对作为受害者的冲绳社会自身也提出了质疑。它针对依赖神、依赖人、依赖爱的方式提出的否定命题，极其尖锐地把问题推到了极致：依靠神来拯救，会被神所背叛；依靠人为主体，会忽视乃至毁灭自然；把爱作为依靠，必将因爱受到威胁而转为仇恨。

冲绳复归日本过程中的一些论述，正体现了这样的思想陷阱。这些看似可贵的价值，在人类社会中却往往会导致意想不到的灾难。正是在这样一个基点上，川满提出了一个深刻的问题：弱者蒙受的灾难，固然与强者的霸权直接相关，但是弱者自身如何才能有效地反霸权？换言之，弱者所依靠的思想武器，如果不进行检讨，难道不是强者的同谋吗？川满进而提出了"自由名义之下的自发性隶从"问题，并且富有洞见地把倨傲这一日常性的社会氛围与战争这一极端社会状态连接起来，指出任何文明的毁灭都不是因为它弱小，而是因为它倨傲。与这个充满了批判精神的前言相对照，川满《宪法》的正文则针对川满所指出的"自发性隶从"的现代社会形态，提出了理想的社会结构方式。可以说，这部宪法前言部分与正文部分形成了一个颇具张力的结构空间，它有机地构成了对人类生存方式而不是

现实主义的乌托邦　221

国家存在方式的追问。

川满《宪法》为思想史研究提供了饶有兴味的课题。显而易见，这部川满《宪法》没有给现实提供直接的斗争策略。如果把它作为现实主义文本阅读，那么它的前文所提出的这些批评会被对号入座，围绕着它是否主张冲绳独立等问题将会引发一系列反驳；如果把它作为乌托邦文本进行阅读，那么它的正文则会引发不切实际、缺少现实意义等责难。

事实上，这两类批评自从这个文本问世就一直存在。川满本人也慨叹，他无法如同中国古代诗人那样从容地创作，他的作品全部产生于油锅煎熬的挣扎之中。而对于川满《宪法》的这两种批评，在冲绳的严苛现实状况中也可以得到理解。问题在于，时隔三十多年，当冲绳社会仍然无法摆脱美军基地的阴影、日本政府的右翼路线也愈演愈烈的时候，冲绳与日本的有识之士又一次记起了这部川满《宪法》，而它的功能并不在于唤起冲绳独立的现实运动。这是否意味着，在今天的时间点上，川满《宪法》终于获得了作为思想文本得到讨论和共享的契机？

三、冲绳"共同体生理"的灵魂

作为一个思想文本，川满《宪法》并不是一部宪法。它仅仅借用了宪法的形式，但承担的是并不能直接回收到现实政治需求中去的思想功能。

川满《宪法》从标题开始就否认了国家，表明其是社会总体意志的体现，并非国家统治的工具。从前言开篇第一句对于浦添、首里灭于倨傲的说法来看，川满并不认为应该仅仅否定强权国家，而是要否定包括弱势国家在内的所有国家，否定弱势国家以对抗强权之名强化自身的逻辑。

然而，反国家并不是川满《宪法》的真正主题，把川满看成无政府主义者并不准确。这部作品的真正主题是反对任何形式的暴力，它不仅反对国家的暴力，也反对社会的暴力。在这个意义上，川满的"琉球共和社会"并不是"琉球共和国"的对立物，而是各种名义下的暴力支配与自发性隶从的对立物。如果一定要用某种"主义"来为川满《宪法》定位的话，我宁愿把它视为和平主义的杰作。

不过，从和平主义的角度出发去理解这部作品，仍然难免以偏概全。和平主义的理念固然构成了这部作品的反暴力基调，但是却不能揭示这部作品的精髓所在。这部作品并没有关注和平与暴力的关系这一和平主义的核心问题，它关注的是构成和平的基础本身。因此，它不关注对抗外部强权暴力的方式问题，不涉及绝对和平主义和相对和平主义的区分，在文中几乎不讨论关于暴力特别是军事入侵的对应问题，涉及此类事项，也只是一笔带过（例如第十三条至第十五条）；而大量的规定，是围绕着如何去除每个人心中权力的萌芽、如何防止贪欲的过度扩张而展开的。

在理念部分，川满明确宣示了依靠包括自然界在内的对于万物的慈悲原理，创造互惠互助的人类社会制度。这当然是他对以科学意识形态为基础的当今世界、以人类为中心的现代化消费社会的尖锐批判。呼应这个理念,第四条、第六条、第三十五条、第三十六条、第五十条、第五十一条、第五十二条、第五十三条等从不同方面强调了消费与生产不能超过人基本生存需要,不能以破坏自然界的平衡为代价,要建立人与自然谨慎共存的社会状态;与此相应,在第六条、第七条、第十八条、第十九条、第二十二条等项中,规定了人们之间杜绝歧视、相互扶助的形式,并且对以夫妇为核心的家庭构成的社会如何贯彻个人的自由,废除各种形式的强制进行了规定。川满《宪法》还涉及社会生活的方方面面,从废除私有权到劳动分工和教育与个人资质相匹配,都进行了细致的规定。

在这一系列朴素却具有根本性的规定基础上,川满设想了琉球共和社会的组织形态:这是一个没有国家机器的社会。它拥有组成人员不固定的代表制众议机构,并下设联络调整机构;由专家委员会和执行委员会组成的联络调整机构,负责向众议机构提供不同自治体之间协调和自治体内部的各项预案,并在得到批准后负责执行。公职一律实行交替制。代表制众议机构发生意见分歧无法解决时,需要由自治体成员的公议进行裁决。

如果从狭义的政治学概念出发,或许可以说川满《宪法》是一部取消政治的宪法。这部宪法拒绝不可调和的社会冲突,拒绝人类欲望所带来的贪婪、剥夺和争斗。它所依据的"慈悲原理",与现行政治世界的基本逻辑格格不入。或许这就是川满《宪法》被视为乌托邦的根本原因吧。同时,这部作品洋溢着琉球社会村落习惯法的色彩，与国家法律机构设立的成文法形成了鲜明的对峙。川满自己也明确强调，他的这部川满《宪法》并不是研究考察宪法的普遍理念得出的成果，而是基于自己少年时代在村落共同体中的生活经验写成的。换言之，川满《宪法》是一部探讨琉球传统生活中形成的习惯法如何才能被共享的作品。在这个意义上，1971年冲绳思想家冈本惠德发表的名作《水平轴思想——关于冲绳的共同体意识》与川满《宪法》形成了最好的呼应。

《水平轴思想——关于冲绳的共同体意识》虽然涉及多方面的问题，但从根本上看，也是一篇讨论冲绳民众"习惯法"的作品。它的基本问题意识与川满的作品相通，也是从对现代化意识形态的反省出发的。冈本在作品中对冲绳社会潜移默化的"近代情结"给予了充分的揭示，并敏锐指出，冲绳复归日本运动的基础就是这种"近代情结"，从开创了冲绳学的大家伊波普猷那里开始，对日本的认同就与对现代化的憧憬和有关冲绳"落后"的潜在情结纠合在一起。尽管伊波也明确表示，冲绳需要坚持自己不同于本土的文化风土，但这并不妨碍他认同日本时无保留地把"近代"（日语里的"近代"一词同时包含了现代化与现代性双重含义）作为追求的目标。与此相关，在对抗本土的歧视政策却不质疑现代化目标的思想状况中，产生了一种思想误区，即认为冲绳人会在受到本土歧视的情境中产生自卑感。这种对于自卑感的诠释方式，导致了人们对冲绳的代表性诗人山之口貘的代表作之一《会话》进行误读，将其

现实主义的乌托邦　225

理解为对于本土的歧视以及对于冲绳人的自卑感的表现和抵抗。冈本细致地梳理了自卑感与反歧视姿态的内涵，指出它们均以自己的抵抗对象为前提。换句话说，当人感到自己受到歧视时，他感到的是本应得到的从物质到精神的待遇没有得到；当他因此而感到自卑时，是感觉到自己不如歧视自己的对方。这是以对于对方价值观的高度认同为前提的。而发生在冲绳回归问题上的有关歧视的争论，以及普遍通行的"歧视结构造成冲绳人自卑感"的认知结构，实质上体现的正是对日本现代化模式的认同。

  冈本这个分析包含了相当广阔的思想前景。首先，他非常准确地指出了在这种反歧视与反自卑视角里，作为现代化意识形态的制造者与推行者的日本国家被绝对化了，同时，在憧憬现代性理念（其中最核心的部分即个人的主体性与理性观念）时，冲绳社会产生的最大幻觉在于忽略了这个理念是以国家意志为媒介的，从而幻想着可以不凭借任何媒介接近这一理念。这不仅是冲绳"近代"的特征，也是冲绳复归日本社会运动的盲点。其次，仅仅把冲绳社会血缘共同体式的"前近代"生活方式，视为对以东京为代表的充满紧张和个人焦虑的现代化生活模式的对抗，这是不充分的，更为重要的是，要在脱离对于"近代"的想象这一前提下重新追问，冲绳的"自立"究竟是什么内容。冈本谨慎地推进了一个很困难的思想课题：现实中冲绳社会已经基本上被推到了与日本同质化的境地，而且同质化的程度还在日益加深；而对于国家推行的同质化和歧视政策的批判,也一直由本土和冲绳的批判知识分子在持续推进;但是冈本显然认为,这样的批判虽然有价值,却并非问题的关键所在。他尖锐地追问:否定偏见和既成概念是容易的,但是依靠这些论述能够说得清楚什么是"冲绳"吗?

冈本惠德在冲绳回归日本的时刻,追问的并不是"是否回归"或者"如何回归"的问题,而是"冲绳是什么?如何表达冲绳?"他认为,不追问这个问题,进行任何选择都不会带来真正的自立。为此,冈本勇敢地正视了一个至今仍然存在的思想困境:越是想要说清楚冲绳,就越是找不到合适的话语,越是努力说清楚,冲绳就越是在这努力中失掉实体;结果,自己的语言最后被扭曲,只剩下外壳,因为只剩下外壳,就越加扭曲。

冈本就是在这一意义上去诠释山之口貘的《会话》——诗中的主人公在回答心爱的女人问他是哪里人的时候,告诉她许多关于冲绳的意象,告诉她这是一个南岛的国度,却最终没有说出"冲绳"两个字。这个被人解释为自卑或抵抗自卑的艺术表现,被冈本视为冲绳人最本真的自我表述之苦:不是因为自卑,而是因为找不到合适的表述。回避使用已经被过分约定俗成的"冲绳"二字,固然可以规避掉许多既定的观念乃至立场,但是如何表述的问题,却并没有就此得到解决。

冈本在文章结尾处引用了在日本本土做工的冲绳女孩的例子:她为了不给冲绳人丢脸而勤奋地工作,甚至为此忍受工厂主超过劳动基本法标准的剥削。冈本说,批评她觉悟不高是容易的,但是我不打算这么做。我只是感到无力,因为我无法提

现实主义的乌托邦 227

供使她能够接受的解释逻辑。

《水平轴思想》正是一部寻找解释"冲绳逻辑"的杰作。冈本与川满一样，并没有满足于仅仅把矛头指向日本与美国政府相互勾结又相互争夺的实态，没有满足于把冲绳视为日本和美国歧视政策的牺牲品，也没有满足于笼统地把抗争作为冲绳原理的基本逻辑。这一切对他们来说是必要的，但远远不够。他们需要另外寻找思想的进路，开辟不同的思考空间。冈本追问的问题是，冲绳的血缘共同体所打造的秩序感觉，虽然在琉球被强行划入日本之后就被天皇制意识形态所巧妙利用，甚至在战争时期和战后复归运动中被日本的国家意识形态所覆盖，但是这种秩序感觉本身却不等于国家意识形态，它可能在某些历史阶段与天皇制意识形态或者"爱国主义"重合，但是国家秩序并不能取代"共同体生理"。

冈本使用"共同体生理"这个生物学意义上的词汇，是为了表达一种区别于内在规范、思想、理性等范畴的共同体生存意志，它的全部内涵就是共同体的生存延续本身。而作为一个活的"生物体"，共同体生理不具有绝对化的例如"神"的权威。但是在共同体内部，每个个体都根据与其他个体的距离，规定了自己的动态道德与秩序标准。这是一种水平轴上的秩序感觉，不同于自上而下的外在强制规范，它根据日常性的需求设定秩序结构。

冈本指出，"共同体意识"只能在具体的个人与个人的关系中才能得到体现，"国家"（祖国）、"异民族"这一类概念并不是日常生活中的现实存在物,只有当它们以某种方式与共同体的生理发生了连接,亦即只有当它们对共同体的存亡发挥了某种影响的时候,才有可能在一定程度上发生作用。因此,明治之后日本对冲绳的统治,并不能使国家意志完全渗透到民众生活的深层;而二战之后冲绳出现的回归日本运动,之所以引起诸多的内部争论,也正是由于这个试图摆脱异化状态而自我复归的运动并未准确把握到共同体生理的基本结构,也缺少对"祖国"的深入认识。它只是为了摆脱"异民族统治"带来的现实危机而把作为其对立面的"祖国"理想化了而已。

为了准确把握这种共同体的"水平轴"秩序感觉,冈本区分了民众视角与知识精英视角在方向上的差异。冈本以冲绳战后期渡嘉敷岛居民被迫进行"集团自决"的残酷事件为例,提示了对于这一事件民众视角的感觉方式。他指出,在渡嘉敷岛集团自决的过程中,民众体现出的共同体意志在于,当处于不可抵抗的极端状态之中时,既然不能共同生存,那么宁可选择共同赴死,以这样的方式谋求幻想世界的"共生"。这样的选择显然与主张个体自由的现代理性相龃龉,这也是冲绳血缘共同体地域观念一度被视为"落后"的理由。但是,冈本认为共同体生理并不是造成渡嘉敷岛悲剧的根源,悲剧的根源是把战争作为不可抗的宿命加以接受的情境与该岛孤立无援的自然条件,以及共同体成员对强加于自身的日军权力意志作出的无法违抗的判断,等等。

冈本作出这个分析,并不仅仅是为了澄清历史事实,也不是为了把共同体生理从"落后的血缘关系"范畴中拯救出来，而是为了推进一个复杂的思想课题：发生在二战后延续到70年代的复归日本的大众运动，与其说是单纯的"本土志向"，更真实的基础不如说正是这种同生共死的共同体生理。冈本的追问是，如果说这种复归运动所依靠的对异民族统治的抵抗与生活中的危机感结合有效地动员了共同体生理的机制，那么，在复归完成之后，这种动员就不再有效了。取代原有社会组织机制的，是对于"进步"的向往，这反过来促进了冲绳与日本本土的同质化。为此，有一种主张认为需要确立阶级的视角，冈本认为这种正确的原理很难作为现实的有效思想工具，以对抗日本国家曾经和正在进行的巧妙利用共同体生理进行统治的现实。

冈本带出了一个带有冒险性格的追问：以生存感觉为基础的冲绳民众"共同体意志"，在被天皇制国家意识形态所利用的过程中，是否存在着其他的转化可能性？如果存在"冲绳的思想"的话，那么它很难作为逻辑化的体系而确立，而且这并不是一个仅仅属于冲绳的特殊问题，在讨论任何一个社会的大众思想时，都存在着同样的困境。

显然，揭露并打破对于"近代"的幻想，拒绝知识精英体系化和理论化的民众论述，谨慎地接近民众生活的逻辑本身，是颠覆已有的国家论述和反国家论述的起点。冲绳以它特有的严酷境遇，打造出川满信一、冈本惠德这样的思想人物，他们并没有在苦难中表达自己的悲情，而是反转了冲绳被日本和美国作为交易筹码的不利处境，创造了脱离国家和"近代"魔咒的自由思想。

70年代初期与冈本在同一卷论文集中发表了《冲绳内部的天皇制思想》的川满信一，在十多年后推进了当年他与冈本共享的思想课题。川满《宪法》处理的正是冲绳"共同体生理"的课题。他试图用"慈悲原理"给当年冈本苦于无法言说的"冲绳"造型，试图进而寻找冲绳自立的目标，他并不是在呼唤冲绳的"独立"，而是在追问"什么是冲绳"。正如冈本所说，没有直接参与战争的冲绳战后世代，当他们在把国家相对化的同时思考冲绳自立的议题时，他们的思想基础完全存在于冲绳战的战争体验之中。而川满《宪法》对以战争为极端表现的权力欲和暴力手段的拒绝，传达了饱受欺凌的冲绳社会的强大诉求。它不仅指向外在的国家暴力，也指向了冲绳社会自身；不仅指向统治阶层的权力，也指向了民众共同体生理的内核。当川满、冈本和无数战斗在反战第一线的冲绳人不以被害者自居的时候，他们摆脱了悲情的束缚，获得了精神上的自由。

四、川满《宪法》在人类精神史中的意义

和平与战争，友善与暴力，这是人类精神史上的古老话题。有关和平主义的政治哲学讨论汗牛充栋，有关和平的社会运动此起彼伏。尽管和平诉求没有能够彻底消灭战争，但是我们很难想象，一个没有和平诉求的世界是否还存在人类精神。

从卢梭的《社会契约论》到康德的《永久和平论》，尽管对待暴力与和平的权重有差异，但在处理国家、战争与和平的问题时，都强调了和平的"人为性格"。换句话说，和平不是自然产生的状态，它需要被建立，它是一种"契约"。康德深知这个触犯当权者神经的话题并不会轻易地实现，所以为他的《永久和平论》打上"哲学规划"的印记，并在导言中宣称，理论家空洞无物的观念不会给国家带来什么危害。

但是和平不会成为空洞无物的观念，它必将转化为现实的能量。在20世纪人类经历了两次世界大战之后，战争已经远远超过了卢梭与康德设想的限度，成为人类最沉重的灾难。在第二次世界大战结束之后，对于和平的诉求达到前所未有的高潮，它的成果之一是二战之后的世界联邦政府运动。这个运动并非突然出现，它以欧洲思想中对于世界联合政府的理论构想（其代表者就是康德）和美国联邦主义者们的实践为基础，借助于二战之后全球的反战情绪，把局部的尝试扩大为以欧美为主的区域性行动。

世界联邦政府运动面临一系列现实的问题，而且由于美国活动家占据主导位置，在出现的时候就受到了来自苏联的抵制。这个在实质上试图阻止冷战结构形成的运动，最后并没有获得现实意义上的成功，而且在很大程度上被冷战结构所回收。同时，在它推进过程中激发出一系列的原则性争论，暗示了这个来自发达国家知识分子与社会活动家的政治设计在事实上并没有真正面对殖民地问题，它依据的原理基本上没有否定由欧美的国家意志所打造的人权概念和国际法概念,因而说到底所谓世界联邦政府不过是欧美联合政府的扩大和修正版本而已。但是尽管如此,这个充满争议的运动在历史上仍然留下了痕迹,值得我们不断重新进行检讨。

在1948年世界联邦政府运动的卢森堡大会上,由世界宪法小委员会提交的报告中包括了几份世界宪法的草案。其中最引人关注的是由美国十一位著名人文学者在充分讨论的基础上形成的《世界宪法芝加哥草案》。它在前言中宣告:地球上人类的共同目标在于发展精神和实现物质的丰富,为此,基于正义而实现世界和平是先决条件。诸国民各自的政府要将主权委让于单一的正义的政府,把各自的武器引渡给这一政府,从而确立世界联邦共和国的盟约以及基本法。国民的时代结束了,人类的时代必将开始。

《世界宪法芝加哥草案》是一个单一国家的草案。它否定了战争,但是没有否定国家。它否定了暴力,却保留了由法律允许的反暴力侵害的暴力。它否定了对个人和集体进行人种的、民族的、教义的和文化的征服,但是却强调以哲学和宗教这种"自上而下"的自然法作为世界共和国的成文法。它强调人类生活不可或缺的四大要素——土地、水、空气、能源——作为人类财产的公共性,但是并未明确规定如何才能使它们摆脱事实上不同规模的私有形态。更重要的是,它并没有处理如何有效解决长期沦为殖民地的后发国家获得主权进入国际社会的问题,而是跨过了这个民族独立的阶段,直接否定了国民国家,

现实主义的乌托邦 233

进入了人类时代。

曾经一度参加《世界宪法芝加哥草案》起草委员会的美国著名神学家、伦理学家尼布尔（Reinhole Niebuhr，1892—1971），在中途退出了这个委员会，并在其后撰文对这个宪法草案进行严厉批评。其中最基本的一个批评是，这个运动忽略了不同种族、不同文化的差异性，忽略了以往国家形成的基础是某种程度上的地缘社会的文化、历史共通性，因此，在世界上并未形成社会共通性的时候建立世界政府，就意味着以相反的方向人为地打造这个过程：先依靠人为的力量制造政府，再依靠政府制造社会。这种方式由于无法产生社会内部的结合能力，因此必然导致以强力维持联邦形态。于是，要么为了秩序而牺牲正义，要么为了正义而牺牲秩序。因此，尼布尔认为世界政府是不具备现实条件的"神话"，他提出了与此相对的"世界社会"的理念。

世界联邦政府的理念确实在关键问题上存在着严重的缺陷，这使它不仅仅成为一个乌托邦，而且在很大程度上如尼布尔所预言，成为粉饰强势国家确立霸权的工具。然而即使结果如此，这却并非《世界宪法芝加哥草案》的初衷，它仍然是一部值得纪念的作品，这是因为它在发表的时候附上了一段这样的献辞：

如果在一九四八年一月三十日——注：这是甘地被暗杀的日子——以前举行世界总统选举的话，甘地将会当选吧。"弱小民族"聚集的大多数，与来自西方白人相当数量的投票相较，另外两位来自多数国民拥戴的强有力候选人斯大林和丘吉尔将无法获得这压倒多数的支持，甘地将获得最多的票数。他是作为"一个世界"拟想的首位总统而死的。

把甘地与斯大林、丘吉尔对立，体现了20世纪40年代末期战争给一代人带来的深刻冲击。在这个时期，冲绳正面临着《旧金山和约》签署之前的历史转折时刻，世界联邦政府的理想在冲绳的现实面前显得苍白无力。但是，三十多年之后，世界上经历了多次局部战争，占据主导位置的国家试图维持既定格局，处于不利位置的国家试图取得更有利的位置，它们都把战争视为必要手段。就在这个时刻，冲绳的思想家发出了比三十多年前更彻底的对于"人类时代"的呼唤。这就是川满《宪法》的意义。

当年尼布尔呼唤"世界社会"的时候，他不可能追问这个"社会"的内涵。与世界政府相对的"世界社会"，不可能超越西方社会学意义上的"社会"范畴——相对于冲绳思想家的"共同体生理"而言，它仍然还是"自上而下"的，而且最终目标仍然是建立一个"唯一的国家"。然而，川满《宪法》标志着人类精神史上出现了新的社会理解方式，它对于国家和国家机器坚决的不妥协的否定精神，导源于冲绳一百多年来的苦难和屈辱，也导源于冲绳民众以共同体生理为基点的奋斗和抗争。

确实，川满《宪法》的乌托邦性格看上去比三十多年前的《世界宪法芝加哥草案》还要强烈，因为它否定了国家，也彻底否定了暴力；但是反过来也可以说，川满《宪法》比后者具有更强烈的现实精神，因为冲绳的斗争现实提供着充分的营养，滋润着这部作品的理念。以边野古反对基地移设运动采取的彻底非暴力抵抗为首，无数和平斗争意味着冲绳人学会了非暴力地对暴力进行抗争；以越战中牵制美军军事行动以支持越南为首，冲绳人培养着在战斗中跨越"国家利益"的人类主义情怀。正是在这样的土壤上，川满《宪法》才能萌芽和生长，才能唤起冲绳人的共鸣。

今天，当川满《宪法》在日本又一次被记起和重温的时候，我们也面对着同样的拷问：冲绳的前辈思想家为我们提供的这笔跨越了冲绳的重要思想财富，我们该如何传承？这部作品告诉我们，真正的自立不借助于强大的外在因素，它只能植根于排除了优越感的平等心态；真正的对抗不表现为以恶抗恶，而是对于自身和平价值的坚持。这并不是绝对和平主义的博爱理念，而是冲绳民众积累了上百年的斗争智慧。川满《宪法》告诉我们，有另一种不同的关于自立的思路对待人类、对待战争和暴力，它虽然看似弱势，却是永恒的。正是这种真正的自立精神，缔造着人类的精神品质，让思想可以生长和成熟。

中国经验与日本战后思想建设[1]

今天我想借用日本从1945年二战结束到20世纪60年代初期的社会变化当中知识界所关心的基本问题,来反思我们自身的课题意识。

民主主体性的缺失与抗争
——二战结束后日本社会的变化

1945年日本战败,这次惨败是日本历史上第一次刻骨铭心的惨痛经验,其直接后果是美国开始了对日本的占领。在此阶段发生的一个重要事件是天皇制被象征化。但被架空的天皇制并非没有功能,它的重要功能是保留了作为象征物的天皇,

---

[1] 本文原载《文景》2012年第7期。

从而使日本的底层民众仍然相信他们的社会没有被破坏。在国际政治的视野里常常被提出的解释是，美国担忧失去天皇制的日本有可能赤化，变成一个社会主义国家，而保留天皇制，在日本就不可能形成社会主义制度，因此日本会很安全地被绑在美国战车上。从另一方面看，日本民众因为看到天皇还在，在战后迅速被重新组织，这个社会似乎又回到战前和战时的状态，日本民众用他们的方式接受了战败这个事实。与此同时，日本政府也接受了被美国军政府占领当局所暗中操控的事实。

美国占领带来的变化之一是迅速实行了美国式民主制度。日本开始有了言论出版、游行集会、抗议示威以及选举等自由。这些权利乃至带来的义务对当时的日本人来说都很新鲜，是他们从未体验过的。所以日本左翼，无论是自由主义知识分子还是马克思主义知识分子，都觉得这个时期是一个解放的时期，他们把美国占领军称为"解放军"。在这期间，麦克阿瑟准备竞选美国总统，而1950年之前的美国，还处在工人运动占有很强社会位置、能对社会产生较大影响力的时期。所以当时从美国回来的日共领导人认为美式民主能带来实质性的民主，日本人可以像美国的工运一样搞自己的工人运动。于是在1947年，发生了日本现代史上著名的"二·一总罢工事件"。

1947年元旦那天，当时的日本总理吉田茂发表元旦贺词。他说："在社会上出现了一些增进社会不安、妨碍生产发展的趋势，在这种情况下，我希望能够诉诸全体国民的爱国心，把那些图谋不轨的人控制住。"针对这个贺词，1月9号，日本的全国总工会发表了一个宣言，成立了"全官公厅劳组扩大共同斗争委员会"，准备实施一场抵制性的总罢工。紧接着，总工会选举国家铁路局的伊井弥四郎为"全官公厅共斗委员会"临时委员长，由他不断传达这个综合性工人组织的意向，不断地与政府交涉，包括提出给工人涨工资、改善工作条件等要求，但几次交涉的要求吉田茂政府都不予理睬。

在此过程中麦克阿瑟手下军官直接出面干涉，说总罢工会对日本经济形成重大打击，不可以罢工。当时正在竞选美国总统的麦克阿瑟惧怕得罪美国工人，不敢留下任何书面签署文件，只发布了口头指令。因此罢工的核心领导人说，既然麦克阿瑟没有书面文件，证明他不反对罢工，于是罢工计划继续推进，一直到形成这样的僵局——如果罢工方提出的各项要求得不到满足，那么从2月1日起，全国的从业人员就要举行大规模的罢工。在这种情况下，麦克阿瑟在最后一刻出面，直接向罢工委员会的核心人员表示强硬态度，要求立刻停止罢工。

于是在1月31日晚上9点，伊井被带到NHK发表了要求全国工人停止罢工的演说。他说："我现在根据麦克阿瑟联合国军最高司令官的命令，通过广播向全国官吏（国家机构从业人员）、公吏（公共机构从业人员）、教员传达，我们明天将终止罢工，对我来说这是一个让人肝肠寸断的事情，我希望大家可以谅解。战败之后日本从盟国得到很多物质援助，作为日本的劳动者我非常感谢，我现在得到这样一个命令，非常遗憾，我们必须终止罢工。"他的这个讲话，大家听了会有点奇怪，工人运动的领袖怎么会表这样的态？但这就是历史。

1947年2月，一个代表日本民众抗争政府的民众组织，就是这样去感知当时的局势——可以反对吉田茂但是不能反对以盟军身份进入日本的美国。这种情况不仅存在于工人运动，也存在于日本共产党。真正扭转对美国占领当局及美国政策的无条件信任和感恩，仍需要一段历史时间。在总罢工失败后，1948年7月21日，日本公布了政令201号法令，这项到今天还没有失效的法令禁止国家公务员参与带有政治性的社会活动，首先就是抗议游行，在法令出台后如果国家公务员再走上街头去抗议，就会被合法逮捕。1948年之后，美国军政府暴露了它不那么民主而且跟日本政府沆瀣一气的真实面目，这使日本民众，特别是左翼社会组织开始意识到，必须对自己已有的认知模式作出调整。

接下来要谈谈日本共产党在此后采取的一些方针。日共在40年代末期一直把美国占领军视为有效牵制日本右翼政府的"解放军"，这个基本立场当时受到共产党情报局的严厉批判。日共在1951年举行了第四届全国协议会（简称四全协），会上作出决定，要派出乡村工作队到农村去发动群众，农村包围城市，武装夺取政权。但是这个计划彻底失败了，日本农民并不支持山村工作队。1955年，日本共产党召开"六全协"，宣布自己犯了左倾盲动主义错误，从此搞合法的议会斗争。

我们讲大历史很轻松，但是设想一下，如果一个个体投入了那样轰轰烈烈的运动，最后由于错误的组织路线，使他人生里的一段宝贵时间变得没有结果，那会造成什么样的结局？一些年轻人因为参加山村工作队，后来变得意志消沉；也有些人认为党错了我没错，自己继续干，后来成了"新左派"激进分子；甚至有些极端分子演变成带有某种恐怖分子特征的人，形成恐怖组织。这是历史另外的一个侧面。

当然，在20世纪50年代初期，并不仅仅是日共领导的山村工作队在努力建立一个新社会。日共之外的其他组织，包括工人运动组织、市民运动组织，一直在尝试建立具有主体性的民主社会，不断努力表述自我诉求。比如1952年发生的另外一个著名事件"五·一流血事件"。1952年5月1日劳动节这天，东京举行了纪念劳动节的集会，这个集会导致了和警察的对抗及流血冲突。但是，这次事件的主体不再是国家公务员，而是学生和一些青年组织。流血事件付出很大代价，有相当一部分参与者死伤，于是也形成了对日本社会民主机制的冲击和真正意义上的建设。一个社会的民主机制如何才有可能真正健全——日本的普通人事实上是通过一个又一个具体事件开始触碰到这些问题，从而推进这些问题的。

战后国际格局钳制下的社会主义经验感知

前面我介绍的只是日本国内的一些状况，限于20世纪50年代初期。1952年4月末，美国占领军宣布撤销占领。从5月开始，表面上看，日本政府恢复了唯一合法政府的主权。当然，日本独立是以冲绳割让给美国托管为代价的，因此很多冲绳人说日本的独立不是真正独立，而是把冲绳的不独立作为代价才换来的。

在50年代初期还有一个重大事件就是朝鲜战争，日本战后经济恢复的第一桶金就是朝鲜战争给他们提供的机会，大量军需物资在日本生产，形成了最初的经济恢复契机。朝鲜战争实质上是以美国为首的联合国军支持韩国，与以中苏为后援的朝鲜形成对抗局面。双方1953年在板门店签署"停战协定"，但"停战协定"并不意味着战争的结束，它距离"和平条约"还有实质性距离。朝鲜战争与日本国内局势的变化有直接关联，日本在朝鲜战争爆发之后面临选择站在冷战结构哪一边的问题。

这中间有一个重要事件是《旧金山和约》的签订。它发生在朝鲜战争还未结束的1951年，于1952年生效。日本可以选择和中国大陆签署和平条约，也可以选择跟台湾签署和平条约。当时英国执政党是左翼的工党，它选择跟中国大陆和解，而日本选择与台湾和解。日本与大陆的和解到1972年才完成，中日恢复邦交，这才有一个拖了二十年之久的迟到的"和解备忘录"。

《旧金山和约》的签署，使日本和中国大陆实质上断绝了关系，整个20世纪50年代，两国只有一些有限的贸易关系，文化交流、政治往来完全中断。所以说朝鲜战争在这个意义上是中日关系恶化的开端，到了50年代末连贸易关系也终止了。

因此，在50年代日本人来中国很困难，仅有日本的日中友好协会和中国的中日友好协会可以有少量人员往来，还得经香港绕进中国大陆，日本人想要得到中国的消息也非常困难。可想而知，日本对中国的了解一定是微乎其微、非常有隔膜的。可以说中日在50年代相互之间的了解远远比不上今天，即使今天我们不去日本，周围往往会有很多留学生让我们了解日本，在50年代这样的情况不可想象。

这也是一个历史的悖论。如果把今天日本媒体上的中国想象和50年代的作一个比较，你会发现，今天日本人的中国想象里对中国的距离感要远远大于50年代的情形。今天是一个网络极其发达的信息爆炸时代，可以通过各种方式了解中国，可日本媒体对中国的报道非常有限，解释非常狭隘，基本上听完前面就知道后面要说什么；但50年代的日本媒体对刚刚成立、处于混沌状态每天都在变动的中国，会提供距离感非常小，而且是具有主体性的、很内在化的一些解释。这个问题很早就引起我的注意。为何在信息极度匮乏的情况下，可以对另一个社会有相当深入的同情之理解；相反，在信息高度发达的今天，一个社会对另外一个社会如此冷漠，并且缺少最基本的常识性判断。这说明，了解一个社会仅靠信息是不够的，还需要另外一些要素。这是引起我关注50年代日本如何处理中国经验的最初契机。

下面我以这样一个问题为视角谈谈其中的具体情况，即日本社会特别是知识界为什么在50年代对中国有那么强的了解欲望，且能相对深入地感知中国经验在那个时代的价值。首先要强调一个跟具体判断没有直接关系但又有内在关联的问题——一个时代，它的价值判断，它对问题的选择，它对问题的分析，通常和这个时代所缺少但又紧迫需求的要素直接相关。50 年代的日本社会并不缺少发展经济的必要条件——事实上战后的日本社会迅速启动了经济发展；也不缺少促成民主化努力的各种外部因素，甚至包括 40 年代末 50 年代初，麦克阿瑟开始把美国占领计划推向带有专制色彩的方向时，对日本民主化的形成都没有构成真正意义上的威胁。我们知道，民主化恰恰是在一种对抗关系当中才有可能生长。但是在 50 年代，日本社会感觉到了某些缺失：所有的制度安排和社会政治构想，缺少了某种对于日本人来说最具有公理的、作为内在需求的要素。有些东西来得太容易，来得太容易的东西又容易变质，变质之后日本人试图回到主体性状态时，发现他们的主体性已经很难确立。同时就日本的党派势力而言，日本人感觉不到哪种政治势力最有希望。战后由美国占领军一手打造的日本政府是带有右翼色彩的保守派政府，本来在战后初期的 1946 年、1947 年，日本民众曾寄希望于日本共产党，但致命的问题是——它是个教条主义政党，在意的是政治行动的原则性和立场是否正确，对于现实中必须调整的一些政治判断，他们会说这是一种策略，而策略问题不重要，重要的是原则、原理。所以，日本共产党在战后最初开展的武装斗争失败了，日本人也觉得让这个政党领导日本的希望渺茫了。

而日本最活跃的一些思想力量是很难打造他们的政治势力的，为了形成一种甄别，这个思想力量我姑且用"古典自由主义"来形容，这是因为我需要把它与新自由主义加以区别。今天我们一说自由主义好像就是新自由主义，其实新自由主义是自由主义的怪胎，古典自由主义的理念跟新自由主义不同。日本战后最活跃的社会思想是古典自由主义思想，这是一个在历史上起到积极作用的社会理念，在日本社会也填补了战后的思想空白，是战后日本思想生产高峰的主要支撑力量。古典自由主义一直面对一种困境，也是西方政治理论家达成某种共识的结论：自由主义理念越彻底就越无法找到一个有效的社会势力来实现它。换句话说就是，彻底的自由主义理念无法打造一个与它契合的社会制度。

因此，日本的自由主义知识分子分成了两派：一派是保守自由主义者，他们和保守的政权合拍；还有一派是自由主义的中间派和左派。在日本社会中最活跃地推进所谓市民社会形成的中坚力量，是自由主义的中间派和左派。可是由于自由主义者没办法诉诸一个现成的社会制度，他们渐渐发觉美国式的民主制度到日本，变成了由保守内阁所操纵的社会体制；同时由于在20世纪50年代初期美国出现麦卡锡主义，至40年代后期民主主义黄金时代也就结束了，整个50年代的美国也充满了白色恐怖，中央情报局不断追捕迫害共产党人和激进的知识分子。

这种情况使日本有良知的自由主义者和马克思主义者开始关注社会主义的实践和理论。1953年斯大林去世之后，1956

年2月赫鲁晓夫在苏共二十大上作了"秘密报告",在报告里正面提出对斯大林的批判,引起了世界的震惊。在同一年,又发生了波兰事件和匈牙利事件。社会主义阵营在欧洲的最主要部分发生剧烈动荡。

"一"与"多":毛泽东思想增加了什么?

回到日本思想史的脉络里来。批判斯大林和东欧事件的发生,使原来日本对社会主义的想象受到很大冲击,正是在那个时候(20世纪50年代),中国呈现出快速发展的局面。我讲的快速发展还不是经济的快速发展,而是指意识形态,是思想和文化的发展。我们不要忘记,日本在那个时期能够了解到的中国具体信息非常少,但日本人还是可以读到一些十分关键的文本,比如人民日报社论,毛泽东的《实践论》《矛盾论》《正确处理人民内部矛盾》等文章。而且50年代的日本思想家对这些文章都进行了非常慎重的细读,使得他们在有限的情报中,结构出同时代中国社会主义经验的基本轮廓。这个基本轮廓有很多具体方面,但有一个核心的问题,就是中国经验的相对主义认识论特征和灵活的、富有弹性的实践品格。这是50年代的日本知识分子,特别是自由知识分子从有限的中国文献中提取出的一个重要的观察中国、分析中国的视角。

1956年11月,日本综合性杂志《中央公论》发表了题为《中国和苏联如何不同》的座谈记录。从斯大林逝世到苏联开始批判斯大林这个阶段，中国革命作为一个正面主题进入了日本不同立场的思想论述视野，知识分子希望寻找苏联之外是否还存在其他类型的社会主义实践。在这个座谈会中，一些政治学和中国研究领域的学者提出，中国革命跟苏联的十月革命和布尔什维克的传统不同，中国革命在马克思主义中又加了一点东西，他们给出一个公式：中国革命是马克思主义＋α。这是1956年座谈会得出的结论，全体参加者没觉得这是一个问题；中国也有另外一个差不多的说法，认为毛泽东思想是马克思主义、列宁主义的新发展，所以没人觉得这是问题。

次年2月，《世界》杂志举办了名为"中国革命的思想与日本"的座谈，它要谈的不是中国革命的具体实践，也不是中国革命在社会体制和政治结构上的那些特征，而是在这些硬件里面有什么样的软件在运作。它要讨论的是中国革命的思想，但又不是为了讨论中国革命而讨论它，真正的问题是中国革命思想对日本有什么帮助。这个讨论会邀请了中国研究领域的日共学者、京都学派的中国学家，还邀请了著名思想家竹内好。

这个座谈会的核心议题是在当时日本为何要讨论中国革命经验。日本是一个没有任何进行现实革命可能性的国家，从没有发生过社会主义革命。竹内好曾经说："原本以为1945年8月15日对日本来说是个机会，天皇一说战败，我以为日本诸岛大概就要分裂了，然后游击队出来与登陆的美军打成一片，结果没准儿就打出一个社会主义日本来；但没料到日本国民老老实实听完了天皇玉音放送后抱头痛哭，痛哭之后在中国的日本兵都去呼呼大睡把他痛哭的疲劳补回来，然后第二天就收拾行李准备回国，没有任何一个人有革命的征兆。"竹内好因此很受刺激。而且不仅1945年日本没出现革命，其后日本共产党试图发动的革命也都无疾而终。后来有一个保守主义知识分子群体，他们的杂志叫《心》，因而被进步知识分子命名为"心团体"，这个团体的主要思想人物都是保守派，甚至也有偏右的知识分子，他们曾经说过一句非常刻薄的话，说日本没有革命只有革命家，而且这些革命家都是靠讲革命来吃饭的。日本确实没有发生革命，但不等于所有革命家都是靠讲革命吃饭。当时50年代的一些讨论就已达到了我们今天难以企及的深度；这样说不是妄自菲薄，因为这也许是思想史的规律，在某种情况下，隔一段距离才能更有效地祛除那些似是而非、不那么重要的部分，隔一段距离的观察可以最有效地抓住那些最核心的问题。我想这个黄金时期发生在50年代的日本，今天的日本已经不具备同样的历史要素了。

这个叫作"中国革命的思想与日本"的座谈会，把中国革命作为一个成功范例来对待，是为了检讨日本对革命的理解，或者说检讨日本的社会革命为什么是一种教条主义和公式主义的实践，为什么不能有效地从日本的现实状况出发，而是机械运用一些正确的公式。因为有这样一个比照，所以对中国革命思想的讨论很快就集中在如何理解毛泽东的《实践论》和《矛盾论》这两部著作上。座谈会的参加者对这两部著作的理解是基本一致的，他们都认为毛泽东思想和马克思主义、列宁主义的其他著述有一些不同的地方。这种不同在于它是一种现实实践精神极强、具有非常强烈紧迫感的理论著作。通常大家比较熟悉的理论讨论模式是把原理的部分和策略的部分分开,丸山真男对此有很多分析。他认为不论掌权与否,马克思主义政党在各国的实践中,都会有一个问题,就是把马克思主义的原理作为原理束之高阁,而这些原理是不能够直接解决问题的,因为它仅仅是原理,不可操作。各国优秀的马克思主义者,特别是政治家,对此都有一套实践的策略,这些策略也包含了某些原理成分,但马克思主义者通常不对这些策略进行原理性讨论,原理与策略的二分法使得马克思主义理论不能形成一个真实有效的理论形态。

这个讨论会也初步涉及这个问题。会上有一个发言者,他对苏联和中国的革命形态进行比较后,提出了和前一年的座谈会一致的结论,认为中国革命的理论是马克思主义基本理论的一种变化的形态,毛泽东的《实践论》《矛盾论》最集中地体现了这样的一个特征。这个时候竹内好站出来发难了:"你们的意思是说毛泽东思想是马克思主义的一个分支吗?这样不能穷尽毛泽东思想的原创性。"竹内好认为事实是相反的,实际上当毛泽东说中国的马克思主义,或者说毛泽东思想是马克思主义在中国的发展,仅仅是因为现实条件需要他这么做,这么做比较方便,但对毛泽东来说这不是第一义,第一义是有效解决中国的问题,当他要论证自身理论的性质时,把马克思主义拿来比较方便,如此而已。所以竹内好说这两个看法不同。他提出这样一个观点，认为把毛泽东思想作为马克思主义的一个理论发展不是不能成立，但是当这样论述的时候，还需要把毛泽东思想的形成放到中国历史的脉络里去加以论证。因为马克思主义是一个外来思想，这个外来思想产生于欧洲，那里有着完全不同于中国的精神风土和历史脉络，所以若把毛泽东思想的形成放到中国历史的脉络里去讨论，会把握到它的另外一些特征；将这两个方面结合起来讨论，对毛泽东思想的把握才准确客观。

我想再稍微推进一下这个问题的认识论特征，即如何理解普遍性的问题。当竹内好说"不要把毛泽东思想看成马克思主义加了点什么"时，不是在矫情，而是在提示另外一种对于普遍性的认知方式。因为他接下去提出，如果一定要说毛泽东思想是马克思主义加了点什么，我们就得重新界定马克思主义，那些马克思本人的著述是其本人对马克思主义的理解和实践，有一种超过马克思著述的马克思主义，所以在马克思主义的前提下才有马克思的马克思主义、列宁的马克思主义和毛泽东的马克思主义，但是列宁和毛泽东都不必以马克思主义来命名。因为是在座谈会上的发言，所以竹内好没有进行更准确的勾勒，只是初步地说有一个马克思主义是作为元马克思主义放在那儿，但是包括马克思主义在内都是它下面的一种多元性的政治理论。当竹内好这么说的时候，我想他是在论述一个同质性的、不可操作、不可言说的空的"一"和下面的可以操作、可以言说的"多"之间的关系。

大家可能要问："一怎么可以空？"我的解释是，"一"如果不空它就变成了一元化，当它是空的时候它不是一元的，因为它不可言说。不可言说是一种价值判断，这个价值判断是等质的，换句话说，我们可以说人类是等质的，所有人不管是聪明还是愚笨，来自发达国家还是落后国家，在价值上是平等的。这样一个价值判断不可以拿出来操作——这样的方式无法用来分析问题。可操作的多元化论述是在不同的历史脉络里以不同的个别形态呈现的，西方马克思主义和自由主义或其他理论，都是多元里面的一元，不可以成为那个前提。竹内好对这样一个论述最为理论化的阐释是在《作为方法的亚洲》一文当中，里面的一个核心的思想是人类是等质的。这句话大家通常当作一个口号来讲，没有人真的去感觉它，如果真的去感觉它，多元化才可以成立。竹内好在这儿讲的毛泽东思想不是马克思主义又加了点什么，他在讲的是多元化的政治原理格局当中的毛泽东思想。

历史的动态感与相对主义认识论

竹内好对毛泽东思想有一个很有意思的解释，他说他总觉得毛泽东思想里存在关于"永恒"的思维方式，在毛泽东思想里关于根据地的想法是这种永恒的思维方式的核心。以我的解释，根据地不是一个固定的地域，而是一个类似于统合各种力学关系的动态场域。竹内好所说的根据地与我们理解的不同，似乎是一个哲学的范畴。这里面有两个关键的概念，但又不仅只是概念。

第一个是关于永恒的思维方式。我们通常对于永恒的理解和竹内好的这个概念是相反的，对于永恒通常的理解是，那个核心的东西是不变的，只有不变的东西才是永恒的，变的东西一定是一次性的。但是竹内好对永恒的理解恰恰是变动的，但不是一般的变，而是他用革命来命名的变。这个论述曾在《鲁迅》[1]一书的最后一章里正面讨论，竹内好把永恒作为一个意象具体化到了孙中山身上，大家知道孙中山先生的遗嘱是"革命尚未成功，同志仍需努力"，是让中国社会不断地变革、革命。竹内好认为只有革命才能让事物发生变动，只有变动才能永恒，一个事物如果静止了，它就死掉、不会永恒了，就停止在一个瞬间不会再持续，所以要持续、要永恒，就要不断地动。竹内好用这样一个视野来解释毛泽东。当然，这个解释包含了某些让我们中国的当事人觉得很残酷的浪漫主义想象，因为大家都知道，在一个比较静态的社会里人容易活，在一个每分每秒都动的状态里，人要自己进行判断是很累的；而且如果发生大的革命，那恐怕身家性命每时每刻都有可能面临危险。但作为一种认识论，它仍然是重要的。

举个例子：关于郭沫若的受批判以及后来的"文革"，竹

---

[1] 中文版收于《近代的超克》一书中，于2005年由生活·读书·新知三联书店出版。下同。

内好有一个著名的说法。他说，在中国那样一个高度变动的社会里，谁受到批判都没有什么了不起；只有在日本这样的静态社会里，受批判才会是一个天塌下来的大事。这是他在1965年讲的关于"永恒"的认知。作为一种历史感觉的话，有这个感觉的人是动态地进入历史的人，没有这个感觉的人就是静态地在历史之外的人。这是第一个概念，关于永恒的理解。

第二个是动态场域的概念。"场域"对我们来说也是静态不动的。但是动态场域就不一样了，要理解一个场域变动时的状况，不妨想象电影《哈利·波特》的一个经典镜头——魔法学校的孩子们要回自己的宿舍时得找机会才行，要是楼梯跟房门对接不上，今晚就无法回去睡觉——这叫历史的动态感。根据地就是这样一个动态场域，而且这个动态场域统合了各种力学关系，这是竹内好的一个哲学命题。由此我们看到50年代的日本知识分子对于中国的革命思想，进行了直接针对日本的静态、固定化思维的阐释，是对教条主义、公式主义最有效的批判。

1957年5月，《世界》杂志发表了题为《革命的逻辑与和平的逻辑》的座谈记录，这时距1956年10月的波兰事件、匈牙利事件过去了半年多。1956年12月，《人民日报》编辑部发表题为《再论无产阶级专政的历史经验》的社论。那篇文章里谈到了很多问题，其中一个问题是对匈牙利事件中苏联出兵表示无保留支持，它谈到无产阶级专政的重要性，专政不可避免要使用暴力。可在波兰事件中，毛泽东做了大量工作，并且相当有效地制止了苏联出兵波兰的行动，军队开到华沙郊区就撤回了，因此没有发生苏联与波兰的流血冲突。当《人民日报》社论表达出这样一个立场之后，很多日本人感觉到不满，他们说怎么中国政府在这么短的时间内就变脸了，在波兰事件中他们阻止苏联出兵，但在匈牙利事件中却是另外一个态度，好像有点不可理解。对此，这个座谈会并未提供正面有效的分析，前文也提到事实上日本人能够找到的第一手中国资料非常少，只能通过官方渠道看一点相关信息。因此，下面所分析的情况，事实上有理想化的嫌疑，也不太准确，但是它里面也体现了某些重要的思考。

竹内好、丸山真男均出席了那次座谈会。二人对《人民日报》那篇社论发表了不同看法。丸山真男是一个彻底的自由主义者，他对社会主义革命和实践有某种同情之理解，但不是无保留地支持。竹内好当然也不是马克思主义者，但他对中国革命有种浪漫主义的认同，而不仅仅是思想立场。竹内好先出来对社论进行了辩解，他说《人民日报》的文章有一种事后性。他推测，假设文章发表在匈牙利事件发生之前的话，它应该是另一种写法。他觉得中共不可能认同苏联的方式，如果中国处在苏联的位置上，恐怕不会像苏联那样用这么强硬的方式介入别国政治，这里面有中国文化的历史逻辑。因此他说读那篇社论不能只读字面，得读字缝。

丸山真男接着竹内好来讨论这个问题。他说那篇文章能不能经得起我们去读字缝，又当别论，显然他认为字缝里没那么多东西。这是政治学家和文学家分析方式的不同。他认为竹内好是从他对中国革命、中国历史、中国现代文化的深度解读里推论出那篇文章应该有"字缝"的；不过参照中国共产党此前一系列对国际、国内问题的处理方式，这次事件尽管中共如此表态，从一贯立场看，竹内好的分析有道理。丸山说，假如匈牙利也能把事变控制在波兰事变的程度，恐怕苏联有可能用对待波兰的方式承认匈牙利政变，那么中国也会如同承认哥穆尔卡政权一样承认纳吉政权；所以这件事不在于苏联出兵是否有道理，或中国为何要支持它，而在于匈牙利事件本身激化到了这个程度，苏联出兵后，中国不可能发表其他态度。匈牙利事变的处理不是问题，问题在于中国政府为何这么表态。

接着竹内好推进了这个问题。他说你们不要只看这一个观点，要看整篇文章，它不是只谈这一个问题。这篇文章有一个非常明确的相对化立场，文章里面只有"革命"和"反革命"，对两个词采取了二者择其一的态度，没有中间立场。其他所有的论述都是相对主义论述：比如反对修正主义的同时也反对教条主义；抨击大国霸权主义的同时提出小国的民族主义也同样可怕；强调社会主义国家要加强团结的同时提醒各个国家有不同的国情，注意团结也要照顾到这些不同的国情。因此这种相对主义的态度就说明中国不是用教条主义的立场去支持苏联出兵，仍然是一种在特定状态下的选择。

竹内和丸山都注意到《人民日报》那篇社论里有一个提法，它不说"大国"和"小国"，而是用"较大国家"和"较小国家"。

因为大国和小国是一种静态的说法，而较大和较小是一种比较性的说法。比如日本对中国来说是小国，但相对于韩国甚至相对于朝鲜半岛、东南亚小国又是大国，那我们说日本到底是大国还是小国呢？当我们用一种静止状态讨论的话，我们必须确定它是大国还是小国，当我们以一种相对的状态讨论时，这个问题就变了，你要看跟谁比，所以任何一个国家都可以是强国，也可以是弱国，任何一个问题都可以发生转化。竹内和丸山同时强调，在中国存在这样一种政治辩证法。丸山进一步说，这种相对主义才是政治成熟的标志，它抓住了某种政治逻辑：在政治的现实中不存在绝对的事物。举例来说，昨天是较大的敌人，到今天就可能成为较小的敌人，在进一步发展后也许变成更小的敌人，接着它可能就不再是敌人。反之亦然。所以丸山说，在毛泽东的《矛盾论》当中就充满了这种相对主义。

为什么需要相对主义的认识论呢？因为只有它才能在状况没有发生剧烈变化时，为任何一种剧烈变化的可能提供基础，而且尽可能地把变化向自己所期待的方向推进，这是相对主义的功能。绝对主义因为它没有这样的操作能力，只能坐等状况的变化，而那种变化通常是不利于自己的。所以，任何没有相对主义视野的政治判断一定是被状况拖着走的。

"世界尚未完结，让我们发现矛盾吧！"

1962 年到 1963 年，竹内好挑起过一个关于《矛盾论》翻译的争论。那场争论是一场力不从心的争论,因为它难度太高。试图把思想问题放在翻译语言里来讨论,要拐很多弯,如果论争对手完全不进入这样的问题,那就是一个很滑稽的局面。

那场论战就是很滑稽的。竹内好提出的所有技术问题,都被那些翻译者一一驳回,但是没有人肯在语词以外的部分跟竹内好讨论他提出的问题,以至最后竹内好只好抛开语言问题直接跳出来说:"我现在告诉你们我要说什么,你们对《矛盾论》的理解有问题,你们没有把这篇作品的灵魂翻译出来,我认为这篇作品的核心部分在于,主张为了解决问题而全力以赴地发现矛盾,在诸种矛盾中掌握主要矛盾,在主要矛盾中掌握矛盾的主要方面。因此我和你们的差别在于,你们认为世界已经完结了,那么,让我们来说明吧;我的翻译态度是世界尚未完结,世界应该变革,为此让我们发现矛盾吧!"

1964年是中国核试验成功的年头,因为中国变成了一个核国家,日本进步知识界里对中国有亲近感、有善意的人大幅减少。日本作为受到核侵害的被害国,对任何主动拥有核武器的国家都会反感。在1965年1月,竹内好写了一篇《从周作人到核试验》,他说:

> 中国的核试验是一个不幸的事件。是不应该发生更不应该使它发生的事件。作为人,尤其是作为日本人,对这个事件不感到遗憾的人恐怕是少数吧。
>
> 这是理性的立场。从理性的立场出发,我迄今为止反

对包括中国在内的所有国家的核试验,今后也将反对。

但是,离开理性的立场,就感情而言,我很难说得清楚——我在心底悄悄地喝彩:干得漂亮!真是给了盎格鲁—撒克逊和它的走狗们(也包括日本人)当头一棒!我不能隐瞒,对此我产生了一种感动之情。

……

毋庸置疑,拥有核武器的根本动机是军事性的。从朝鲜战争到越南战争,一直被置于核威胁之下的中国为了自主开发对抗的武器,废寝忘食全力以赴,这是很容易想象的。这是把国际关系作为权力政治的场域来把握时的理解方式,当然是正确的。因此,依照这个思路来看,中国加入核武器国家的阵营,责任并不仅仅在中国。所有的大国,尤其是美国,有很大的责任。

但是我觉得只依靠这些说明依然是不充分的。固然,不屈服于核威慑这一理由也见于中国的官方声明,这是有说服力的,但是难道不应看到在这一理由深处存在着更深刻的心理动机吗?就是说,这是洗刷耻辱扬眉吐气的动机。而我,对于表面上的军事动机并不能无条件地赞成,可是对于内在的心理动机,却是拍手称快的。

……

历史真正是充满了悖论,而我们人也是一样。

我读了这篇文章以后非常感动。所以在这个意义上,回到刚开始的那个问题，对一个时代的理解的深度，并不取决于我们能占有多少资料，真正的理解深度，不仅来源于资料的占有，更来源于对那个时代深度的理解和对资料的深度解读能力。

竹内好两次关于翻译的论战

——兼论翻译的主体性与政治性[1]

翻译究竟是一种什么行为？它与原作的关系是什么？什么是好的翻译？是否存在着"翻译的可能性"的问题，也就是说，是否存在着不可译和不可对译的问题？

就最基本的特征而言，翻译是以原文为前提的知识创造形式。但是，翻译并不意味着把语词的意义从一种语言搬运到另一种语言里。在两种不同的言语体系里，完全对应的语词基本上是不存在的，这是因为，所有的语词都必须借助于它的上下文脉络，才能产生特定的含义，而且在一种语言文化的脉络中产生的阅读行为，必定伴随着对语词所无法传达的非语言情境、非语言微妙含义的理解。所谓"有经验的读者"，指的是有能

---

[1] 本文为2014年在韩国坡州出版社举行的"东亚出版人会议"上的基调报告，未在中文刊物上发表。

力穿透语词所传达的明确意义、把握其背后那些无法传达的微妙含义的读者,而语词背后那些无法传达的含义,往往是一种文化的精髓所在。

中国明末思想家李卓吾曾经说过,孔子虽然强调圣愚一律——在知识面前人人平等——但是关于"出类之学",却只有孔子才知道,这是因为,出类拔萃之学在于其"巧处",巧处的特点是不可容力,也就是只可意会不可言传,这才构成了孔孟的不传之秘。虽然李卓吾说的是经典的妙处,但是这个说法也可以转用于翻译。翻译的困境,就在于它面对的是不可完全对译的另外一种文化(其实在同一种文化内部也存在类似的情形,例如把古文翻译成现代语言),而把原文作为前提,让原文通过译文在另一种语境中获得再生,对于译者而言,是一个艰巨的考验。翻译要求译者首先成为有经验的读者,了解原文中那些无法利用语言传达的"巧处";同时,又要通过忠实于原文却不简单照搬语词的方式,在译文中利用另一种语言激活原文的核心内涵。原文越是有深度有品味,译文就越是无法利用直接的"摹写"方式进行再创造,这是一个有关于翻译的最大难题。

本雅明的名作《翻译者的任务》,提出了一些关于翻译的经典命题。应该说,这些问题至今也仍然是翻译理论(而不是翻译技术)的基本课题意识;同时,这些命题已经远远超出了上述翻译实践中出现的种种具体技术困难,构成了政治思想史中的一个思考维度。

就与本文相关的议题来看,本雅明至少提出了如下问题:

第一,翻译是让原文在另外一种语言中"再生"的手段,而不是把原文静态地搬运到另外一种语言中去的工具。这是因为,原文越是有质量,就越是具有"延迟效应",即它不会停留在问世时被理解的意义上,随着历史的发展,它会产生问世时没有的效果,显现甚至连作者都没有意识到的意义。而翻译,则是在另外一种语境中催生这种效果的最佳手段。

第二,翻译和原文分属于两种不同的言语体系,而这两种言语体系各自都是活的、流动的,随历史演进而不断变化,所以不可能存在完全一致的对译,因而翻译追求的不是"摹写",而是"开掘",如同照亮晦暗不明的对象一样,翻译需要为原文提供"透明的"光源,以求不加歪曲地照亮包含在原文之内却被遮蔽的本质性元素。

第三,翻译与原文作为属于两种不同言语体系的话语,相互间具有"血缘关系"。这种血缘关系不一定要依靠"类似性"呈现,更多的情况是,它们如同破碎后的文物碎片在重新黏合过程中呈现的那样,每个碎片都不相同,但是却天衣无缝地组合成一个整体。之所以可以产生这样的血缘性,是因为所有的民族语言(国语)都是纯粹语言(元语言)的一个组成部分。所以,尽管具体的语言形式不同,但是在更高层次上,它们都是同一个"纯粹语言"的显现。重要的是,纯粹语言没有自身的形式,它只能通过各种不同的具体语言形式之间的互补来呈现,最终的理想状态是,当各种具体的语言形式完美地完成了互补过程时，如同无数碎片最终拼接复原了文物一样，这个纯粹语言将呈现它集大成的形态，但是本雅明断言这不是人类所能够达到的极致状态。因此，翻译者的任务，就在于追求以纯粹语言为指归的"翻译语言"，它的目标在于使原作进入更高的语言层面，那是高于原作本国语言也高于译作本国语言的"唯一的场所"，也就是纯粹语言的所在。所以，译作要以回声的方式促使原作发出声响。

本雅明借助于文学作品的翻译提出的这三个问题虽然显得艰深晦涩，但却是无法回避的。翻译从来就不仅仅是技术问题，它不但关涉世界史的哲学，而且关涉主体的政治思想。为了理解下文将要讨论的竹内好的两次翻译论战，我希望为本文确定一个基本的理论背景：翻译作为一个重要的文化与思想手段，它并不是对于原文的摹写；借助于本雅明的表现方式，可以说原作与翻译两者的差别在于"诗人的志向是朴素的原初状态的直观性的，译者的志向则是演绎的终极的理念性的"。

在竹内好一生中，至少由他挑起过两次较大的关于翻译的论战。这两次论战的对手都很强大，一次是处于上升时期的日本支那学家，另一次是在当时日本思想界代表了进步势力的日本共产党系知识分子。这两次论战虽然内容很不相同，但是论战的结构与揭示出的问题却相当一致，而且论战对手的反应方式也非常相似。所以，假如从翻译的主体性与政治性这一角度审视这两次论战，或许可以找到一些媒介，便于我们深入理解翻译这种文化形式的实质所在。

与日本支那学家的论战

1941年2月,竹内好在第69号《中国文学》上发表了他的第一篇《翻译时评》。紧接着,在3月的第70号上,他发表了第二篇《翻译时评》。这两篇短文都很犀利,矛头直指当时在日本中国学界流行的翻译方式。

把中文文本翻译成日文,对于日本知识界而言是一个起步很晚的现象。这是因为日本人一直依靠汉文训读的骑墙方式阅读中国古代典籍;这使得日本知识分子传承了一种文化心态,认为中文典籍并不需要翻译。真正使翻译成为必要手段的,是同时代中国的现代汉语文本进入日本支那学视野之后的事情。日语的训读只能似是而非地处理古汉语文本,无法直接阅读现代汉语,白话文文本的引入,迫使日本的支那学家和中国学家们使用现代日语进行翻译。竹内好一向关注翻译的问题,他主宰的《中国文学》也开辟了"翻译时评"专栏,发表来自不同人的评论;但是这些评论多从技术的角度提出翻译问题,这让竹内好感到不满。

在第一篇《翻译时评》里,竹内好提出这样一个问题:"我认为,那种致力于对社会文化基础的批评也是必要的,这种社会文化基础使翻译得以作为文化现象成立……因为仅仅依靠技术的力量,还是有些问题无论如何都难以处理。"

但是,竹内好同时面对另一个问题,那就是当翻译文化尚处在不成熟的起步时期之际,低水准的不准确翻译与高水准的演绎性翻译往往被混为一谈。正是因为这个问题不会轻易被解决，竹内好也必须承认忠实原文的翻译和在技术层面讨论翻译是必要的。然而，竹内好对于翻译的基本态度却不是技术性的。他把翻译视为两种文化发生碰撞并诱发相互之间的渗透与变革的重要媒介，他认为好的翻译可以提供文化内部自我变革的契机，而文化的自我变革，是产生主体性的重要标志。

竹内好对文化主体性的理解与一般通行意义上的理解不同。简单地说，竹内好认为主体性的形成是一个自我否定的过程，也就是不断在自己内部进行自主革新。而这种革新的重要媒介是来自外部的他者，竹内好强调，他者只有内在于主体才能构成他者，也就是说，当外部的异质性要素带来主体内部的结构性调整的时候，主体与他者的关系才能建立；毫无疑问，这不仅是竹内好高度评价中国五四新文化运动的原因所在，而且也是他试图把鲁迅精神引入日本的意图所在。鲁迅本人就是一个"盗取他人之火煮自己的肉"的精神榜样，鲁迅精神正是竹内好关于主体性思考的源泉。因此，他不能容忍那种直观的自我肯定，不能容忍把自我肯定理解为主体性；同时，他更不能容忍那种避开主体性问题的翻译态度，因为这使得翻译失掉了其最重要的本质。竹内好对于旧汉学的批判集中于它的拒绝变革和守成式的自我肯定方式，这种直观意义上的"主体性"，正是竹内好希望破除掉的主体性形成的最大障碍。而对于已经从旧汉学中脱离的新兴支那学，竹内好最大的不满则在于它以科学之名绕开了主体性问题。

竹内好关于翻译的第一次论战发生在他与支那学家之间。在论战的对手之中,与他形成正面冲突的是吉川幸次郎。在第二篇《翻译时评》中,竹内好批评了当时一些以直译的方式翻译中国同时代白话文本的翻译。这是因为直译在日语语境中有另外一重暗示,它意味着传统汉文的训读思路在翻译中的改头换面。竹内好说:"我深信,所谓翻译是解释原文的终极形态。"正是在这个意义上,竹内好对汉文训读式的"直译"提出了尖锐的质疑,因为这种直译生涩难懂,全无解释原文的功能;但是竹内好反对直译的更深层理由,则是他认为日语必须要有自身的独立原则,这与他日后抨击日本文化是"优等生文化"的想法是一致的。接着,他又以吉川为例,谈到了"意译"。竹内好认为,作为语言学家,吉川相对于那些直译派而言,他的翻译很少有语法错误,而且避免了生硬地照搬原文的语词。本来,竹内好把吉川归为意译派是一种赞词,这一点他在其后与吉川进行论战时不无惋惜地承认了,但是吉川却不领这个情,这当然也是由于竹内好把吉川归为意译派之后,立刻以吉川翻译的胡适《四十自述》为例,指出他的意译过于低俗。竹内好说:"胡适的原文确实令人生厌(不过这并不意味着它没有价值),但里边却有一种情绪,难以因为其令人生厌而割舍;然而到了译文里,却除了令人生厌之外就没有别的了。"

吉川幸次郎显然无法理解竹内好的指责。作为一个出色的支那学家,他始终以一种观照的态度对待他所研究的对象,把"支那"(包括支那的思想)处理成一种确定的知识。因此,当受到竹内好有关翻译技巧方面的指责之后，吉川花费了很大的篇幅为自己在技术上辩解，同时也接受来自竹内好代表的中国学的挑战，不失时机地对其进行反击。在其后发表的论战文字中，吉川首先否定了自己是意译派的定位，强调自己是直译派，而且强调自己的直译继承的正是汉学训读的传统："小生的态度在于，尽量不对支那语原有的观念添加附加物，也尽可能不加省略，原样照搬到日语当中；与其说我是在致力于译文作为日语的和谐，不如说我苦于寻找那些可以将支那语原封不动搬进来的日语。……在此意义上，小生的翻译是一种训读。"

吉川的这一反击让竹内好乱了阵脚。他大概没有料到吉川这样优秀的支那学家对于汉学的骑墙式直译竟然采取全盘接受的肯定态度，更没有料到吉川竟然完全在技术层面上理解直译和意译的区别。所以，竹内好在其后撤销了自己的说法，承认直译与意译的区分并非深思熟虑的结果，只是自己为了方便而选择的分类方式，而且是出于褒义把吉川定位为"意译家"的，既然吉川不接受，那么就干脆撤销此种分类。

其后，在竹内好与吉川之间的论战主要围绕吉川译文是否准确的具体技术问题展开。吉川作为支那学大家，他的阅读功力绝非一般；在竹内好指出的众多错误中，他只承认了一处错误，其他的指责他一一辩解，坚持原来的翻译。客观地看，竹内好对吉川译文的技术批评，大部分并不正确。但是，在论战过程中，有些难以客观评价的分歧恰恰发生在"格调"上，竹内好认为，吉川作为文学家品味是低俗的，他的感觉来源于吉

竹内好两次关于翻译的论战　267

川对日语一些形容词的使用方式。在关于这些语词的争论中，吉川承认了其中一处是自己的日语使用不当，并辩解说，这不是因为他没有理解原文的意思，而是由于他不知道日文里这个特定的词的准确含义。而竹内好则在回应文中挖苦说，自己原来就隐隐觉得吉川这个人因为学习支那语太投入，把日语都忘记了，不想居然被他本人证实了。

吉川与竹内关于母语与外语关系的这个小小的争执，集中地体现了二人关于翻译的不同立场。在吉川那里，翻译意味着深入进入原文的文本，准确理解原文的含义，再把它用母语表现出来。这是一个以深厚教养为基础的知识过程，它说到底是对译者学术功底的考验；因此，吉川认为误译可以避免，不可译这类问题则引不起他的兴趣。而对竹内好而言，翻译是一个主体性形成的过程，它不仅需要深入地进入原文的文本，需要深厚的教养，而且需要通过确立母语文化的主体精神，并通过这种主体性使原文被激活。因此，误译不可避免，不可译则是重要的问题。竹内好说："对于我而言，使支那文学得以存在的是我自身，对吉川而言，无限地接近支那文学才是学问的态度。"

在发表了与吉川的往复书简之后，竹内好决定结束与吉川的论战。同时，他邀请吉川写作了分三次连载的长篇论文《翻译时评》。吉川系统地阐述了他关于翻译的理解和对于日本明治以来翻译状况的反思。这是一篇相当完整的翻译论，其中针对日本学界翻译乱象的批评对于今天的翻译状况而言也仍然具有警示意义。例如吉川指出，由于明治以来日本学界急于模仿欧洲建立现代学术体系，所以忽略了细读文本的必要程序，断章取义地通过一些关键词确定文本的事项（亦即主要观点），并仅仅在字面上翻译；然而原文作者的写作脉络与作者的心理，却被完全忽视。这就是他所批评的"单词偏重主义"和"事项偏重主义"。他认为这种弊端来自译者粗枝大叶的学风。之所以会产生这种弊端，是由于"现代的日本人对于他人的语词极为冷淡，这是因为他们过于急切地企图快速完成自己的人生。焦灼于自我完成的人，对他人的人生是冷淡的。既然对他人的人生冷淡，那么对于他人的言语、投影在他人言语中的细微的心理波纹，对于这一类对象自然没有工夫理会。……依靠深入再深入地开掘自身，当然是可以自我完成的；禅僧和阳明学者中存在着伟大人物，就实证了这一事实。但是就另一方面而言，理解他人的人生，意味着对它进行扬弃和征服。可以说，连这个都做不到的人，如何能够自我完成呢？连人类创造的法则都不能理解的人，如何能够把握自然的法则呢？"

在发表吉川长篇翻译时评的同时，竹内好放弃了与吉川直接对阵的企图，但是却连续撰写了《关于支那语教科书》（第78号）、《书写支那这件事情》（第80号）等批判汉学与支那学的檄文，间接地对他进行了回应。竹内好说："知识如果没有否定它的契机（或者说热情），就不能作为知识存活；知识应该为了被否定而得到追求。"

吉川在长篇连载的《翻译时评》里，最后对他和竹内好潜在的分歧作了很形象的比喻性总结：大人和小孩观察同一个状如手球（即玩具彩球，有棉制或胶皮、塑料多种）的岩石的时候，大人看到的是一块岩石，而孩子看到的是一个手球。"我也尊重童心……但是我所说的是，在这世上有时童心万能究竟是使人为难的……我们的学问之类，不是到了需要大人的目光的时期了吗？""大人的目光"所要求的实证与精密，构成了吉川幸次郎对日本现代学术的贡献与局限，不过，把竹内好对于翻译的立场简单地归结为"童心"，却省略掉了太多的问题。吉川以精密的客观实证态度回避了竹内好追问的那个问题：主体性的形成，是不是个不需要质疑的先在的问题？

关于主体性的重构

借助于竹内与吉川的论战，我们可以进一步推进有关翻译立场的基本思考。吉川关于翻译的立场很容易理解，因为它至今仍然是学界通行的主流认识；同时，吉川对学界断章取义的不良学风的批评，直到现在也仍然没有过时。吉川本人对中国文学所采取的"修炼"态度，在反对急功近利的前提下作为学术良知的底线，当然是值得称道的。但是假如考察吉川和竹内的分歧，问题就变得复杂和立体了。在吉川那里，所谓事项偏重主义和无视他人的自我完成态度，仅仅被归结为不能理解人类创造的法则，或者急于创造体系性知识所致，换句话说，就是对现代学术的客观性法则缺少认知；而对于竹内好而言，这种自我完成态度的要害则在于它的稳定性与自足性。在吉川那里，主体就是自足的自我，自我通过诸如禅宗或阳明学式的修炼完全可以达成自我完成的目标，只是如果需要进而把握客观世界法则的话，就需要对他者的扬弃与征服，换言之，自我与他者是截然分开的两个认识维度；而对于竹内好而言，自我不可能是自足的，他者只有进入主体的内部并成为主体自我否定的媒介，才能够作为他者而存在。

如果把上述关于主体性的不同理解引入翻译论中，那么，竹内与吉川的分歧就变得十分明显了。在竹内好看来，主体与他者的关系都不是自足的，这就意味着翻译必然要追求超越这二者的更高境界，译者不可能立足于自身的主体意志；所谓自我否定，不仅否定了主体的自足性，而且也否定了他者的自足性。翻译这种行为，是最有效地破坏自我与他者自足性的手段。而在吉川看来，由于主体与他者都是确定的、自足的，所以主体只要通过知识的方式尽可能地理解他者，对他者进行扬弃和征服，就可以有效地掌握科学的客观规律。因此，翻译作为一种知识方式，意味着尽可能地理解原文并把其完整客观地再现在母语中。换言之，并不需要高于原文与译文的境界，而自我否定也并不构成问题。

竹内好与吉川的论战发生在1941年，两年之后，竹内好写作了著名的《鲁迅》《中国文学的废刊与我》。虽然在写作时间上前者晚于后者，但是借助于前者，才能更准确地把握后者。在《鲁迅》中，竹内好提出,真正的文学家与真正的政治家一样，以"挣扎"的方式不断自我否定并在否定中自我坚持。他认为东亚只有以这种挣扎的方式才能在西方的入侵中进行真实的抵抗,这也正是他在1948年写作《何谓近代》时借助对鲁迅精神的阐释提出的"他拒绝成为自己,同时也拒绝成为自己之外的一切。这就是鲁迅所具有的,而且使鲁迅得以成立的绝望的意味。绝望,在行进于无路之路的抵抗中显现,抵抗,作为绝望的行动化而显现。把它作为状态来看就是绝望,作为运动来看就是抵抗"。竹内好这种对于主体性的独特解释,正是他在日本侵华战争时期体验到的种种痛苦经验的结晶。他与吉川关于翻译的论战,也正发生在这个时期。

而最能显示竹内好翻译态度的,则是他解散中国文学研究会的宣言《中国文学的废刊与我》。这篇写于1943年初的文章,颠覆了关于所谓跨文化关系的常识,也颠覆了关于主体性的常识。关于这篇文章的主要论点,我曾经在拙著《竹内好的悖论》中讨论过,在此仅就与翻译有关的问题进一步做些分析。

竹内好这篇文章与他在一年前撰写的《大东亚战争与吾等的决意》一样,也是一篇宣言。但与后者不同的是,这篇废刊宣言伴随着具体的行为,那就是竹内好不顾同仁的反对,以个人意志解散了在当时已经拥有日本中国学权威地位的中国文学研究会,并宣布杂志《中国文学》废刊。竹内好通过这一行为显示了"自我否定"的含义,这就是对于"自我保全"(亦即直观意义上的自我肯定)这种主体意识的否定。竹内好认为,中国文学研究会经历了最初的混沌与矛盾之后,开始进入消解矛盾的持续安定状态。这种安定状态表现为研究会明显的"支那学化",致使研究会学术变革的目标半途而废。为此,竹内好对研究会"丧失了党派性"的事实痛心疾首,认为除了解散别无出路。

如果考虑到两年前竹内好在挑起翻译论战时的态度,可以清楚地看到一个贯穿下来的线索:只有在对自我与他者同时进行"否定"的过程中,使自我与他者真正获得生命的状态才能够产生。竹内好在废刊宣言中借助于当时通行的"大东亚战争"的意识形态阐释了这一点,这使得他的文章在时过境迁之后难免为他增加了行状上的污点。不过只要认真阅读竹内好的上下文,不难看到他表达的其实是对于他曾经寄托了期待的太平洋战争的失望。竹内好曾经在太平洋战争爆发的时候看到了日本向西方强敌宣战的幻象,他认为这可以使日本从侵略贫弱邻国的可耻状态中挣脱出来,否定"大东亚"地域的殖民地统治,抛弃自我保存的欲望,进而否定西欧式以扩张殖民为前提的近代和近代文化,创造不是掠夺而是给予的新世界形式。这是竹内好重新定义的"大东亚"理念,他在珍珠港事件爆发的历史瞬间看到了它实现的可能——无论原因何在,这种以卵击石的行为毫无疑问会给日本带来毁灭性的"自我否定"。

不过,在解散中国文学研究会的1943年,竹内好已经失掉了一年前的乐观,在言论管制的氛围里,他虽然不能直接抨击时政,但是他可以抨击文学。对于中国文学研究会"自我保全"的严厉批评,显然融合了他对太平洋战争以来日本所作所为的失望。但是竹内好对于政治的关心是第二义的，他要处理的首先是文化的问题。在他对于官僚文化的激烈抨击之后，下面这两段关于外国文学与日本文学关系的论述值得关注：

> 使外国文学存在于日本文学之内的行为，将超越日本文学，也超越外国文学，向着世界文学推进新的自我。反过来说，把外国文学作为外国文学来对待，外国文学就无法得到理解。为了理解外国文学，就必须跨越外国文学。必须跨越自他关系。不能只是进行说明，自己必须设身处地地变成对方。自己为了变成对方，自己就需要首先不再是自己本身。日本文学只有通过否定日本文学自身，才能让外国文学活在自己的内部。
>
> 我们今天研究支那，不可以肯定作为自己对立物的支那。作为存在的支那，毫无疑问地是在我之外的，但这个在我之外的支那是作为需要超越的对象在我之外的，在终极意义上，它必须在我之内。自他对立当然是无可怀疑的真实，不过只有当这对立于我构成了肉体痛苦的情况下，它才是真实的。也就是说，支那在终极意义上必须被否定。只有这样才算是理解。为此，与支那相对的、现在的我本身也必须被否定。……支那文学的问题只有转化为日本文学改革的问题，才能具有意义。

不言而喻，这里的"肯定""否定"并不具有价值判断意义上的褒贬之意。所谓否定，是对于对象所处的与己无关的外在状态的否定。重要的是，这些论述不能依靠常识望文生义地去理解：对他者的超越并不意味着自我凌驾于他者之上，而自我否定也不意味着顺从于他者。使外国文学存在于日本文学内部并不意味着模仿与赞美，跨越自他关系也不意味着无所归属地成为高高在上的"国际人"。只有排除了所有这一切常识性思维之后，才能准确把握竹内好关于翻译的立场。这也正是本雅明以哲学方式所表述的那个"纯粹语言"的立场。但是，需要强调的一点是，纯粹语言虽然存在于所有具体语言类别之外，却并不意味着它处在与具体语言不相干的其他位置，它只能借助于具体语言的关系总和才能呈现自身。换言之，纯粹语言存在于不同语言类别的关系之中，它不是一个实体，而是使不同语言发生关系的那种"发生方式"。

本雅明仅仅提供了这种发生方式的一种类型：不同形状的碎片相互契合从而组合成一个有机体，亦即"互补"的方式。但这是一种理想类型。在翻译实践中，如果排除那些不合格的低质量翻译，只以优秀的翻译为对象进行考察，那么可以观察到的基本事实是，不可译的问题是翻译实践中最为突出的问题。在这种情况下，比起为了呈现纯粹语言而进行的调和来，两种文化之间的冲突更为首要，它一方面导致了本雅明谈到的语言的暴力性，亦即鲁迅曾经在论战中说过的"硬译"，另一方面导致了竹内好所强调的"找不到语词的痛苦"。如果进而结合竹内好所处的特定时代背景思考，那么，这种文化对译的困境则尖锐地暗示了东亚地区在20世纪前半叶如何选择自己发展道路的艰难课题。在日本侵华战争不断扩大化的历史时刻，竹内好执着于以翻译为媒介的自我否定问题，这种对于政治主体性的理解具有非常鲜明的指向性：借助于战争的暴力性，竹内好希望在文化上完成对日本主体性的否定性重构，而这个否定性重构的方向，恰恰在于"必须依靠不是掠夺而是给予的方式来描绘世界"这一构想。或许竹内好寄托于"大东亚理念"的这个理想由于现实的侵略战争而显得有些滑稽，但是，他关于主体性的这种否定性自我重构的设想，却翻开了翻译论中具有鲜明政治色彩的一页，只是要写完这一段落，还需要另外一场论战，它发生在二十年之后。

关于毛泽东著作翻译的论战

在20世纪50年代的日本，曾一度持续的毛泽东热与中国革命热开始慢慢降温，在60年代前期，竹内好挑起了另一场关于翻译的论战。这是他与日本共产党知识分子之间关于《矛盾论》翻译的论战。

从50年代开始，日本陆续翻译了毛泽东的部分著作，《实践论》《矛盾论》就有多个不同译本。由于版权被日本共产党系统掌握，所以大部分翻译是由日本的共产党和马克思主义知识分子做的。对日本共产党内部的"天皇制"一贯持严厉批评态度的竹内好，在毛泽东著作翻译的问题上一直耿耿于怀。这是因为，已有的这部分译本虽然力求准确地翻译毛泽东的著作，却在翻译过程中忽略了毛泽东特有的个性风格；对于竹内好来说，这并非文风问题，而是重大的失误。从竹内好对毛泽东解读的基本视野看，毛泽东的个人风格构成他思想著述最为独创性的部分，当竹内好强调毛泽东的辩证法不同于黑格尔、马克思的辩证法的时候，他的立足点恰恰是毛泽东的这种个人风格（下文将要谈到这一点，此处从略）。因此，仅仅在语词层面翻译毛泽东，则会失掉这些最为基本也最为重要的特点，把毛泽东一般化地归类到马克思主义中去。这也是竹内好坚持反对把毛泽东思想视为马克思列宁主义新发展的原因所在。

1962年2月，竹内好写作了他的第一篇论战文字：《毛泽东思想的接受方法》[1]。这篇文章虽然谈的是翻译《矛盾论》的技术问题，但是却从中推出了一些重大的原理性思考，其激烈程度与从小处着眼的写作方式令人想起鲁迅当年的论战姿态，特别是发生在1936年的"国防文学论战"。这篇文章对三组翻译提出了质疑，其中尤其以第三组"C译本"《实践论·矛盾论》（岩波文库1957，松村一人、竹内实译）为主要的论战对象。这主要是因为第三个译本出现最晚，综合了前两个译本的成果并进行了改进，同时也因为它由日本广受信赖的岩波文库出版，影响面比其他几个译本更广。

这篇洋洋洒洒的论战文字很长，基本上从头到尾都在讨论

---

[1] 发表于《思想》（岩波书店）1962年3月号，后收入《竹内好全集》第五卷。

具体的翻译实例（他共举出5类14个错误的译文段落和句子，逐一进行了讨论）；同时，其中也确实有少数几个例子，竹内好的论据并不充分，甚至有些强词夺理。但是，结合竹内好对于毛泽东的整体理解，不难看出，他之所以被这类翻译所激怒，并非因为其不准确，而是因为其平庸；并非因为其不认真，而是因为其教条；并非因为其力求通俗，而是因为其追求通俗的态度是高高在上的。竹内好的这篇论战文字令人回想起当年他与吉川幸次郎的论战，无论从他论战的方式看，还是他最后借助于论战推出的问题看，竹内好都延续了早年的思路。有趣的是，虽然这次的论战对手是与当年的支那学家完全不同的共产党知识分子，但是他们回应论战的方式却与吉川幸次郎的方式有着异曲同工之妙。

这篇挑战性的文章里有几个耐人寻味的例子，正面提示了竹内好如何理解毛泽东的思想。首先是下面这个例子。

毛泽东的《矛盾论》中有这样一段话："无论什么矛盾，矛盾的诸方面，其发展是不平衡的。……矛盾着的两方面中，必有一方面是主要的，他方面是次要的。其主要的方面，即所谓矛盾起主导作用的方面。事物的性质，主要地是由取得支配地位的矛盾的主要方面所规定的。"

竹内好为了准确地传达"其主要的方面，即所谓矛盾起主导作用的方面"的语感，花费了一个晚上的时间从上下文进行推断和揣摩，最后，他决定这样翻译：

> 正是这主要的方面，才是在矛盾中起指导作用的方面。

而他所批评的 C 译本则是这样翻译的：

> 所谓主要的方面，是指在矛盾当中起主导作用的方面。

这个对比说明了竹内好与其他译者的区别。竹内好对此有一段颇为精彩的评论："其实，我为了准确地解释而冥思苦想了一个晚上。当我终于决定如此翻译的时候，不由得对于毛泽东推进逻辑的精彩程度扼腕叫绝。如同 C 译本这种凡庸的说明，在这个上下文里他是不会重复地再说一次的——这一点我从一开始就深信不疑。"

不难看出，竹内好虽然也举出了一些明显的误译加以批评，但是他追问的并非表面层次上翻译语词的对错，而是深层意义上的理解与传达。他的翻译与 C 译本的翻译，并非在用语层面上对立，而是在思想层面上对立，而这个对立的核心，则是如何理解毛泽东思想。竹内好的翻译是一种跃动着的主体表达，而 C 译本的翻译则是在静态地说明。这种动态的表达与静态的说明之间，暗含了一个竹内好在论战激化之后进一步进行了解释的差异："我认可 C 译本作为解释的一种。这样的话读者可以选择自己喜欢的译本。订正版（尚未出版）C 是以这样的态度来翻译的：'世界已经完结。那么让我们来说明吧。'这个译本适合于那些谋求这类说明的读者；而我向那些拥有着'世界尚未完结,世界应该变革。为此我们需要发现矛盾'这一问题意识的人推荐的,则不是 C 译本,而是 D 译本(即竹内好的译本——引用者注)。这样,复数的译本可以共存。"[1]

对于竹内好而言,世界确实不会"完结",亦即不会永远维持既定的权力秩序;因此,逆转既定秩序的大小革命——亦即竹内好界定的从暴力到非暴力的和平革命——则必须是日常性的。在这个日常性的革命过程中,发现主要矛盾,并且促使主要矛盾转化为自己一方的力量,是竹内好理解的《矛盾论》的精髓所在。他为此无法忍受那些静态地排列各种概念并且寻找其间联系的翻译方式。

当然,还有一个更为形而下的理由让竹内好无法沉默,这就是他后来在文章中提示的日本共产党知识分子"十年间独占"毛泽东著作翻译权的问题。作为一个非日共和非马克思主义知识分子,竹内好认为这种把毛泽东视为共产主义者独占品的方式,有损于毛泽东思想作为人类思想财产的品质。他猛烈地抨击了已有的译本,这样指责:"已有译本的译者全部是共产主义者。但是我可以断言,他们既没有理解毛泽东思想的能力,而且更有甚者,他们连理解的意愿都没有。……(毛泽东)把战争与和平作为矛盾关系加以把握,把无知与有知(进而一般性地说,是无与有)、进一步说还有真与伪都视为辩证法的对立概念,这表明他的立足点几乎与诡辩一线之隔。他并

---

[1]《再谈关于毛泽东思想》,载《竹内好全集》第五卷,第399页。

非诡辩家,但是他的亚流却可能成为诡辩家。然而,日本的马克思主义者,却连诡辩家都当不成。他们只不过是把毛泽东置于马克思列宁主义这一条直线上,通过把毛泽东转化为后者的解说者,从而利用他来证明自己作为解说者的权威性而已。"

竹内好这一火气冲天的批判基于他对日本共产党的一些基本看法,特别是他认为日本共产党有脱离民众脱离实际的"独善主义",他们把革命理论作为自己的社会资本,对民众其实是居高临下的。所以,当他读到下面这个例子的时候,难免会产生严厉的诠释。

毛泽东有这样一段话:"共产党人必须揭露反动派所谓社会革命是不必要的和不可能的等等欺骗的宣传,坚持马克思列宁主义的社会革命论,使人民懂得,这不但是完全必要的,而且是完全可能的,整个人类的历史和苏联的胜利,都证明了这个科学的真理。"

C译本的翻译是这样的:

> 共产党员必须揭露反动派所谓社会革命是不必要和不可能的等等欺骗性的宣传,坚持马克思列宁主义的社会革命理论,并且使人民理解它;这不仅完全必要,而且完全可能。人类的整个历史与苏同盟的胜利证明了这个科学的真理。

竹内好的翻译是：

> 共产党员必须要揭露反动派所谓社会革命不必要、不可能等等欺骗性的宣传，坚持马克思列宁主义的社会革命论，并且使人民懂得，这不仅是完全必要的，而且是完全可能的：全人类的历史与苏联的胜利，都证明了这个科学的真理。

对比这两个翻译，可以看出 C 译本确实在语法上没有准确把握原文的意思，把"使人民理解"的对象规定为"共产党人揭露……"和"坚持……"这部分内容。但是竹内好却并非在语法层面上讨论问题，他认为这个误译恰恰暴露了日本共产主义者的致命弱点。他略显刻薄地批评道：

> 这固然是单纯的语法方面的错误，不过要是考察一下产生这种误译的心理背景，实在是颇有兴味的。按照 C 译本，"使人民理解"马克思主义理论被规定为共产党员的任务。而证明这是必要的和可能的根据则求诸"全人类的历史与苏同盟的胜利"。至少可以说，在这个翻译后面存在着足以使译者对这种译法不加质疑的心理习性。如果稍微扩展一下这个解释的话，那么，似乎日本的共产党员只要让人民理解马克思主义理论就可以了，而且，这事情的必要性和可能性自有外力证明，只要自己觉得可以接受，

就足以安身立命。

毛泽东和毛泽东要求中国共产党员的,不是这样的工作。"使人民懂得"社会革命本身是必要的和可能的这件事情,才是共产党员的任务。再稍微引申一下,"让人民懂得马克思主义理论"在这里不构成讨论对象。只不过为了使人民懂得社会革命的必要性,只是为了完成这一任务,毛泽东才仅仅对共产党员提出理解马克思主义的要求而已。

读到这个段落,令人联想起50年代竹内好曾经孤军奋战地对抗"毛泽东思想是马克思列宁主义新发展"的提法,坚持强调说毛泽东思想不是对外来共产主义思想的移植,而是中国传统文化的产物,因此与马克思列宁主义具有不同性质;同时也令人联想到他强调毛泽东"实事求是"精神并不能归类为清朝考证学的实证主义传统,而是更具有实践性格的口号。这两个看似矛盾的态度其实并不对立,因为它们是从不同的角度体现了竹内好的同一个问题意识:他坚持认为,让思想离开它所由产生的语境,仅仅依靠与其他对象的类似性就通过类推来理解它,这种类推无论是发生在不同文化中还是发生在同一文化中,都同样是危险的。"因为是实事求是,所以就可以说成是实证主义,这种看法是不成立的。一般说来,把思想从它发生的根据那里割裂开来,只是依靠类推就想当然地觉得已经理解了,这是非常危险的。特别是在日本,近代的学问全部是从欧洲土壤中产生的,日本不过是把它们如同插花一样切下来零卖;

因此这种类推的危险性很大。"

日本的马克思主义和共产党的教条主义问题,一直受到来自日共内部和非日共进步人士的批评。但是对于竹内好的这些讨论而言,这种教条主义却不仅仅是日共的专利品。他在更为一般的意义上把日共的教条主义乃至早期对苏联和中国的"事大主义"视为日本社会的一个缩影,因此他的批评是针对整个日本社会特别是学院知识分子的批评。

如此激烈的论战文字,不可能被置之不理。竹内好提出的问题迅即引起关注。在他的文章刊出当月,《图书新闻》即开始发表回应文章,不仅仅是被他批评的几位译者,而且不直接相关的人也参与了讨论。竹内好颇感意外,他写道:"中国问题现在很难成为传媒的话题。马克思主义最近也颇有背时之感。加上我是以翻译这一最朴素的形式提出问题的,所以说要想成为论坛热点话题,不利条件算是全都凑齐了。我自己没有料到居然讨论会以这种方式展开。"

回应文章中,被竹内好点名批评的两位译者都撰写了长文,并且对竹内好提出的部分意见表示接受;但同时,他们并不接受竹内好借题发挥阐发的思想分析,并且反过来对竹内好译文的缺点也提出了直率的技术性批评。这与早年竹内好与支那学家们的论战基本上是同一个结构。因此,在同年11月,竹内好又撰写了另外一篇长文,作为对两位译者的再回应;通过这篇文章,可以更清楚地把握竹内好问题意识的核心。

竹内好的批评主要是针对松村一人的。松村是一位马克思主义哲学家，个性并不跋扈。他对于竹内好的反驳，明显地尽量以"客观性"来自我要求。他对竹内好的批评也在于竹内好的主观意志。他这样反驳："竹内好的翻译，其他的问题姑且不论，有相当的误译是由于他没有很好地把握《矛盾论》各个基本概念之间的关联性。至少就此而言，作为哲学论文的翻译它有着致命的缺陷。"同时，他也反感于竹内好毫不掩饰的论战态度，指斥其为最大限度地痛骂对手，同时自夸自己译文的正确性。

竹内好在再回应的文章中对此有着激烈的反应。他并不认可这种把分歧导向个人修养乃至个人恩怨的思路，又一次强调说自己并非在技术层面讨论翻译问题，而是借着翻译问题讨论其背后的认识论根源。他紧抓住松村关于"各个基本概念之间的关联性"的说法，指出这正是他们之间的差异："我在《矛盾论》作者那里看到了真理探究者的姿态，松村氏则看到了客观真理（这一观念）的显在化。这是我们之间的差别。因此，我看到的毛泽东，突出的是过程的、永未完结的、战斗者的侧面，松村氏的把握方式则把他绝对化、固定化、神格化。"

在竹内好看来，松村尽管关注各种概念并且力图整理其中的关系，但是这是一种"世界已经完结"的分析方法。同样的问题也存在于另一位译者、中国语言学家和文学家竹内实那里。竹内好讽刺说，松村的法宝是概念，而竹内实的守护神则是单词："概念是重要的，同样，单词也是重要的。不过，无论怎样堆积概念，只凭借这一点不会直接产生思想；与此相同，无论如何陈列单词，只靠这个也不会直接变成'文'。反过来说，把文章分解为单词，再组合对于这些单词的理解，这也不构成对'文'的理解。"竹内好有关单词主义的批评是相当精彩的翻译论，但仅在与本论主题相关的角度看，他谈的则是：一视同仁地使用单词，将会导致对原文思想的简化和歪曲。因此，何为准确的翻译，就在形似与神似之间产生巨大的争议。

竹内好借助于这个翻译标准的问题，推进了他在前一篇论文中提出的思想课题。在松村的回应文章里，大量出现了"正确的翻译""误译"等判断，并对竹内好的翻译和他的批判应用这两个标准进行分析；竹内好被激怒了，他说："我提示了误译（或不合适的翻译）。于是被提示的译者本人向着提示者的我，下达了这些提示是对的或者是错的之类的判断。这究竟算是怎么一回事情？从常识考虑，在普通人之间不可能出现这样的交流。现在两个人意见相左，一方要么认可另一方，要么不认可。认可的话就撤回自己的意见，或者修正它，不认可的话就彻底坚持自己的意见。这就是论争。可是现在呢，明明是当事者，却偏偏要当判决者。这相当于相扑运动员同时也兼了裁判。……一般而论，日本的共产主义者所写的东西里这类文体相当普遍。A 是正确的 B 不正确；C 是错误的 D 没有错误。这种形式非常多。而'我想'这类提出个人意见的形式则非常少。无论是以团体名义还是以个人名义发表的文章，这种倾向都是一致的。"

竹内好接着提出了进一步的问题，那就是在这种立足于超越性审判者的冲动背后，存在着"唯一正确"的真理标准。而且，这个绝对化的真理是被赋予的，是作为他者定位的。因此，对于"客观性"的强调,就成为判断翻译的标准。竹内好说,这种对于所谓"客观性"的强调,暗示了日本的共产主义者缺少真正的主体性,这使得他们在判断事物的时候不具备改变事物的能动精神。在这个意义上,竹内好以相当"主观"的态度诠释了毛泽东的政治辩证法:

> 松村氏的(7)论文中"诸概念的关联"这一说法几次出现,以此我们可以了解他最关心的是什么。(C)译本的译文里也呈现了这一点。怎样做才能完美地把各种概念(以及范畴)串连起来,他只专注于这件事。……
> 但是我并不在这个方面确认《矛盾论》的主干。我认为这部著作的核心部分在于提倡为了解决问题而全力以赴地发现矛盾。进一步说……我觉得毛泽东的口吻甚至可以这样理解:如果没有矛盾的话,就是造也要把它造出来。进而言之,毛泽东在激越地鼓动着人们:将诸种矛盾中的主要矛盾为我所用,掌控主要矛盾的主要方面。

到这里,竹内好挑起翻译论战的动机可以窥见一斑。他并不认可所谓绝对客观和唯一正确的翻译标准,他所论争的是如何主体性地通过翻译来进行思想生产。因此,他不仅质疑日本马克思主义者作为正确思想代言人的姿态,而且也质疑他们以科学精神为政治思想武器的"客观主义"态度。在此我们需要谨慎对待的是,当竹内好质疑绝对客观的唯一真理时,不能把他归为相对主义甚至虚无主义者。如果因此断言竹内好是在强调主观任意性翻译的合法性，将会错失这场论战最具有建设性的内涵。竹内好不惜花费大量篇幅讨论那些纯粹的技术性错误，就在于他反对主观任意性的思想方式和论述方式。我们只有突破了直观的二元对立思维，才能在强调主体性、反对绝对客观性的竹内好那里发现谨慎的历史分析契机。竹内好对于毛泽东的解读，紧贴着他对于中国革命的理解，他固然没有充分地强调中国革命的代价，这使得他的相关论述失之于理想主义；不过指出这种历史性的局限实在是过于容易的工作，而且也难免会犯竹内好所质疑的那种居高临下对他人进行审判的错误；比较困难也比较有价值的课题是，在战后日本那个没有社会革命可能性、对中国的关切也渐渐淡漠下去的历史时期，作为对毛泽东思想的论述，竹内好这些富有"如果没有矛盾的话，就是造也要把它造出来"之色彩的论断，究竟给我们留下了何种可供转化的思想媒介。

围绕《矛盾论》翻译的论战无疾而终，它的收获似乎只在于"挤着"竹内好撰写了两篇很有哲学意味的论战文字。时至今日，论战本身已经不重要了，重要的是竹内好提出的问题。这些问题引导我们在今天反思自己所处的知识状况，并进一步设定自己的课题。

竹内好通过《矛盾论》翻译的论战阐发出来的问题，暗示了他对毛泽东思想的基本理解方式，也提示了另外一种对延安整风运动基本精神的理解途径。他之所以如此重视中共进行全党整风的思想运动,如此高度评价整风的内容——他称为"三风整顿"——是因为这一整顿的内容恰恰针对了他所深恶痛绝的日本同时代的知识风气。值得玩味的是,竹内好基本上没有把右翼知识分子作为自己的论敌,当然,他更不把后者作为自己的盟友。在文化立场上,竹内好属于进步知识阵营,但是他与马克思主义左翼保持距离,同时也对自由主义左派不时表现出的西方理论原教旨本能表示不满;他对于这两大类左派知识分子(必须强调的是,这两类知识分子都对战后日本的思想建设作出了重要的贡献,因此其中一些优秀的思想人物也是竹内好的工作伙伴)提出的批评,尽管在内容上各不相同,但核心都在于批评他们把理论硬性地强加给实践的潜在思路。因此,竹内好高度重视毛泽东《矛盾论》《实践论》,其理由不难理解。他显然从毛泽东"与诡辩一线之隔"的辩证法思想中,读出了最有摧毁教条主义理论原教旨和非主体知识生产方式的强大思想能量。对于那些执着于政治正确与绝对客观的唯一真理的知识分子而言,这是水火不容的;而对于竹内好而言,读出毛泽东辩证法精神的内涵,却显然是他一生中最为重要的思想时刻。继发现鲁迅思想的"黑洞"之后,竹内好又一次找到了"永恒"。

结语:关于翻译的主体性与政治性

翻译无异是跨文化手段中最为复杂的一种方式。在那些高质量原文面前,由于翻译对译者有极高的要求,所以人们往往止步于技术层面的问题。然而翻译作为一个技术要求很高、思想与文化含量巨大的范畴，理应受到更深入的讨论与认知。一般而论，翻译行为与译作本身分属于两个范畴，翻译行为决定了译作是否能够与原作之间形成"互补关系"。本文开篇所引本雅明所说的"诗人的志向是朴素的原初状态的直观性的，译者的志向则是演绎的终极的理念性的"一语，非常准确地道出了译作与原作的关系。与原作不需要以特定对象文本为前提的"原初状态"相比，译作需要在更为复杂的层面上操作。它不仅需要以透明的方式照亮原作那些被遮蔽的要素并将其激活，而且需要借此照亮母语文化中某些可以借助于外来文化加以变革的要素。因此，它需要具有超越本国文化也超越外国文化的终极性理念，同时需要克服直接表述自己意志的冲动，亦即需要以演绎的态度工作。通常，力求对原作进行摹写的直观翻译（这也是竹内好所抨击的"直译"）和对原作进行随意改写的不忠实翻译，都很难产生与原作对话和激活原作的文化效应，无论就个体翻译实践还是整体学术氛围而言，这种现象的通行都是翻译行为不成熟阶段的现象；而一种文化中的翻译行为（而不是译作本身）是否成熟，则是这种文化是否具有世界史自觉意识的标志。

在翻译仅仅成为工匠行为的社会中，通常伴随着文化上的闭锁状态。在历史上，翻译大量产生的高峰时期往往是一个社会处于危机状态的时期，这通常意味着这个社会不得不关注外部世界，并寻找摆脱危机的出路。但是翻译本身作为一种文化实践，并不与解决现实危机直接对应，历史转折时期的危机状态为翻译提供了发展的背景条件，翻译却按照它自身的规律不断积累作为一种特定文化形态的思想与知识资源。通常，翻译行为会在对立的两极上被翻译研究所诠释。一极是知识和技巧——选择什么样的词语，如何理解原作句子的语法关系，这种种即使老练的翻译家也需要殚精竭虑的技术性问题，是翻译界进行交流互动时最主要的课题。而另一极，则是脱离了这些技巧性讨论的思想研究。在这一极，翻译的具体技术问题往往被省略，而借助于翻译行为的跨文化特征，很多思想乃至政治问题以翻译作为话题得以被讨论，但是由于不深入具体的翻译细节，这类天马行空的翻译论很难产生对翻译行为的建设性解释。换言之，脱离了具体的翻译技术问题，把思想与文化内容直接塞进翻译这个框架中去，不过是一种似是而非的翻译论，它很难产生如同本雅明《翻译者的任务》那样震撼的哲学文本（本雅明的这个文本虽然非常抽象，但恰恰是紧扣着翻译技术的层面展开讨论的）。

正是在这个意义上，关于翻译的论战是值得翻译研究认真关注的对象。在这类论战中最有质量的那些讨论，通常处于上述两极之间的地带，它以翻译的具体技术性问题为平台，把思想分析直接引入技术讨论。有质量的翻译论战为翻译研究提供了非常宝贵的素材，因为它可以迫使通常被对立为两极的技术问题和思想问题产生正面的交锋，并通过这种交锋显示那些无法发生接触的症结问题究竟在何处发生了错位，并进而揭示何以仅仅从技术层面进行翻译难以让那些真正的杰作在另一种语境中被激活。

竹内好曾经挑起的这两次关于翻译的论战均具有这样的性质。我们可以观察到，经过中间间隔了二十年的两次论战，竹内好明显地获得了思想上的进展。在第一次论战中，他关于主体性的讨论尚有些模糊，而且由于他对以吉川幸次郎为代表的支那学家的翻译提出的质疑基本上是在格调和氛围等问题上展开的，而关于翻译语词的争论也多在形容词上进行，这对思想论战而言是极为不利的。但是尽管如此，由于吉川的认真回应，竹内好与支那学家的龃龉还是获得了清晰的思想轮廓。这场围绕着误译是否不可避免、客观的学术态度是否意味着主客体的截然分离、译者与原作的关系如何设定等重要问题展开的没有交集的交锋，并没有因为竹内好的中途退场而被回收到"译文的准确性"之类的技术层面上去，由于吉川幸次郎这位优秀的支那学大家在自己的长篇翻译论中充分提示了现代学院学术对翻译的"客观准确度"的技术要求，这就为他与竹内好的争论提供了高水准的层面。正是这个使竹内好处于劣势的论战，为日后竹内好关于主体性的独特思考提供了营养，也为他在鲁迅那里发现以"挣扎"为特征的抵抗精神埋下了伏笔。而作为翻译论战的史料，这段论战文字由于涉及翻译论的本质性问题，则可供我们从中发掘出一些具有思考前景的课题意识。

吉川幸次郎关于翻译的技术分析，显然具有不可替代的价值。特别是他对那种粗制滥造、以偏概全的翻译态度的批评，至今仍然值得深思；而吉川中国文学修养的功底，也在他关于翻译的讨论中得到充分展示。例如在一个具体个案分析中，他细致甄别有些误译并非只是由于译者不了解中文特定的典故，而是由于译者对中文古诗词对仗组合关系不够熟悉，并指出中文不是没有语法，而是语法过于复杂，只依靠简单的语法知识无法把握，需要长时间的修炼。显然，这些非大家无法作出的判断，并不是轻易能够获得的。竹内好对吉川的这种能力也给予高度评价，因此他曾经在论战中说他尊重作为学者的吉川；但是竹内好固执地批评"作为文学者的吉川"。也就是说，竹内好认为在技术层面之外，还有着另一重翻译的功能，那就是通过翻译这一行为建立文化的主体性。但是，建立主体性和对于主体性的讨论，不能仅仅依靠知识，也不能仅仅依靠抽象的"态度"，这使得竹内好执着于翻译的具体细节，并且追究在翻译中呈现的格调问题，两种语言间的关系问题，译者在翻译过程中思维的基本特征问题，等等。在早期竹内好形成自己关于主体性的思考时，他把当时方兴未艾的、以西欧现代学术的"科学精神"为蓝本的日本学院派视为障碍，把支那学坚持的客观考证姿态视为官僚文化，不仅是因为学院学术在当时所具有的正统性，更重要的是，学院派的学术立场中缺少竹内好所试图建立的"自我否定"的主体精神，在翻译领域里，则缺少以外国文化作为媒介自我拷问的态度，这使得翻译行为成为静态的固步自封的知识手段，它反倒强化了日本文化的自足甚至自傲状态。

竹内好在经历了与支那学家的论战之后，撰写了他一生中最重要的几个思想文本。以《鲁迅》为代表的文本群，清楚地阐释了竹内好对东亚主体性探求的方向：为了抵抗来自西方的近代入侵，自我保全是没有意义的，只有如同鲁迅那样窃取他国之火煮自己的肉，亦即通过引入外来要素对母语文化进行变革，才能获得真正意义上的主体性。真正的自我不可能来自外部，真正的对抗也不可能在自己与他者之间进行，如果要否定来自西方的近代，就要对其在自己内部的投影进行否定，这也正是何以自我否定同时意味着抵抗。

显然，这些关于主体性的讨论对于认为知识具有确定性、认为自我与他者关系是实体性对立的学院派而言，不啻于天方夜谭。虽然同样从讨论翻译的具体技巧出发，但是学院派学术仅仅求得准确的翻译态度与竹内好追求准确背后的思想含量的翻译态度之间，完全找不到接触点。这里唯一值得关注的是，虽然这次并不成功的翻译论战使竹内好几近绝望，但他并未因此对翻译的主体性与政治性问题失去热情，时隔二十年后，他又一次挑起了没有接触点的论战，把矛头指向马克思主义翻译家们。与上次一样，他同样是单枪匹马地对阵有着相当阵容的论战对手，使用的也是从具体翻译例证出发的方法，而这次讨论的问题，除了曾经论战过的关于翻译的科学性、客观性的问题之外，还增加了一重内容，即翻译的政治性问题。

在60年代初期，竹内好已经历了50年代作为思想精英的历练，特别是参与了关于日本战后处理的思想批判、东京审判之后的日美关系、苏联批判斯大林引起的国际共运的转折、波兰事件和匈牙利事件与中苏关系等重大问题的讨论，他的政治视野较战争期间成熟了很多，早年写作《大东亚战争与吾等的决议》时明显的浪漫主义色彩也逐渐沉稳，这使他更多地把主体性与政治性结合起来思考，虽然他仍然是在思想的层面上处理这两者的关系，但第二场论战与第一场论战相比，竹内好的立论显然更为完整，也更为厚重。

关于《矛盾论》翻译的论战所呈现的表面上的错位，与第一场论战的错位方式很接近。在第一场论战中，错位发生在一方坚持翻译有一个可以客观判断的正确标准，所以正确的翻译和错误的翻译是可以有效区分的；另一方则认为翻译的标准不可能绝对客观，因为涉及主体与客体之间的互动关系，因此不可能有一个绝对的判断标准；因为前者不关注也不理解主体性在翻译中的特定功能，而后者则把它作为翻译的出发点，因此这两种关于翻译的判断无法找到接触点。而第二场论战，一方坚持毛泽东思想的科学性，并认为这种科学性具有绝对的不可置疑的性格，因此作为革命纲领，它是固定不变的；另一方则认为毛泽东思想是革命的能量，因此它是未完成的、动态性的。在翻译《矛盾论》的时候，一方认为准确地把握概念并通过概念去理解文脉是最权威的方式，而另一方则认为这篇著作的精要不仅在字面上，而且在字缝里，如果不能翻译出它特有的动态的紧迫感，那么即使语词和语法没有错误，也仍然属于误译。显然，在第二场论战里，错位也发生在主体性方面。竹内好指

竹内好两次关于翻译的论战　295

责论战对手是在说明一个已经完结了的世界的时候，他希望批评的正是对方缺少自己的主体意识。而当缺少主体意识的译者翻译政治哲学文本时，政治所特有的动态性格将无法呈现。

《矛盾论》是战争时期毛泽东唯物辩证法思想的体现，它的基本特质首先是政治的，是向现实开放的。在战后中日邦交非正常化时期，只能依靠中国公开发行的官方文献了解中国革命状况的竹内好，敏锐地注意到了《矛盾论》的这种政治性。但是，他并没有如同日本共产党知识分子那样把它理解为"中国革命的指南"，而是理解为不断革命的推动力。竹内好把毛泽东视为革命过程中的探索者，而不是高高在上的领袖；他关注的是毛泽东不断在探索中推动中国革命的态度。这个写于延安整风之前的文献，不仅为其后的整风运动规定了基本方向，也预示了摸索新中国建设的思路。

限于各种条件的制约，竹内好未能如同他探讨鲁迅那样探讨毛泽东作为一个政治家的思想脉动，但是显而易见，他在《鲁迅》中提出的关于政治与文学共享的"不断革命"的主题在有关《矛盾论》的翻译中又一次再现。当他对论战对手强调"世界尚未完结，让我们发现矛盾"的时候，关于主体性与政治性的认识得到了最根本的表达：人们需要建立政治性的主体，不是为了自我保全，而是为了进行变革。这个变革不能按照他人意志进行，但同时这个变革需要涉及自身，在自己的内部进行。竹内好先是在鲁迅那里，后是在毛泽东那里，相继发现了这个潜在于中国文化中的线索，他痛感日本缺少这样的政治主体，并为此试图以论战的方式从中国窃来别人的火,煮自己的肉。竹内好的论战文字,因此与本雅明关于翻译的哲学讨论遥相呼应,在日本的特定历史时期推出了一个有关翻译的政治性主体的问题:翻译之所以必要,是由于任何一种文化都不是自足的,对人类文化而言,国别文化只能是其中的一个组成部分;而翻译作为一个媒介,正是在正视两种文化各自具有的不完整性的同时,通过自身建立追求人类世界完整性的目标,从而推动这个"尚未完结"的世界。

一页 folio

始于一页，抵达世界
Humanities · History · Literature · Arts

出品人	范新 柳漾
特约编辑	周杨
版权总监	吴攀君
印制总监	刘玲玲
装帧设计	COMPUS·汐和
内文制作	燕红

Folio (Beijing) Culture & Media Co., Ltd.
Bldg. 16-B, Jingyuan Art Center,
Chaoyang, Beijing, China 100124

官方微博：@一頁 folio ｜ 官方豆瓣：一頁 folio ｜ 联系我们：rights@foliobook.com.cn

一頁 folio
微信公众号